Jean Meckert

Les coups

Gallimard

Jean Meckert est né en 1910. Il passe une partie de son enfance à l'orphelinat puis commence à travailler en usine à 13 ans. Il fait différents petits boulots : magasinier, mécanicien, employé de garage, etc...

Prisonnier, puis maquisard pendant la Seconde Guerre mondiale, il publie son premier roman, *Les coups*, en 1942, encouragé par Gide, Martin du Gard et Queneau. Sous le pseudonyme de John Amila, puis Jean Amila, il écrit pour la Série Noire de Marcel Duhamel plus de vingt et un romans policiers. Il écrit également un peu de science-fiction, des livres pour la jeunesse, du théâtre et travaille pour le cinéma avec Yves Allégret, André Cayatte, Maurice Labro et Georges Lautner. À la suite d'un voyage à Tahiti en 1971, il dénonce les essais nucléaires, ce qui lui vaut d'être tabassé. Partiellement amnésique, il est mort en mars 1995.

I

J'avais été m'asseoir ce jour-là, tout seul sur la berge, comme un pêcheur, avec les pieds au-dessus de la flotte.

Je n'avais pas peur pour mon pantalon ; impossible de le salir davantage, ça j'en étais certain. C'était d'ailleurs à peu près la seule chose dont j'étais certain et encore, pas tout à fait, vu que j'évitais de poser les fesses dans une flaque d'huile. Je regardais l'eau couler, juste devant moi. Ça me faisait comme un lavage de cerveau. Elle devait être plus amère en aval, la flotte.

De temps en temps, il y avait un convoi de péniches qui passait. Des vieilles péniches qui transportaient des pierres ou du charbon, des vieilles carnes juste bonnes à couler pour obstruer une rivière. Elles étaient tirées par des remorqueurs avec la cheminée qui se baisse pour passer sous les ponts, de ces espèces d'îlots rampant et crachant une fumée noire.

Ça m'amusait tout ça, ou plutôt ça me meublait, ça me donnait de la consistance. J'étais plus diaphane qu'une puce d'eau, c'était mon bol alimentaire. En regardant à ma place on ne devait voir de loin que des petits remorqueurs et des petites péniches en réduction tout plein mignons, et pas autre chose. Il y avait pourtant moi autour.

Il faisait bon. Il faisait même un peu lourd.

Derrière et en haut j'entendais la circulation sur les quais, des trompes, des coups de frein, des coups de sifflet.

Je ramassais des petits cailloux et je les jetais dans l'eau.

Cracher dans l'eau, c'est un plaisir de riche, moi je n'étais pas si prodigue de moi-même, il m'en restait trop peu. Ça faisait des ronds, ça me faisait penser à l'acoustique, aux ondes hertziennes, toutes ces choses qu'on apprend et qu'on n'arrive jamais à placer.

Je prenais un caillou sur mon pouce, j'arrangeais une catapulte miniature en le passant sous mon index, je faisais jouer le ressort et toc, le caillou se débinait à trois mètres. J'en avais bien pour cinq minutes à voir les ronds et faire un tour d'horizon, puis je recommençais. Le temps passait, c'était toujours autant de pris.

Un pêcheur est venu s'asseoir tout près et j'ai compris qu'il ne fallait plus continuer à troubler le poisson avec mes cailloux.

— Bonjour ! qu'il m'a fait, jovial.

— Bonjour !

— Beau temps !

— Oui, il pourrait faire plus mauvais.

Il a arrangé tout son matériel à trois mètres de moi. C'était un bon vieux, à la bonne franquette, pas fier du tout. Il m'a raconté que ce n'était pas un si mauvais coin, qu'il y venait tous les jours mais qu'il n'avait pas pu venir plus tôt, rapport à sa fille qui était venue le voir...

On se contentait tous les deux, on banalisait, il m'ouvrait ses tréfonds en piquant un ver de vase, pas difficile du tout sur le choix des mots comme des oreilles.

Vite un peu sur la politique :

— Les ministres, qu'il me disait placidement, on commence par les foutre à l'eau. Comme ça, hop ! Et puis ensuite on met au pouvoir les honnêtes gens ! Pas des politiciens, Monsieur, des honnêtes gens ! Et puis les autres on les fusille, à droite comme à gauche, il faut être juste. Les étrangers, on les refoule. Les journalistes, on les fout en prison. Les gros, on les envoie au bagne ! À bas la guerre civile ! C'est pas votre avis ?

On ne peut pas rigoler tout le temps. Il m'a fallu bientôt le quitter pour aller du côté de la rue du Croissant.

J'avais ma petite clientèle, des concierges et des commerçants de la rue de Flandre et des environs à fournir en canards. Quand il me restait du papier, j'allais le liquider au métro Porte de la Villette, ça me faisait ma croûte.

Il faisait sec pour un jour de printemps. Il y avait beaucoup de poussière. Ça me donnait à penser qu'il faudrait bientôt commencer à faire une virée sur les routes.

L'année précédente, j'étais parti avec Delaunay et son gros appareil photo. On avait fait de la photo-minute dans pas mal de petits bleds bretons. Une belle saison. On était revenu à Paris en suivant le calendrier des foires. On bouffait tout au fur et à mesure, mais enfin on vivait. On avait passé des nuits dans des garages ou dans des grottes. On achetait le révélateur et l'hypo sur place. On avait plein un sac de papier sensible. La bonne vie !

Encore un mois et puis on pourrait remettre ça.

On s'était juré de repartir ensemble et puis on avait été un peu en froid. Je l'avais rencontré une fois, Eugène, dans le courant de l'hiver. Il était bien fringué, il avait fait celui qui est ennuyé de rencontrer un morceau de passé pouilleux, il m'avait juste serré la main, très pressé.

Je pensais à tout ça en remontant la rue de Flandre. J'avais une idée neuve, une idée de soleil. L'eau courante, le pêcheur honnête homme, le temps sec ; tout cela remuait ma matière cérébrale, comme un rayon qui vient chatouiller un museau de marmotte. Finie, la cloche, l'état végétatif ; ça me faisait penser, le soleil. Et puis j'avais peur, parce que ça me faisait mal, de penser. C'était comme une inflammation, pire qu'un abcès, ça me rendait malade.

Je me souviens de ce soir-là.

Je suis monté dans ma chambre. J'ai ouvert la fenêtre en grand, j'avais envie de vivre à bloc. La nuit s'amenait tout doucement, sans secousse. Ça allait bientôt être l'heure de dormir et je n'avais pas envie de dormir.

Je regardais la cour et puis les étoiles.

— Bonsoir ! m'a envoyé un voisin.

Et moi j'étais plutôt gêné parce que je passais des regards du côté des nichons de sa femme...

Allons ! que je me suis dit. C'est le printemps. Il faut que j'aille faire un petit tour, ça se passera... Je ne la reconnaissais pas, ma chambre, elle me dégoûtait, elle puait.

Je suis redescendu à pied jusque sur les boulevards.

Ça sentait le printemps frais, partout, une bonne odeur de vie, même le cambouis, même les pissotières, ça avait une odeur nouvelle, comme des soirs très lointains perdus dans la fraîcheur des souvenirs.

J'étais content ; et puis il y avait aussi un tas de trucs qui revenaient à la surface, c'était complexe et bien mélancolique.

Il y avait beaucoup de monde sur les boulevards. Tout ça se promenait comme moi. Il y avait aussi beaucoup de femmes et des belles, mais je me sentais vraiment trop miteux, je n'osais rien leur dire. J'admirais en silence, froid comme un pur amateur, je les détaillais une à une, et morceau par morceau. Ce n'était pas le choix qui manquait. Il y en avait trop, même, je m'empêtrais, je trébuchais sur chacune, des solides jusqu'aux petites nerveuses, en passant par les grasses et molles sur lesquelles on a envie de se laisser tomber comme sur un édredon.

Printemps, tout était bon, rien n'était pour moi !

On a comme ça des fringales. On boufferait n'importe quoi, mais on ne peut rien acheter. Je connaissais ça un peu moins que vaguement. J'y étais même plutôt habitué et pour suivre le conseil d'un robuste penseur, pour ne pas sombrer dans la neurasthénie, j'épongeais la vie au fur et à mesure qu'elle s'écoulait, seconde par seconde.

Mais ce soir-là elle demandait à s'évader, la vie. Elle sortait à flots, comme le sang d'une artère rompue, je n'avais plus assez d'éponge, ça me dépassait, j'étais tout près de recommencer l'aventure à tout le monde, avec des projets et des souvenirs, ces deux pôles, et des instants qu'on décolle avec peine d'un côté pour les recoller de l'autre.

Toutes mes sales idées de quand j'étais jeune, ça me revenait d'un coup. Tout mon enthousiasme, toutes mes folies, mon ambition et mes aspirations épatantes et incontrôlées...

Pourtant je me raisonnais, je n'étais plus jeune, c'était loin tout ça, maintenant j'allais sur ma vingt-sixième année, il y avait beau temps que j'étais un apprenti vieillard. Je ne demandais pas à vivre, j'avais déjà vécu, j'étais déjà usé par la misère. Ça me plaisait maintenant ma vie de tous les jours, soutenue par l'allocation. Il n'y avait rien de mieux. Je me couchais tôt, je me levais tard, je n'avais pas à m'esquinter du tout, je croquais à peine, je vivais comme à regret, à tout petits coups. C'est tout ce que j'avais trouvé comme défense et ça n'était pas si mauvais.

En l'air, ce soir de printemps, il y avait toutes sortes de lumières, je comptais quatre couleurs : bleu, vert, rouge et blanc. C'était la publicité en quatre encres, ça s'allumait, ça bougeait, ça aussi ne demandait qu'à vivre. De tous les côtés ça explosait. On ne voyait que des noms partout, avec des superlatifs. Je rêvais aussi d'avoir mon nom écrit en rouge, en grosses lettres lumineuses dans le ciel.

J'avais honte aussi, mais vraiment férocement, pas du tout comme d'habitude. Il y avait un changement. J'étais content et puis ça me donnait le cafard. Une soirée pas comme les autres.

Tout miteux que j'étais, je me suis assis à la terrasse d'un café où il y avait de la musique. J'ai commandé un demi et puis j'ai écouté. Ils étaient quatre, avec un accordéon en plus. Une affiche précisait même que c'était quelqu'un l'accordéoniste, quelque chose comme un champion. Il y tâtait, alors des gens s'arrêtaient devant la terrasse, sans payer et ils écoutaient aussi...

Quand je suis remonté, il était plus de minuit. J'ai mélangé toutes les femmes que j'avais rencontrées, j'en ai fait un beau compromis savoureux et c'est avec ça que j'ai voulu m'endormir. Il n'y a pas eu moyen. J'avais plutôt envie de chialer un bon coup, sans savoir pourquoi.

Ce salaud de printemps il m'avait réveillé une belle maladie, nom de Dieu. J'étais plus assez, avec moi seul, j'en avais marre de moi, j'en avais fait le tour. Je pressentais qu'il allait falloir me bagarrer à nouveau avec les autres et rester sur le carreau, comme d'habitude, parce que je ne faisais jamais de progrès dans ce métier-là.

Il s'est mis dans la nuit à faire un orage pépère. Je m'étais couché quand même et je voyais ma chambre qui prenait des grands coups de fouet violets et le tonnerre, qui roulait ses barriques, faisait trembler le couvercle du seau hygiénique. Des fois, la foudre tombait tout près, ça miaulait, comme un coup de sabot sur un laminé. Un tir de barrage qui venait me surprendre pour que je sois aussi de la fête. Pas moyen d'être tranquille.

Au matin je n'avais pas fermé l'œil et j'en étais déjà à prendre des résolutions viriles. C'était bien fini, ce coup-là, j'entrais pour de bon dans la vie. Je n'avais rien du vagabond. Je pouvais même être quelqu'un de soigné. Et puis avoir une femme à moi, et on verrait après !

En descendant j'ai rencontré le concierge, un type avec des grosses moustaches blanches, bon vieux méticuleux qui aurait passé ses escaliers à l'encaustique s'ils avaient été un peu moins usés.

J'étais bien avec tout le monde, rendant des petits services, au besoin.

— Salut ! m'a fait le petit père. Tu parles d'un orage !

— J'ai pas dormi ! ai-je essayé de glisser.

Il s'en foutait.

— Dis donc ! qu'il a repris. Si tu passes devant un Uniprix, prends-moi donc du fil électrique.

Il faisait matin. Ça ne m'était pas arrivé depuis longtemps. C'était frais et encore humide sur le trottoir. La petite rue avec l'épicier et le bistrot prenait des allures de sous-préfecture. On attendait le passage d'une charrette à foin ou des petites vieilles à coiffe qui vont s'expliquer avec la sainte hostie. C'était tout province et charmant. Et puis la sirène de chez Thibaut s'est mise à hurler.

Rue de Flandre il y avait des ouvriers qui cavalaient, ça me faisait souvenir de mon jeune temps quand j'avais aussi les hantises du retard. Maintenant j'étais bien libéré, je m'en foutais pas mal de toutes les sirènes, et tous les patrons et les contremaîtres. Non vraiment ça ne me disait plus rien du tout de retourner à l'usine. Je n'avais plus l'entraînement. Des ajusteurs on devait en trouver à la pelle et je n'étais pas jaloux. Tout chômeur que j'étais, ça m'aurait même bien emmerdé qu'on me trouve du tapin. Ç'aurait été un sale coup pour moi. Je n'aurais pas pu rester plus de quinze jours dans une boîte et puis il aurait fallu remettre ça, à nouveau se torturer les méninges avant de replonger dans la paresse, cette grande défense.

Pourtant j'en avais assez de ne pas vivre. Il fallait quelque chose qui me sorte de mon sale trou, n'importe quoi. C'était une petite flamme qui venait de se rallumer et qui me brûlait bien consciencieusement.

Tout seul, j'aurais simplement laissé tomber, il y a mille manières d'échapper à la vie, mais j'avais encore mon copain Eugène à voir et je me disais que ça serait bien le diable si on ne trouvait pas à nous deux un moyen pour gagner un peu d'oseille.

Il habitait près de la porte des Lilas, Eugène. J'ai monté la rue de Crimée jusqu'à la place des Fêtes. Je savais très bien pourquoi j'allais le trouver. C'était un drôle, toujours des combines de Sioux, jamais marron, toujours sur ses pattes ; c'est tout de suite à lui que j'avais pensé comme une première bouée.

Voir du pays, faire de la route, c'est ça que je voulais lui proposer. Il trouverait bien un truc comme l'année précédente. Et puis après cette grande purge, j'aurais pris un petit boulot des familles, pas trop cassant et j'aurais fait mon trou. C'était tout tracé, bien loin des hautes altitudes, j'étais vieux d'un coup.

J'ai demandé à la concierge, rue du Pré. J'étais légèrement en retard, Eugène avait déménagé en janvier. On ne savait pas trop où il était. Un voisin prétendait qu'il s'était tiré en Belgique...

Ça m'a fait bien réfléchir. La vie avait filé, il n'y avait que moi qui était resté en place. Tout doucement, comme ça, sans m'en apercevoir, j'étais devenu Félix le Miteux.

J'ai ramené du fil électrique au pipelet. Puis comme je ne savais pas quoi faire, je me suis proposé pour lui faire l'installation. Il voulait l'électricité dans sa cave. C'était facile, j'avais déjà tâté de ça, les installations. D'abord il n'a pas voulu, puis il m'a demandé mon prix. Je n'étais pas exigeant du tout ; il m'a même offert à déjeuner par-dessus le marché.

J'ai fait ça vite et bien. Ça m'a pris deux matinées.

Ça m'a fait du bien de travailler, j'étais redevenu tout joyeux et sociable ! Bim ! Bim ! À grands coups de marteau sur la mèche d'acier, je perçais le mur de la cave. On n'entendait que ça dans toute la maison.

Je ne l'ai pas fait exprès, mais ça fait toujours impression d'occasionner du bruit comme ça. En un rien de temps je me suis fait la réputation du type malchanceux mais pas regardant au boulot.

Un petit coup de main, toc, on pensait à moi. J'ai refait des plafonds et collé des papiers, j'ai lavé les carreaux chez le bougnat, j'ai fait des étiquettes chez l'épicier, j'ai mis du vin en bouteilles chez Vini-Médoc, j'ai fait le gendarme une latte en main, au bas des échafaudages quand ils ont fait le ravalement du 18, et c'est même de là, avant même que ce soit complètement fini, que l'entrepreneur m'a expédié chez Parmain avec un petit mot de recommandation pour qu'il me prenne comme manœuvre.

C'est comme ça que j'ai recommencé ma vie en seconde édition. Comme quoi la vie, pour vous remplir, commence toujours par en bas. J'ai eu les génitoires en action avant le cerveau. Ceux qui voudraient repêcher des types à la dérive avec de la morale concentrée devraient bien se mettre ça dans le crâne.

II

Chez Parmain c'était une carrosserie, ou plutôt une petite boîte de réparations, pleine de vie et de sonorité.

On faisait la tôlerie, la sellerie et la peinture. On retapait les ailes de taxis, on fabriquait des housses, on vernissait des belles bagnoles, on suait dans des vapeurs d'éther.

Ils m'appelaient tous Félix. C'était fraternel comme esprit, sauf aux environs des coups durs, quand Parmain parlait de faire des candidats à la carte individuelle, alors là, il sortait une de ces vacheries qui n'était pas piquée des hannetons.

J'étais à la peinture, moi, au premier étage. Je faisais tous les gros travaux, vu que ce n'était pas mon métier et que le patron m'avait plutôt engagé comme manœuvre. Je tâchais de me débrouiller quand même et ma belle ambition c'était de tenir un jour le pistolet qui crachait son vernis cellulosique.

Je n'avais pas tellement fait attention, les premiers temps, à Paulette qui était dans sa cage en verre, à manier des factures et trois bouquins de comptabilité.

Elle était mariée : je ne suis pas le forcené, je n'insistais pas.

Je l'avais trouvée gentillette, bien sûr. Elle n'était pas grande, chic petite bonne femme à faire sauter dans les bras. Surtout jeunette, elle était, mais enfin elle faisait plutôt partie du paysage.

Elle était bien sérieuse, on la blaguait mais on n'y touchait pas.

À midi j'allais au restaurant, bien entendu. Je cassais la croûte avec trois autres, chez un gargotier de la rue de Tolbiac.

Chacun sa chopine, on parlait entre nous de tout ce qui nous passait par la tête. On ne s'embêtait pas. On ne s'amusait pas non plus. C'était entre les deux, toujours à peu près la même chose.

Le contremaître sellier avait fait la guerre. Quand il était sérieux, dans les grandes occasions, il en parlait bien supérieurement. On ne lui répondait pas, il se serait fâché ; c'était réservé comme sujet, pas pour nous. Plus souvent il était cochonard à la fin des repas, il nous indiquait ses types de femmes dans la rue, des belles opulentes. Ça sentait la moutarde tout ça, cette moutarde de restaurant qu'on repère à quinze pas.

Il y avait aussi Jo le tôlier, un petit gars de vingt ans. Lui c'était le sport son sujet favori, le cyclisme surtout, il ne craignait personne.

L'autre tôlier, Léon, il était comme moi plutôt taciturne. Jeune marié, il cherchait un logement dans le coin pour aller déjeuner chez lui. Des fois sa femme venait le chercher, le samedi ; elle était pas mal.

La grande conversation c'était la bagnole, forcément. On se croyait tous sur le point d'en acheter une. Le vrai marché de l'occasion. On parlait de débrayage et de pont arrière, du plat de viande garni au dessert, bien haut et bien fort, nous les types renseignés de la carrosserie. On était bien honorablement connus, tous les quatre. On venait nous demander des conseils des tables voisines.

Rue de Tolbiac, les poids lourds se succédaient pour aller du côté des entrepôts. Ça brinquebalait sur les pavés avec des bruits d'enfer. C'était notre orchestre bien costaud, un drôle de tonique, plein les oreilles, qui nous faisait parler fort.

On entendait les sirènes. Il y en avait quelques-unes, alors on payait et on revenait tout doucement.

Parmain s'amenait avec la clef. Il habitait tout près, il sortait de table, il avait la trogne toute rouge.

— Alors les gars, ça boume ? qu'il demandait toujours.

On se mettait en tenue de travail, on allait flâner autour de la cage à Paulette en attendant la demie.

Le patron me prenait avec lui dans l'après-midi. Il était chic, il voulait m'apprendre le métier. Tout bénéfice pour lui, d'ailleurs. Déjà je savais mastiquer et lustrer convenablement, il allait bientôt me montrer à vernir au pistolet.

Toute la journée ça sentait ces vapeurs éthyliques, ça s'imprégnait partout.

Et puis les tôliers continuaient du matin au soir à nous casser les oreilles avec leurs marteaux, en plus des pistolets et des chalumeaux oxhydriques, ces serpents en colère.

Je m'y suis habitué bien vite, tout de même. Seulement le soir j'étais assez fatigué et j'avais des sommeils en tunnels, tout noirs, sans rien du tout, toujours tout seul.

À travailler dans la voiture, ça me spécialisait mes envies.

Le dimanche, j'allais au bois de Boulogne pour en voir passer des belles et bien longues et puis surtout avec l'espoir de rencontrer une petite pas trop farouche qui voudrait bien les admirer avec moi, les belles bagnoles.

Il me prenait des goûts de luxe, c'était la suite, je commençais à trouver quelque chose d'intéressant. J'y revenais, même. Sur un coupé gris perle avec un capot à cacher quarante chevaux je mettais des filets et une autre couleur, vert émeraude et du rouge bien carminé aux rayons. Je faisais de la critique comme ça, jusqu'au chapeau de la femme qui roulait, que je voulais moins grand, plus jaune. De vraies idées d'artiste.

Elles passaient bien vite les belles voitures, sans se soucier de moi qui les admirais. Bien sourdement elles m'envoyaient au nez leurs échappements, les cochonnes, des échappements de luxe, aussi subtils que des trémolos, des ronronnements veloutés et comme étouffés, qui me faisaient rêver toujours à des allées sans fin, bien ombrées et ratissées, avec un paradis au bout quand on est fatigué.

J'avais mes vieilles fringues toujours, bien défraîchies pour un début d'été. Je ne me sentais pas très à l'aise pour dévisager les autres, alors je fréquentais plutôt les petites allées. Des fois, des petites jeunes passaient que je sentais toutes savoureuses et saines sous la robe. Elles marchaient sans me voir, bien cambrées et souples en même temps, avec des lignes si parfaites que j'en étais tout remué.

Et j'avais des retours tristes, pas triomphants du tout, par le métro. J'étais malheureux même, toujours tout seul et comme chargé d'un trop-plein.

Pour finir tout à fait d'avoir la bonne confiance, j'ai

fait des économies et je l'ai acheté, le beau costume. Il était gris clair, un beau costard d'été, tout ce qu'il y a de mieux en confection. J'étais pas plus moche qu'un autre dedans, un beau dessin de catalogue ambulant.

Il me plaisait tant qu'au lieu de le garder pour le dimanche, ce qui faisait péquenot, je l'ai mis tous les jours.

J'ai fait une arrivée triomphale un lundi matin à l'atelier, ils m'entouraient tous, même le patron, même Paulette sortie de son bureau.

— T'as fait un héritage, Félix ? Tu vas sur la Côte d'Azur ? qu'ils me demandaient tous.

Et Parmain me demandait en blaguant si je n'allais pas devenir un de ses clients.

J'étais tout fier, mais je prenais un air nature et bien dégagé.

— Alors quoi ! Vous n'avez jamais rien vu ?

J'avais acheté un cintre aussi, pour mettre dans mon vestiaire, pour ne pas le friper mon beau costume.

À midi, au restaurant ils ont remis ça :

— Ça s'arrose !

Je me suis fendu d'une tournée.

C'est le mercredi soir, je crois, que je me suis trouvé prêt au moment où la dactylo sortait. J'ai dit au revoir aux copains et je l'ai rattrapée à vingt mètres de là.

Il faisait un soleil oblique, un reste de journée trop chaude avec une nuit encore lointaine qui s'essayait du côté des steppes.

Les gosses criaient sur le trottoir poussiéreux. La radio commençait à gueuler dans les rez-de-chaussée. Des grosses commères débraillées, avec des ventres et des fessiers et des seins tout croulants et comme rajustés après coup avec des épingles à nourrice, travaillaient de la savate pour chercher du lait ou du pain, humanité vivante et bien gueularde.

Je me sentais ferme et bien costaud, moi.

— Vous prenez le métro ? que j'ai demandé bien poliment à Paulette.

Oui, elle le prenait. Il n'y avait pas de raison d'y aller séparément, on en a convenu bien rapidement.

Je la regardais à côté de moi, elle était toute jeune, pas vilaine, un peu fatiguée mais avec du nerf et du sang sous la peau. Pas négligeable du tout.

— Je vais du côté de la Villette.

— Les abattoirs ? qu'elle m'a dit en riant. Moi, je vais à Versailles.

Diable ! Ça me semblait bien loin. Je le lui ai dit. Mais c'était vrai, c'était bien à Versailles qu'elle habitait. Drôle d'idée !

— C'est pour mon mari, qu'elle me disait. Il se trouve bien là-bas et moi aussi.

Je n'insistais pas. Elle me plaisait sa voix, un peu malheureuse et comme contrainte par moments et toute joyeuse aussitôt après, et bien claire et forte.

— Mais alors, ai-je demandé, vous n'allez pas déjeuner chez vous, à midi. Vous devriez venir avec nous, au restaurant.

Non, elle ne pouvait pas. Elle allait dans un restaurant végétarien, qu'elle m'a dit, des habitudes à elle.

Il m'est venu une idée, comme ça.

— Ça ne vous ferait rien que j'aille avec vous, pour voir un peu comment c'est fait ?

— Comme vous voudrez, m'a-t-elle dit. Attention, il n'y a pas de viande et pas de vin.

J'ai répondu poliment que ça m'était indifférent.

On s'est mis à parler du travail et d'un tas de banalités en prenant le métro. On a changé tous les deux à Italie. Il y avait du monde. Je l'ai placée dans un coin et je la protégeais avec mes bras, bien sagement mais tout intérieurement travaillé. Elle n'était pas grande, je lui respirais ses cheveux.

Elle changeait à Jussieu. On s'est serré la main. Ça m'aurait plu une petite bonne femme comme ça.

J'ai pris l'habitude d'aller à midi avec elle pour déjeuner et le soir encore, je l'accompagnais jusqu'à Jussieu.

On se parlait toujours d'un tas de choses différentes. Je tenais à son estime et je lui ai dit, dès le premier jour, que tout manœuvre que j'étais là chez Parmain, il ne fallait pas se tromper, j'avais fait un an de cours complémentaires et j'avais aussi pas mal lu et entendu.

Elle avait appris un peu d'anglais, elle, qu'elle m'a dit, en même temps que la sténo et la machine à écrire...

Presque littéraire quoi, notre conversation, relevée et pas tellement commune, comme chaque fois qu'on a quelqu'un de nouveau à qui plaire.

L'été était bien arrivé, tout heureux de nous faire suer.

La rue, c'était comme un grand couloir resserré de chaleur, un grand étouffoir trop blanc de lumière de tous les côtés.

On rasait les murs de la gare des Gobelins pour avoir un peu d'ombre. Verticaux, on était comme en ligne de bataille contre le soleil, mais vite on abandonnait le combat, c'était peu glorieux.

« Défense d'afficher » et pipis de chiens, on raclait tout ça pour échapper à la chaleur trop crue. Aussitôt les arbres et les hautes maisons on se répandait plus au large, dans l'ombre à peine plus fraîche.

Au restaurant végétarien, il y avait du monde et pas de ventilateur. On payait en entrant. Il y avait des abonnements avec des tickets.

J'en ai pris dix, pour bien montrer à Paulette que je me sentais sérieusement devenir végétarien, naturiste et tout.

Elle m'a dit qu'elle venait là parce que c'était moins cher, après tout, et qu'on faisait de l'économie désinvolte sans donner d'explication à personne.

On suait tous en frères, là-dedans, c'était bas de plafond et pas très clair. Il y avait des tables dans tous les coins, partout en trop. On se servait soi-même dans des grands plats de légumes.

Chaque fois qu'on se levait, il fallait en déranger dix autres occupés à mastiquer. Toujours polis : « Pardon !... Pardon !... » On n'entendait que ça !

Aux murs il y avait des photos qui représentaient des gars robustes et des filles bien balancées, et puis des affiches antialcooliques, ou des convocations à des fêtes ou bien des camps. Tout un mouvement.

Mais moi, c'était seulement Paulette qui m'intéressait dans tout ça. Je m'en privais même de barbaque et de pinard. Le reste je m'en foutais absolument.

Un jour j'ai demandé à Paulette depuis combien de temps elle était mariée.

— Deux ans ! qu'elle m'a dit.

Je lui demandais aussi ce qu'il faisait son mari, là-bas à Versailles. Alors elle était plutôt réticente. Elle me disait qu'il faisait beaucoup de choses, des affiches pour les cinémas, avec des portraits et des couleurs, et qu'il était un peu artiste !...

Je n'osais pas insister.

Vite, je me suis aperçu qu'il tenait en elle une place considérable, son mari.

— ... Comme dit mon mari... Et mon mari pense... Et mon mari ici. Et mon mari, là...

Moi, ça m'embêtait plutôt parce que je l'aurais volontiers fait cocu, le Versaillais.

D'ailleurs ça la remontait si possible encore davantage dans mon estime. Et tous les jours, de plus en plus fort, j'en venais à penser qu'une petite femme comme elle, c'était exactement la taille qu'il me fallait.

Avec elle je voulais être un camarade bien franc, et pas tout à fait décidé malgré tout. C'était bien complexe.

On rentrait à l'atelier ensemble à une heure et demie, alors les autres nous blaguaient avec des questions trop précises. Elle rougissait des fois, ou bien elle avait la réplique bien solide.

C'était bien frais mes bleus, à l'ombre, c'était presque supportable. Sauf au premier, alors là, sous les carreaux du toit, c'était comme une serre. Plus besoin d'étuve pour sécher les bagnoles, partout c'était affreusement sec. On les rentrait tout de même les belles voitures laquées, rapport à la poussière qui aurait salopé le boulot.

À longueur de journée on était tous ensemble à suer comme ça. Cinq minutes on travaillait et puis on se tapait au goulot des gorgées bien tirées de bière qu'on allait chercher au bistrot d'en face. Et puis on allait pissoter, cinq minutes après, trop gonflés pour rétablir l'équilibre. Jamais on n'y arrivait à l'équilibre exact, c'était à pleurer.

On perlait, du front aux orteils, de la sueur par centaines de grammes. Ça devenait de plus en plus écœurant les vapeurs de vernis, et plus abrutissant les coups de marteaux de la tôlerie, et plus repoussant l'odeur moite d'étoffe et de poix dans le coin des selliers.

J'avais des envies de tout laisser tomber, comme avant, pour partir n'importe où, à l'air !

Je restais pourtant. Je voulais gagner un peu de bonheur tranquille et raisonnable.

Ça rentrait doucement, le métier. Je rendais déjà des services. Parmain m'a augmenté, un jour qu'il était content. Je n'avais pas à me plaindre, en somme.

Pourtant je n'étais pas trop heureux. J'en avais pleinement marre de ma solitude. Il m'aurait fallu une simple petite putain quelconque pour bien vivre. La moitié de ma paye et même tout entière je l'aurais bien donnée pour avoir une femme dans mon lit tout chahuté. Mais alors tous les soirs. Et que je lui parle, aussi. Et que j'aie le plaisir de la déshabiller quand ça me plairait, la faire tourner dans mes bras et l'entendre rire, un vrai rire de femme, pour moi.

J'avais un petit copain, Robert, qui demeurait tout près de chez moi. Les dimanches, on additionnait nos deux solitudes tout en restant chacun pour soi. Il avait vingt ans, lui. C'était déjà trop comme différence, il lui manquait le service, on ne parlait pas le même langage, déjà, à cinq classes près.

Brave petit gars tout de même, pas bien costaud mais ferré à fond sur les sports, n'importe lequel. Incapable de finir un huit cents mètres au petit trot, il ne passait pas cent quarante en hauteur, ni sept mètres au poids. Ça ne faisait rien, il connaissait tout le monde et les mots techniques, il était infatigable, toujours à postillonner là-dessus.

Il faisait surtout du vélo, en quatrième catégorie ; il m'avait bien expliqué qu'il avait la poisse complète, jamais il n'avait pu se placer.

Souvent on allait ensemble à la piscine. Il nageait bien. Moi je faisais toujours ma vieille brasse des familles et ma nage de vitesse toute spéciale que je persistais à appeler « crawl ». Il me battait sur la longueur, mais il calait sur l'aller et retour, pas assez endurant.

Il plongeait bien aussi, et c'est même lui qui m'a appris à plonger à peu près convenablement du tremplin, l'ange, le carpé, le retourné.

Les dimanches bien chauds aussi, on les passait dans les bois, des parties de vélo à la papa, quinze de moyenne, sans compter les repos fréquents et prolongés.

Moi j'avais un vieux tarare racheté cent balles à un autre copain. Une drôle de mécanique. La chaîne sautait dès que j'appuyais un peu fort. C'était une excuse toute trouvée, on montait les côtes célèbres à pied, lui avec son beau vélo de course à dérailleur, bien content aussi dans le fond mais tout râlant à cause de ça, sacré Bébert !

En route, faute de mieux, on se racontait parfois un tas de projets et je lui expliquai un peu comment je voyais ma vie future.

Partir le samedi et le dimanche avec une petite bien roulée sur qui je comptais toujours mettre la main. On ferait du camping, c'était ma marotte, alors !...

Il avait un box, Bébert, pour faire de la photo, un petit machin à vingt balles, tout simple. Il l'a emporté un jour qu'on allait se baigner à Seine-Port, du côté de Melun. Un rouleau de pellicule qu'on a pris, alternativement, chacun sa pose, en vélo, à pied, en slip, des souvenirs pour pas cher.

On les a eues le mercredi soir et j'ai pu les montrer à Paulette le jeudi midi au restaurant.

Ça n'était pas encore si obscur qu'on ne puisse voir des photos, on pouvait même lire sur les tables, alors j'ai sorti mon portefeuille.

Je me souviens bien, ce jour-là elle était en face de moi dans un petit coin pratique, il n'y avait que deux bancs à enjamber pour aller se servir.

Elle m'a dit qu'elles étaient bien réussies mes photos et même, sur une où j'étais presque nu, elle m'a dit que j'étais beau garçon, très poliment, pas du tout d'un ton vacillant.

Et puis elle a sorti les siennes de photos, de son sac à main. Il y en avait quelques-unes. Et puis j'ai été tout étonné parce que son mari c'était un petit gars tout jeune, à peine plus grand qu'elle et comme tout triste et maladif.

— Tiens ! que j'ai fait. Je ne l'imaginais pas comme ça, votre mari.

J'ai regardé les autres photos. Elle m'expliquait, tandis qu'on finissait notre yaourt au sucre candi :

— Ça, c'est Monaco, et puis Nice, et puis encore Nice, et puis Ajaccio...

Tout leur voyage de noces qu'elle m'a raconté finalement.

Et ça me paraissait tout drôle de voir les photos où elle était à côté de lui, bonne fille bien saine et robuste et toute rieuse, même quand ses traits étaient calmes. Parce que la Paulette que j'avais en face de moi, c'était une petite femme avec des grands plis fatigués au visage et une voix bientôt chevrotante, encore toute courageuse par en dessous mais qui demandait grâce.

On était naturellement plus intimes que les premiers jours, mais pas formidablement, plutôt réservés même.

Je lui ai quand même pris la main, bien calmement.

— Vous avez pas l'air bien costaud, mon petit oiseau bleu, que je lui ai dit gentiment.

— Oh ! qu'elle a fait simplement d'un air d'indifférence, puis elle a baissé la tête et elle a tapoté avec sa cuiller dans le petit pot en grès.

Et puis on s'est mis à se marrer.

— Vous savez, je dis ça comme ça !

— Oh ! Je le prends aussi comme ça...

Elle a ramassé ses photos et puis on est revenu à l'atelier en parlant des pays qu'on avait pu voir. Et son mari revenait toujours dans la conversation : il s'appelait Bernard.

Cet après-midi-là on a eu un gros camion de chez un apéritif connu, à pistoler en rouge sang. Parmain m'a appelé pour aider le réchampisseur. Il fallait disposer des caches, travail de géomètre, fin boulot.

Il était près de la cage à Paulette, le gros camion, au rez-de-chaussée, trop gros pour entrer dans le monte-charge. Il y avait moi d'un côté et Louis de l'autre et le patron qui collait des bandes en bas pour en faire un beau zèbre. On travaillait en silence, en prenant des mesures à chaque instant pour les lettres. Les tôliers étaient tous sur une carrosserie souple, tous embêtés aussi à tirer des plans pour la blinder.

De temps en temps, il y avait un coup de téléphone, un client qui gueulait au bout du fil. Le patron allait régler ça en vitesse, en trois phrases. C'était bien tranquille comme après-midi. Et je regardais Paulette dans sa cage, qui tapait des factures en rafales de mitrailleuse...

Le soir quand c'est arrivé l'heure de partir, j'étais tout drôle, pas à l'aise du tout.

On a fait le trajet jusqu'à Jussieu avec Paulette, en ne parlant presque pas, comme à regret.

Je suis rentré chez moi avec une salade que j'ai achetée pour la croquer avec des pommes de terre...

Et puis j'ai passé une sale nuit tout entière à penser à Paulette.

Ça me reprenait mes trucs d'imagination, toute la nuit j'ai voulu solutionner des problèmes impossibles, vachement, à le bouter hors, le dénommé Bernard, en soufflant dessus, tout fier parce que je me sentais plus costaud que lui. J'aurais voulu être un crabe ou un cerf, ou n'importe quoi, mâle contre mâle, à me bagarrer cinq minutes et lui faire son affaire au Bernard, toc, un bras roulé, bing, un crochet du droit... Des rêves, tout ça !

Le petit matin s'est amené, gai comme tout un été, avec des petits piafs qui faisaient déjà l'amour, eux, avec deux catégories seulement, mâle et femelle, et pas tout ce compartimentage qu'on a chez nous, mariés, pas mariés, tant que ce n'est jamais le moment ou la partenaire...

J'avais juré de ne plus me tracasser, mais on ne se

refait pas. J'ai dû simplement limiter les dégâts. Le jour même j'ai partagé pour que ce soit moins lourd. Et j'ai dit à Paulette que je l'aimais.

Et je lui ai offert un flacon d'essence de rose acheté à Uniprix.

L'intention y était.

Elle m'a dit qu'elle était très touchée, qu'elle ne s'attendait pas, mais qu'elle était mariée, et qu'elle aimait son mari. Tout ce qu'il fallait dire, quoi !

Et puis on a essayé de parler d'autre chose, mais ça ne pouvait plus être comme avant. Elle ne m'avait pas dit non plus d'arrêter les frais. Je ne savais pas trop où ça mènerait. Je lui faisais quand même une cour classique.

— Mon petit oiseau bleu, que je lui disais... (c'est le nom que je lui donnais à ce moment-là, je me souviens bien). Vous n'êtes pas heureuse, hein ?... Et vous ne voulez le dire à personne... Pas vrai ?... Mais moi je le vois bien !...

Tout ça c'était au fond de la haute stratégie, bien sincère pourtant.

— Allons ! lui disais-je. Il faut me dire ce qui ne va pas. Je suis votre ami, moi. Vous ne me croyez pas ?... N'est-ce pas, que vous n'êtes pas heureuse ?

Elle ne disait rien, mais elle ne démentait pas non plus. Il lui venait au contraire des sourires amers. Elle embarquait sur des généralités. Elle me disait que chacun avait ses soucis, que la vie n'était drôle pour personne...

Ça a duré plusieurs jours comme ça. Et puis un soir elle m'a quand même dit deux ou trois mots. J'avais changé à Jussieu avec elle et je l'avais accompagnée jusqu'aux Invalides.

J'avais commencé par lui raconter ma vie en couleurs bien sombres et puis je l'ai questionnée.

— Tout de même, qu'est-ce qu'il fait votre mari ?

— Il est chômeur !

— Il ne gagne pas d'argent ?

— Il n'est même pas inscrit ! qu'elle m'a dit.

— Et pourquoi qu'il n'est pas inscrit ? C'est pas compliqué de se faire inscrire.

Elle m'a dit, bien vite.

— Il veut pas ! Il veut pas ! Voilà ! Il est pas comme tout le monde !

J'ai sorti mon vieil accent d'indignation, quelque chose de derrière les fagots :

— Alors, c'est vous qui le nourrissez ! Eh bien !... Drôle de mentalité !... Ça alors !...

Ça l'impressionnait, Paulette. Pourtant elle a pris sa défense.

— Il ne faut pas le juger comme cela. D'abord je l'aime. Et puis il en souffre tout le premier. Il n'est pas bien portant et puis c'est un genre d'artiste. Un tempérament à part. De la peinture, qu'il essaye de faire. Il est persuadé. Il a eu un premier prix à l'école, pour la décoration. Il est absolument certain de lui... Il me fait peur !... Il n'est pas comme tout le monde, je vous dis... Il ne fait même pas attention à moi...

Elle pleurait.

— Je suis toute seule, qu'elle continuait. Toute seule à lutter. J'en ai marre. Et puis je l'aime quand même un peu... Je ne sais pas... Vous êtes bien gentil pour moi... Et puis il a confiance... Je ne sais pas trop... Ah ! Je ne sais plus rien, à la fin...

Elle a couru bien vite dans la gare, en retard d'un train.

Drôle d'histoire !

À ce moment-là, et toute la semaine qui suivit, je ne savais plus très bien ce qu'il fallait faire. Ça me faisait un peu peur de soulever le couvercle et puis tout de même j'aurais voulu voir plus profond.

À midi, elle ne me parlait plus que de son Bernard, maintenant. Et je pressentais bien que c'était un drôle de coco.

— Je lui ai parlé de vous, qu'elle me disait. Il n'est même pas jaloux.

— Mais il n'y a pas de quoi. On n'a rien fait de mal.

Elle en convenait bien mais je la sentais toute hésitante avec bien des choses qu'elle ne pouvait pas me dire.

Elle racontait, mise en confiance. Elle semblait comme avoir peur de lui. Je sentais ça rien qu'à ses intonations. Et puis un peu de dégoût, qu'elle avait aussi, et de l'amour certainement, c'était bien mélangé.

Pas seulement à la peinture, qu'il s'intéressait. Elle avait tenu plusieurs fois, Paulette, à bien me préciser que ce n'était pas un ouvrier, son mari, et qu'il savait parler de tout, pas fainéant pour s'embarquer en pleine philosophie et surnageant, tout bénévole, sur toutes les hautes gratuités de l'existence.

Toute fière, elle me sortit un jour de son sac à main un petit carton qui était un peu plus grand qu'une carte postale.

— C'est une étude qu'il a faite à la plume. Ça représente le Petit Trianon.

Je dois dire bien humblement que je ne connais rien aux beaux-arts, pourtant le petit dessin du Bernard ne me parut pas tellement convaincant tant j'avais l'impression qu'avec un peu d'application je pourrais en faire autant.

— C'est quelconque, dis-je à Paulette. Je n'en donnerais pas dix sous.

Elle se piqua.

— Ce n'est pas à vendre !

Je lui mis la main sur le bras en riant.

— Écoutez. Est-ce qu'il n'est pas simplement « dérangé » votre mari ?

Elle se fâcha tout net et si bien que le lundi et le mardi suivant elle ne voulut pas aller au restaurant avec moi, croquant dans sa cage du pain et du chocolat, et filant le soir avant moi...

Et puis le jeudi matin, je l'ai vue s'amener toute en pleurs et rentrer dans sa cage sans rien dire. Parmain a été la voir.

— Alors ? qu'il lui a demandé. Ça ne va pas ?

Il n'a rien pu en tirer. Il est venu me trouver aussitôt après.

— Toi qu'es intime, tu ne sais pas ce qu'il y a ?

J'ai dit non et puis j'ai été la voir dans son bureau.

— Alors ? Un gros chagrin ?

Elle m'attendait.

— Félix ! qu'elle m'a dit tout de suite. Je suis malheureuse ! Je ne sais pas. Je ne sais plus. Plus rien !... Ah ! ma pauvre tête !... Je suis toute seule, Félix, toute seule !

Et elle sanglotait jusqu'à se rougir le cou.

J'ai refermé la porte de la cage parce que les tôliers s'étaient déjà approchés pour ne pas perdre une miette.

J'attendais, mais elle ne voulait pas se déboutonner toute seule, c'était classique. Il fallait que j'interroge un peu. Tout l'atelier s'était arrêté. C'était l'événement, le chagrin de la dactylo. Et moi, je prenais là-dedans une importance de père noble, je me taillais un premier rôle. Je l'ai remise sur la voie.

— Allons, mon petit oiseau bleu... Il ne faut pas pleurer comme ça ! Voyons, il n'y a rien de cassé ?... Non ?

— Si ! qu'elle a fait de la tête.

— Comment, il y a quelque chose de cassé ? C'est encore ce bon Dieu de Bernard, hein ? Qu'est-ce qu'il vous a fait ?

Je restais bien correct et j'étais très peiné pour elle.

Dehors, les autres se marraient comme des andouilles. Sur l'escalier le patron me faisait des signes, des points d'interrogation qu'il dessinait en l'air.

Et puis elle m'a dit tout de même qu'elle s'était engueulée sérieusement la veille avec son mari. Qu'il lui avait dit comme ça sous le nez qu'elle le dégoûtait à bloc, et puis qu'il était parti ensuite, elle ne savait pas où. Enfin une drôle d'altercation, quoi !

Elle pleurait toujours et gémissait :

— Empoisonneuse ! qu'il m'a dit... Empoisonneuse !

Elle ne pouvait pas digérer ça.

— Allons ! que j'ai fait. Il ne faut pas vous en faire pour ça. Ça va s'arranger. Hein ?... Mais si, ça va s'arranger, vous allez voir ça. En rentrant ce soir ce sera fini. Il vous demandera pardon. Hein ! Il se roulera par terre, vous verrez ça... Allons, ça n'est rien ; le torchon qui brûle...

— Je ne veux plus rentrer ! qu'elle m'a dit nettement.

— Pas de bêtises, allons !

— Je ne veux plus rentrer ! qu'elle s'entêtait.

— Oh ! mais c'est grave, que je lui ai fait. Attention,

hein ! Domicile conjugal ! Vous serez dans votre tort. C'est grave !

— Il y a des choses plus graves ! Je ne suis tout de même pas obligée de le nourrir, moi ! C'est quand même pas ma faute si j'ai épousé un fainéant !...

Le patron est rentré aussitôt. Je lui ai dit que Paulette était toute seule, que son mari l'avait quittée.

Il était pratique, Parmain, le commerce, un tour de langue.

— Il faut retourner chez vos parents ! qu'il a dit.

Elle avait juste sa mère, Paulette. Elle lui a téléphoné. Elle travaillait aussi dans un bureau, la maman.

Et puis tout le monde s'est remis au boulot.

Je n'en revenais pas, moi. Je ne savais pas trop ce qui arrivait.

Complètement libre qu'elle devenait, Paulette !... Quelle histoire ! Je me trouvais des intuitions et des pressentiments, comme si j'avais toujours pensé ça...

J'en étais là de mes réflexions justement, vers dix heures quand elle est montée, toute pâle.

J'étais près du monte-charge, tout seul sur une vieille torpédo grise à faire un raccord. Tout de suite elle est venue vers moi. Elle m'a dit, vite :

— Bernard est en bas !

Je ne m'y attendais pas. Elle me paraissait tellement petite et mignarde et toute ratatinée dans sa peur, que j'ai fait poliment :

— Voulez-vous que j'aille lui dire deux mots ?

— Non ! qu'elle m'a dit. Restez là ! Il cause avec le patron. Ils sont dans la cage.

Elle était toute remuée, toute suppliante.

— Félix ! qu'elle me priait. Je ne veux plus retourner

avec lui. C'est impossible. On ne peut pas m'y forcer. Je veux vivre, moi !

Je l'approuvais.

— Qu'est-ce qu'il vient faire ici ? que je demandais.

— Il vient me chercher ! Ah ! je le connais. Il vient me chercher et puis il va me demander pardon et puis ça va encore recommencer. Il va vouloir m'emmener ailleurs, à Toulouse, à Nice, que je travaille encore pour lui... C'est un fou !... Oh ! non, non, non !

Elle pleurait.

— Il ne faut pas vous laisser faire, mon petit. Il ne faut pas vous laisser faire. Un bon divorce, c'est tout simple. Personne ne peut vous obliger, Paulette... Et puis je ne sais quoi vous dire, mais enfin je suis là, moi, quoi qu'il arrive... Je vous l'ai déjà dit, Paulette, que je vous aimais...

— Félix ! qu'elle m'a dit en s'approchant de moi. Sentez mes cheveux !

On était caché derrière une camionnette, tout au fond. J'ai senti. Elle s'était mis mon parfum que je lui avais acheté à Uniprix. Elle a continué, comme je la prenais dans mes bras, tout contre moi.

— Félix ! Je ne peux pas encore vous dire que je vous aime. Mais enfin, causer comme ça... Et puis vous avez été gentil avec moi. Vous avez vu que je n'étais pas heureuse... Et la différence avec lui... C'est bien vous qui m'avez ouvert les yeux... Ne me laissez pas tomber maintenant...

Je lui ai passé ma main à sa nuque et puis je lui ai collé un vrai baiser, notre premier...

En bas, Parmain l'appelait. Elle ne bougeait pas.

— Allons ! que j'ai fait. Il faut en finir !

— Je ne veux pas y aller !

Jo le petit tôlier est monté après, il nous a repérés.

— Le patron vous demande ! qu'il lui a dit.

Il fallait y aller. J'ai voulu descendre aussi mais elle ne voulait pas.

— Il ne faut pas vous laisser faire, que j'ai repris alors. Il faut le dire au patron, devant lui hein, que c'est un salaud, un beau fainéant. Dans les gencives ! Pas de pitié pour les canards boiteux, ma petite Paulette !

Et je l'ai embrassée encore. Un vrai sauvetage !

Elle est descendue toute tremblotante sur ses jambes. On aurait cassé des noix entre ses genoux, pauvre petite.

Au bout de cinq minutes je n'y tenais plus. Je suis descendu aussi, sous prétexte d'aller pisser.

Ils avaient l'air d'être bien calmes dans la cage, chacun parlait à son tour. On ne pouvait pas entendre, naturellement. C'était dommage.

Paulette était debout, toute rigide et les yeux si agrandis que jamais je ne les ai vus pareils, ni avant ni après.

Parmain était au bureau, debout, il faisait de grands gestes. Il avait l'air d'engueuler l'autre.

Je le repérais, le Bernard, je ne le quittais pas des yeux. Un petit cadavre ambulant, c'était. Verdâtre et translucide et tout perlant malgré ça. Un fiévreux tout moite et puant le malade à travers les carreaux. Tout tassé, la tête penchée, un commencement de compteur à gaz... Je n'en perdais pas une miette, du Bernard. Il n'était pas beau ! Il ne faisait pas peur non plus. D'une beigne, je l'aurais envoyé à quinze pas. Décevant, même, il me poussait comme un petit regret d'avoir à succéder à un pareil guignol. Un ratatiné, un branleur, un tubard, tout ce qu'on voulait mais pas un homme, ce machin-là ! Il parlait sans regarder personne, comme sournois et traqué. Et Paulette tremblait...

Et je me suis dit que pour trembler devant un type pareil, c'est qu'il devait avoir un rasoir dans sa poche, ou quelque chose.

J'attendais le drame. Je le surveillais par l'as de carreau des cabinets. Ils étaient là-bas, eux, enfermés à dix mètres, avec tout l'atelier qui les regardait. Il n'y avait plus de boulot. Tous n'en perdaient pas une miette. Et j'étais tout fébrile, à battre le tambour avec mes doigts sur la porte visqueuse et puante.

Ça puait l'urine d'été, bien pernicieuse et forte. Et je ne le perdais pas de vue, le Bernard. J'avais envie d'aller lui botter les fesses mais j'avais la trouille aussi qu'il me sorte un pétard à bout portant.

Ça avait l'air de bien tourner. Il avait l'air de supplier, le petit gars. Et puis il l'a bouclée, il s'est tourné vers la porte pour sortir. Il a fait un signe à Paulette. Ils sont sortis tous les deux. Il était à peine plus grand qu'elle et tout voûté pourtant, tout sombre et fripé comme un vieux.

Aussitôt, j'ai foncé voir Parmain. Il s'épongeait le front.

— Drôle de mic-mac, qu'il m'a dit. Il veut partir dans la montagne, le gars. La gosse ne veut pas. Il m'a dit qu'elle avait voulu l'empoisonner ! Merde alors, tu parles ! Ah ! dis donc !

Il a fait un geste bien précis avec la main.

— Si elle en pince pour toi, la môme, qu'il a continué, débrouille-toi comme tu veux, mais pas ici, merde ! Je suis pas le juge, moi. Si tous, maris ou bonnes femmes ils viennent ici me raconter leurs histoires intimes, rends-toi compte un peu !...

— Où sont-ils partis ? ai-je demandé, anxieux.

— Je ne sais pas, moi. Elle va revenir, elle n'a pas de chapeau... Il m'a l'air frappadingue le petit pote. Mais je lui ai dit, moi, de ne plus venir m'emmerder ici, alors quoi !... Allez au boulot, nom de Dieu !

Paulette est rentrée seule, deux minutes après. Je n'ai pu lui parler qu'à midi. On a refait ensemble la rue de Tolbiac pour aller au restaurant végétarien.

Il était reparti à Versailles, Bernard, après avoir sollicité son pardon et demandé, ce cochon, qu'elle ne le laisse pas tomber.

Il l'attendait le soir même, comme d'habitude, il le lui avait dit. « Méchante ! » qu'il l'avait appelée parce qu'elle avait tout raconté devant le patron. Elle en parlait maintenant comme libérée, en riant. Elle ne voulait plus retourner avec lui, c'était bien décidé.

Et moi je la fortifiais.

III

Un dimanche, presque tout de suite après ça, j'ai été invité à déjeuner chez la vieille.

Je commençais à faire partie de la famille, c'était régulier.

Il fallait descendre à Brochant dans ce Nord-Sud qui secouait les tripes sans douceur aucune, comme une véritable attraction de foire aux pains d'épice.

Depuis Saint-Lazare, toute la rame partait avec un bruit d'écrasement de trente-six dynamos et de ferraille cahotée. Tout bleu le petit train à l'intérieur. Assis. Debout. 36. 78. Signal d'alarme... Cinq ou six fois il fallait s'arrêter puis repartir. Toujours calculer son équilibre, toujours amoché, étourdi, sans râler, c'était la règle.

C'est le plus clair de mes souvenirs des dîners chez la vieille, cette ligne de métro infecte. Ça me flanquait toujours des cauchemars quand je revenais.

En sortant du trou, par contraste, ça m'a toujours paru bien calme, le quartier. Il y avait des arbres et des petits oiseaux et de l'ombre aussi en été, avec un jardin public un peu plus loin, en porte à faux sur la grande tranchée des chemins de fer de l'État. Un beau petit jardin avec des gosses, des cours d'eau et des envies de se photographier.

Sa maison était tout de suite là, du côté de la rue des Batignolles.

C'était vieux et puant là-dedans, avec des murs jaunes et plusieurs escaliers : A. B. C... vieux comme des ministères et encore plus dégoûtants. À chaque étage, dans le noir complet, il y avait les cabinets, comme pour un concours à l'étage qui puerait le plus.

J'hésitais toujours pour la palme. Il aurait fallu décerner ça à l'heure, tant ils avaient toujours du nouveau les locataires, pour ne pas se laisser distancer. Odeur d'urine, comme partout sur les marches, sur la rampe, une vraie macération de vessie qui flottait partout en vapeurs, de la cave au grenier.

On se guidait à l'odeur. Les marches étaient rondes, on se cassait la gueule dans le noir et puis on arrivait au quatrième, un trou noir, un commencement de couloir, on y allait à tâtons, trois pas, deux marches, on frappait tout au bout de la main, quelque part... on trouvait... c'était là, on était arrivé.

C'était toujours une expédition, pour moi. Et j'étais stupéfait de voir Paulette monter, descendre, toute légère, sans jamais tomber plus d'une fois sur dix. L'entraînement, quoi !

C'était juste une chambre, carrée, avec du papier bleu et des carreaux passés au siccatif.

Sommaire mais propre, comme marquent les inspecteurs sur leur fiche d'enquête. Il y avait aussi un petit lit bleu, une table et un buffet, du Renaissance à la chaîne. Il y avait aussi un réchaud à gaz dans un coin. Pas d'électricité, pas d'eau, pas d'évier, c'était plutôt vieux et toquard. C'était bien propre pourtant, il n'y avait rien à dire.

Elle était du Midi, la mère, et bien gueularde, nom de Dieu, et pas en peine du tout pour raconter ses malheurs, comme elle disait. Elle ne variait pas beaucoup, mais ce qu'elle sortait c'était du solide, ça touchait la perfection, on ne pouvait pas faire mieux.

Paulette nous a présentés. Aussitôt elle a commencé, la vieille, en se retenant héroïquement. Elle m'a demandé si j'étais au courant, j'ai dit que oui, que j'étais au courant. Elle m'a dit qu'en effet sa fille le lui avait dit. Comme ça, sérieusement, c'en était même un peu dramatique.

— Allons ! qu'a fait Paulette. Tout ça c'est fini, n'en parlons plus !

Le couvert était mis, il y avait des assiettes bleues et une nappe. Avec du rouge et du blanc sur la table, au choix.

Elle farfouillait à son fourneau, la vieille. Elle m'a demandé si j'aimais ça, le poulet, Moi, j'aimais tout. Je lui ai dit que je n'étais pas difficile du tout, sauf les tomates crues. Bon, elle a pris bonne note. J'ai compris tout de suite que ça y était, pas compliqué, c'était moi le remplaçant, j'avais sa place à table et bientôt mon rond de serviette dans le tiroir du buffet.

Ça hurlait, là-dedans. Même Paulette que je ne reconnaissais plus, elle gueulait plus fort que sa vieille encore pour ne pas se faire remarquer. Alors je me suis mis aussi à parler bien fort et bien sonore, à me racler le fond du gosier. J'aurais bien donné quelque chose pour assister à une engueulade, pour voir jusqu'où ça pourrait aller cette débauche de crachoir renforcé. Mais on restait bien réservé, tout ce qu'il y a de plus convenable.

Elles n'arrêtaient pas de parler toutes les deux mais tout de même, comme en musique, il y avait des pauses, des silences et des soupirs. Elles en profitaient pour s'argouiner dans un coin, en veine d'épanchement et gros bécots sonores.

Du méridional et du solide !

Et elle repartait tout d'un coup, la vieille, soudainement inspirée :

— Quand je pense, ma pauvre poulette... Ce salaud-là qui ne voulait même pas que tu me voyes !... Oui Monsieur, qu'elle me prenait à témoin. Il interdisait à une fille d'aller voir sa mère. Cet individu, cet ignoble... Bouah ! Je préfère ne pas y penser.

— Oui maman, c'est fini, n'y pensons plus, renchérissait la petite. C'est de l'histoire ancienne, tout ça.

C'était brûlant ; on préférait parler d'autre chose.

Paulette m'entraînait à la fenêtre. Ça donnait sur la rue. On voyait les voitures d'en haut, comme de gros hannetons aux élytres soudés.

Il faisait chaud, mais on était à l'ombre, le soleil tapait sur les maisons d'en face, toutes perdues de saloperies pendantes de toutes les couleurs.

On causait, la tête dehors. Je lui avais pris sa main à Paulette. On balançait des années. On coupait tout, tacitement. Je faisais mon petit fiancé des familles. Je l'ai embrassée juste derrière l'oreille.

Elle avait changé, Paulette, bien rapidement.

Refringuée de neuf de la tête aux pieds, du voile, quelque chose de léger qu'elle avait sur elle, en la devinant en dessous, c'était excitant. Et puis elle avait repris plusieurs kilos et un peu de couleurs à ses joues. Petite, mais solide, elle était. De quoi rire et s'amuser. Et pas bête, de la conversation...

Et je sentais bien qu'elle m'aimait un peu aussi, la petite. Tout ça tournait pour le mieux, je l'aimais, elle était libre...

On s'est mis à table avec des serviettes propres et pliées et du saucisson dans les assiettes.

— Du saucisson d'Arles ! m'a annoncé la mère.

Puis elle s'est lancée dans des considérations sur le saucisson. Elle devait s'y connaître sans doute, je ne sais pas, en tout cas elle en a eu pour dix minutes bien fadées. Les dix minutes du saucisson. Il n'y avait pas moyen de démarrer de ça. Je disais des blagues, moi, histoire de rigoler quand même un peu. Je disais qu'il était fabriqué à Courbevoie, le saucisson d'Arles.

— Non ! disait Paulette sérieuse. Faut pas dire ça. C'est du vrai ça, et du bon. C'est mon oncle qui l'envoie, alors !

Elles mettaient moitié flotte, moitié vin dans les verres. J'ai fait comme elles. Ça faisait des petits ballonnets rouges et solides à ne pas piquer à la fourchette, du clair, de la belle couleur à boire, ça rafraîchissait. On voyait les carrés de la nappe plus gros, une belle loupe rouge, et un coin du dessous de plat, énorme, le petit veinard. Du pain fantaisie, on le mettait derrière, sur le buffet. Et puis on s'expliquait avec des ailes de poulets toutes juteuses avec bientôt des haricots verts qui finissaient de mijoter là-bas sur le gaz.

Ça me faisait tout drôle, moi, une famille d'un seul coup.

À vrai dire, c'en était même un peu brumeux, tout ça. Tout béat, j'étais parfaitement content et pas si critique que ça.

J'avais la petite à ma gauche. Je lui poussais mon genou contre la cuisse, c'était ferme et prometteur, j'en prenais le hoquet. Je me rattrapais à grands coups de dents, hargne sur la cuisse de poulet.

— Vous avez bon appétit ? me demandait la vieille.

Au fond c'était bien chic, tout ça.

On parlait de tout, c'est-à-dire de rien. Alors j'étais tout de même un peu gêné, comme chez le dentiste avant l'opération.

On a fait le tour de toutes les questions. On n'a rien oublié. On a fouillé dans tous les tiroirs. Après les petits gâteaux et le café on en était encore sur la politique. Je n'avais pas des vues neuves, elles non plus, mais enfin on lisait à peu près les mêmes journaux.

Comme par hasard j'ai demandé ce qu'il faisait, le père de Paulette.

Elles se sont mises alors à parler ensemble toutes les deux, bien vite pour que ce soit plus tôt fini. On effleurait, on en parlait avec gêne du papa. Il était mort. C'était un ivrogne invétéré. Tant pis pour lui !

Je n'ai pas insisté.

J'ai sorti mes cigarettes, Paulette en a pris une aussi. Elle ne savait pas fumer, elle tétait comme un biberon, elle était bien marrante et gentille aussi.

Je me suis approché, chaise contre chaise, je lui ai passé mon bras sur l'épaule, pas de place pour les maléfices.

Et puis tout d'un coup, on a frappé à la porte.

J'ai senti la petite se cabrer sous mon bras et j'ai vu, en face, la mère qui pâlissait.

On a refrappé plus fort, alors la vieille y a été doucement.

— Qui est là ? qu'elle a demandé sans claironner.

C'était la pipelette, histoire de dire je ne sais plus quoi, une foutaise.

Soulagement ! Et puis voilà que sitôt la porte refermée, Paulette se met à pleurer nerveusement, toute secouée. Je ne pouvais plus la tenir, elle hoquetait tellement ça venait fort, elle mélangeait ses sanglots, il n'y avait plus de mesures, plus de clés, ni bémols, l'anarchie complète, tout un paquet de nerfs en déroute...

On essayait de la calmer.

— Allons, allons ! Faut pas pleurer !

— Ma petite Bibise ! Ma petite poulette !... Elle est si impressionnable, vous savez !

— Qu'est-ce qui ne va pas ?

— Allons ! Allons ! Calme-toi !...

— C'est rien !... c'est rien ! disait la petite. C'est les nerfs... c'est les nerfs !...

— Tu croyais que c'était lui ? a demandé la vieille... C'est qu'il est capable de tout, ce salaud-là ! Il viendrait un jour avec un revolver que ça ne m'étonnerait pas autrement !

Elle avait aussi peur, la mère.

— Allons, laisse donc ! réclamait Paulette. Au fond ça m'étonnerait bien, moi. C'est un malheureux. Il n'est pas capable de grand-chose.

— Ah ! ça tu l'as dit, ma petite choute. Il est pas capable de grand-chose. Capable de rien, même ! Que le mal. Alors pour ça il s'y connaît... Voleur, fainéant, vicieux, incapable, paresseux, escroc ! Un drôle de coco... Je me demande encore maintenant ce qu'il t'a fallu de patience... Et que ça avait ses volontés, ça voulait crâner !... Tiens, quand il était là, avec sa sale gueule, qu'on ne savait seulement jamais ce qu'il pensait... Et prétentieux !... D'abord il dégoûtait tout le monde, partout où il est passé. On s'est fâché avec tout le monde à cause de lui. Puis moi finalement, qu'il ne voulait même plus que Paulette vienne me voir, Monsieur !... Ha ! Ha !... Et il se laissait vivre avec des grands mots, toujours, monsieur s'amusait, monsieur barbouillait des saloperies... Et celle-là qui travaillait et qui le nourrissait... Tout naturel !... Et puis jamais content, il la battait, encore. C'était lui le martyr, toujours à se plaindre. Il ne manquait pas de culot !... Toujours des idées de fou... Il m'a escroqué dix mille francs, Monsieur, toutes mes économies, comme ça, sous prétexte de gagner des sommes astronomiques... Un atelier de photo... Un bobard !... À la roulette qu'il a joué tout ça, allez donc, c'est moi qui paye ! Ça ne lui coûtait pas cher !... Mais je le ferai poursuivre, moi... En justice ! En prison !... Fou, qu'il était ! À lier ! À enfermer ! À guillotiner, qu'on n'en parle plus !...

Elle crachait, la vieille, elle n'en pouvait plus. Il a fallu qu'elle boive un coup de flotte rapide, pour ne pas s'étrangler.

Elle avait la colère rancunière et pas sa langue dans sa poche. Elle m'a bien expliqué que c'était un monstre, le Bernard, qu'il les avait tous possédés, depuis Paulette jusqu'au dernier gargotier qu'il n'avait pas fini de payer. Il ne savait faire que des conneries et des sales calculs bien bas et mesquins, toujours égoïstes et lâches. Cent fois, il méritait la prison, la potence, tout !... Il aurait fallu le lapider, pour bien faire, le charcuter, le découper en tranches...

J'ai dit que Paulette aurait bien dû le laisser tomber tout de suite, l'autre méchant, sans attendre deux ans.

— Oh ! qu'a fait aussitôt la maman alarmée. Elle est si bonne, ma Bibise, et si innocente, vous savez...

— J'avais pitié, m'a dit plus nettement Paulette.

Je ne demandais qu'à la croire. Au fond, je n'en demandais pas tant. On était vite d'accord.

À son tour elle m'en a parlé du sale croûteux. Ce n'était pas la même chose. Elle m'a surtout parlé d'elle, qu'elle s'était bien crevé la santé pour l'autre navet. Et qu'elle avait toujours bossé pour lui du matin au soir au bureau, et la nuit aussi à faire de la confection pour une entrepreneuse. Et puis lui qui ne décanillait du plumard que pour aller se baguenauder, et qui l'engueulait encore, jamais content !

— Il me disait toujours de lui foutre la paix, que je ne le comprenais pas, qu'il avait du génie, et qu'il allait enfoncer tous les grands costauds... Et puis ça ne venait jamais !... Alors je me mettais à travailler toujours plus, à ne pas le déranger dans ses méditations. Travailler dehors et la nuit et la vaisselle et le ménage, toujours à bout... Et il me traitait de vulgaire quand je voulais aller au cinéma !

Un drôle de coco !

Puant, crasseux, merdeux, il restait des fois des semaines entières, pas rasé, pas lavé, au padoque du matin au soir, à faire des études qu'il disait. Il faisait des dessins, des emmêlements biscornus en gros traits rageurs et mal venus... Chut ! qu'il disait le soir. Silence ! J'ai bien travaillé aujourd'hui. Je cerne la forme, je la sublime, je me sens la teinte qui monte. Regarde voir un peu cette matière, si c'est nouveau, si c'est épais et profond et tout, si c'est pas l'univers que j'ai mis à plat !...

Et puis il en attrapait des crampes à sa peinture. C'était fini, ça le dégoûtait. Il voulait être quelqu'un de supérieur, de cultivé, pour quand il aurait réussi avec ses barbouillages. Et il achetait des bouquins, et il crânait tout seul avec elle, il l'écrasait, toujours avec des citations et du beau langage, plein la vue. Et intelligent avec ça, il finissait toujours par arranger les situations, par prouver qu'il avait raison.

Et puis il lui reprenait un coup de tête. Un lot de toiles, qu'il achetait, une masse de tubes, avec l'argent de Paulette. Et trois semaines sans débander il avait le feu sacré, il allait les salir ses toiles, sous prétexte de contre-allées et de perspectives. Ça séchait partout dans la chambre, sur le lit, sur l'armoire, sur l'évier. Interdiction à Paulette d'y mettre seulement le petit doigt... Et puis ça passait. Il revenait un soir, tout rayonnant... Euréka ! Paulette !... Je me suis trouvé ! Mon tempérament, c'est la Belgique ! Les beffrois, les canaux ! Tu vas voir ça ! On va partir là-bas !...

Il y avait des pleurs et des grincements de dents, à consulter le porte-monnaie... Ça ne l'empêchait pas, trois jours après, retour de chez un copain, de vouloir immédiatement partir chez les Incas, au lac Titicaca, pour barbouiller la Cordillère...

Un inconscient !

Il cherchait très vaguement des emplois de retoucheur photographe, c'était, au fond, son métier. Quand il avait une place, il n'y restait pas trois semaines, toujours en bagarre avec le patron ou les collègues. Il travaillait bien comme ça quinze jours tous les six mois. Puis quand il était question d'allocation de chômage, il parlait tout de suite de déchéance. Il préférait emprunter l'argent ou bien vivre aux frais de sa femme.

Des fois le soir, tout de même, il se mettait à pleurer et puis il la prenait dans ses bras :

— Ma pauvre, ma chère petite Paulette. Tout de même, hein ! J'ai pas de veine. Et toi non plus. Nous n'avons vraiment pas de chance. Mais ça changera ! Ça ne peut pas durer comme ça ! C'est impossible ! Tu verras !

— Tu devrais exposer ce que tu as déjà fait ! disait la petite.

Il devenait furibard, ce malade.

— Quoi ? Tu ne comprends donc rien ! Il faut que je te fasse un dessin ! Tout ça ce ne sont que des exercices, moins que rien, tu ne comprends pas ?... Tout mon génie, ma personnalité, c'est dans ma tête, c'est là, ça n'attend qu'une occasion ! Ma main n'est pas encore au point. Ma technique ne pousse pas ses premières dents. Je ne suis pas un comptable, moi. Tu t'es trompée. Je suis un artiste... Tout de suite, là. Faire de l'argent. Tes sales idées mesquines... Tu me dégoûtes, tiens, tu m'entends. Je n'ai pas besoin de toi, moi. Tu peux te débiner, prendre un comptable, un enrégimenté, un mastiqueur, un tôlier, un miteux. Va faire des gosses partout et que je n'entende plus parler de toi... Indigne de l'honneur que je te fais...

Il ne manquait pas de toc !

Quand même des fois ça lui échauffait les oreilles à la petite, elle le prenait au mot : « Je m'en vais ! »

Il rembinait aussitôt, lâche et larmoyant :

— Quoi ? Me laisser tomber maintenant, Paulette ! Réfléchis, voyons ! Ah ! je l'ai toujours pensé ! Ce serait dégueulasse, Paulette, un crime ! Je suis en pleine crise morale... Je ne te retiens pas, retourne chez ta putain de mère, mais c'est un crime, là entre quatre z'yeux, un crime ! En pleine crise morale, comprends donc. Une période d'accouchement. Je suis un artiste, moi ! Un pauvre bougre, au fond, qui t'aime bien, tu sais !... C'est pour toi seule, ma Paulette que je veux être quelqu'un, autre chose qu'un photographe ! Tu vas voir. Patiente un peu... Un dur moment à passer. Mais je sens, tiens, là sous ce front, quelque chose, quelque chose !...

Un beau dégueulasse !

On était bien d'accord, la mère, Paulette et moi. Et au fond on avait une tranquillité de plus, une inquiétude de moins. On l'avait trouvé nous, le dernier des cochons, le roi des dégueulasses, l'empereur des saligauds. On savait son nom et son adresse, c'était pratique. On était privilégié. Plus besoin de chercher. De quoi se passer les nerfs. Une fameuse tête de Turc et pas en toc !

Elle a tout dit, la petite, tout ! Il ne restait que du clair. On n'est pas sorti, on a dîné le soir, sans s'être levé de table, toujours sur le même sujet, mais là on en avait bien fait le tour, il ne restait plus rien.

Alors on a juré que c'était fini, qu'on n'en parlerait plus de tout ça. Un avocat, le divorce, ça serait fini complètement. À couper, à mettre aux ordures. Il ne me restait plus qu'à faire des projets d'avenir.

Comme il commençait à faire nuit, la vieille a allumé son manchon à gaz, une lumière verte, pénible, trois cadavres... Elle n'était pas belle comme ça, ma Paulette, mais moi je l'aimais.

Je suis parti à onze heures. Elle est descendue m'accompagner jusqu'au bas des escaliers traîtreux, noirs et puants. Je l'ai bien pelotée comme il faut dans le noir. Il n'y avait pas d'erreur elle était bien roulée, bien ferme, souple et tout, comme une petite chatte amoureuse. J'avais eu la bonne main. À moi la belle vie.

— À demain matin ! que je lui ai fait.

On a buté dans les boîtes à ordures, un rat s'est cavalé. On l'a cherché avec la lampe de poche. Il faisait bon, avec un coin de ciel noir entre les maisons et du silence partout...

Je l'ai attrapée pour un vrai baiser, un long avec des effets de langue. Elle n'était pas novice, bien solide et savante dans son abandon...

— Va-t'en !... Va-t'en... qu'elle m'a dit dans un souffle mourant, comme au cinéma...

J'allais prendre le Nord-Sud...

IV

J'étais armé de pied en cap, alors. Finies les petites idioties d'adolescent, je savais jouer du cœur. J'avais ma grande victoire.

Réminiscences. Jouer le battu, c'était fini. Loin derrière le quatrième horizon, la coquette, la première, toute simple et bien vivante la petite vache. Tout juste si elle se laissait peloter, à faire ses petits effets. Elle m'avait bien mis sur les deux épaules, à deux doigts d'aller me foutre à l'eau, petit couillon que j'étais...

Et l'autre, la principale... Je revenais du régiment, bon type à caser avec un petit boulot. Elle s'appelait Marcelle, bonne fille d'abord et puis vache, au fond, sournoise et méchante. Allumeuse, la crapule, je ne pouvais pas la laisser dix minutes avec un copain... Et avec ça qu'elle était sèche et froide, la garce, la vilaine compliquée...

Tout cela était devenu bien lointain, j'avais eu la pleine crasse entre-temps. C'était loin, loin ! J'avais maintenant d'autres bases, une autre vie à construire, des projets fameux...

Au matin, je me levais quand la lumière venait soulever les rideaux de ma chambre. J'avais ma princesse en cage de verre à voir, mon renouveau.

Je l'ai prise par la main un soir après le boulot pour lui montrer chez moi. Elle est venue par le petit escalier. Elle m'a dit que c'était mignon. Je l'ai poussée sur mon lit, ma belle princesse. Elle sentait un peu de sa journée, mais elle avait des cuisses à me faire sabrer un bataillon...

Belle, ma bonne petite Paulinette. Chiqueuse un peu, comme au théâtre, mais c'était bon aussi le théâtre dans ma chambre. Ça relevait l'ordinaire, c'était mieux qu'un geste de tous les jours.

Je n'avais jamais été vraiment aimé. C'est bon, c'est épatant. On sait que ce n'est pas vrai, que ça va casser, que c'est obligé. Ça ne fait rien, on devrait apprendre ça à l'école, avec des petits mots, des intonations savantes, et puis vraies aussi, sincères, c'est toujours sincère, ça. Il n'en faut pas davantage pour meubler une vie.

J'avais trouvé, moi, pas compliqué. Nous deux, c'était tout, et puis merde pour tout le monde. Parce qu'elle m'aimait, ma Paulette. Il y a des choses qui ne trompent pas, on a beau dire. C'était le commencement d'une vie nouvelle...

J'étais quand même un peu jaloux de Bernard.

— Tout de même, disais-je à Paulette, tu l'aimais ton fainéant, ton pourri de Bernard, il n'y a pas d'erreur. Tu me le disais. Et toujours à me parler de lui. Hein ! Qu'est-ce qu'il te faisait donc ? Petite vicieuse !

Elle riait de bon cœur.

— Oh ! non, grosse bête, je ne l'aimais pas. Je m'imaginais. Maintenant je sais ce que c'est que d'aimer. Ne me parle plus de ce guignol-là. C'est fini, mon chéri, pensons à nous plutôt. C'est bien plus intéressant... Ha ! Ha !... – Elle riait franchement –... Ce que j'étais bête, tout de même.

— On est toujours bête quand on est gosse ! que je disais. C'était la conclusion.

Il a fallu que je fasse la connaissance des parents et amis, nécessité familiale, ça m'embourgeoisait.

Il y en avait quelques-uns, tout un tour méthodique à faire. Questions de convenances et d'explications, on parlait de la pluie et du beau temps avec parfois des allusions fines et légères comme des locomotives.

Tous disposés à me faire une place dans leur petit cœur, au demeurant. C'est vrai qu'il n'était pas aimé, le Bernard. Ils n'avaient aucun mal à l'extirper du cercle de famille. Il n'avait jamais été vraiment reconnu. Il faisait toujours un peu figure de hors-la-loi, ce maladif. On l'ignorait, ou bien alors on lui passait de ces éreintements fort significatifs. Je faisais presque mine de sauveur, moi. J'avais ma place toute neuve à partager avec Paulette qui pavoisait en martyre. Je n'étais pas dur, je faisais ce qu'on voulait.

On a commencé par aller chez les Henri, qui étaient vaguement cousins. On était en octobre alors, les chaleurs bien passées, des odeurs de cartable dans les grands magasins, la rentrée partout. Je faisais la mienne.

Ils habitaient à Montmartre, les Henri, dans une maison neuve et tout ce qu'il faut. Du beau monde.

Ils avaient aussi une bagnole, me racontait Paulette. À ne pas négliger, en somme ; la belle-mère était bien d'avis.

Ils étaient tout jeunes. Il avait mon âge, Henri, bon gros, pas méchant. Un peu plus vieille, sa femme, avec une face de poupard étriqué, l'air acariâtre, elle me rappelait ma Marcelle à moi, bien vache. Elle s'appelait

Lucienne, bien avenante tout de suite avec moi, je ne croyais déjà plus les horreurs que Paulette m'avait racontées sur son compte. Un vrai masque.

Ils avaient des meubles au poil, quelque chose de soigné. Henri, qui était quelque chose comme représentant, à visiter les cafés et les bars pour leur placer des chaises et des comptoirs, il avait la combine chez les fournisseurs. C'était sa haute fierté.

— Quand vous vous mettrez en ménage, vous me ferez signe ? qu'il m'a dit tout de suite à la bonne franquette.

Chauffage central, c'était bien doux comme chaleur, un peu desséchant même. On était venu le soir pour prendre le café, un samedi après avoir dîné chez la vieille. On avait tout le temps, on ne se bilait pas, c'était pour faire connaissance.

Lucienne a sorti le service à café. Et puis on s'est lancé dans la conversation.

Henri m'a entrepris sur la bagnole, ma spécialité, c'était bien chic. Et on sortait le vocabulaire, les lieux communs à changer tous les ans, les actualités graisseuses...

— La V 12, mon cher...

— Les roues indépendantes...

— La nouvelle traction...

Ça chauffait bourgeois tout à fait. Il prenait des envies de ronronner. Éclairage indirect au plafond, on était bien...

Sucre, café, gâteaux, cigarettes...

— Il paraît qu'au Brésil, le café...

— Nous avons eu un été superbe...

— Nous avons fait le Galibier sans descendre de voiture...

— Moi, je n'aime pas le tabac anglais...

Des mots comme des munitions inoffensives. Chacun son petit sac, comme une bataille de confettis tout à fait gentille et inutile. On ne perdait pas sa soirée, c'était un petit exercice pour faire le tour de sa mémoire.

À la fin, il accaparait tout, Henri, un bavard fini. Seulement il en avait vite fait le tour de ce qu'il connaissait. Il reprenait toujours d'autres mots et d'autres variantes, comme s'il était absolument indispensable de ne pas laisser une seconde sans paroles. Moi je m'emmerdais. Je lui faisais des signes discrets, à Paulette, elle ne voyait rien, elle était dans son élément. Elle faisait du charme, assise sur le bord d'un fauteuil, elle parlait aussi sans bafouillis, les phrases lui venaient, coulantes et faciles... Ça m'impressionnait.

Et puis il m'entreprit encore sur mon métier et sur le sien, Henri. Surtout à bien m'expliquer que ce qu'il faisait n'était pas tellement ordinaire, il ne fallait pas se tromper, c'était un décorateur, un artiste, lui, et pas du tout un commis voyageur.

On fumait des cigarettes sur le balcon. Il faisait trop chaud à l'intérieur. Et Henri ne finissait pas de me raconter ce qu'il était.

J'avais surtout repéré à travers tout ça qu'il avait l'air de bien gagner son bifteck, commis voyageur ou pas.

J'aurais voulu l'interroger un peu sur Bernard, mais je n'osais tout de même pas.

Pour bien lui prouver que j'étais aussi quelqu'un, un technicien, je lui sors ce que je sais sur le vernis, l'émail, la peinture cellulosique, je tâche de revenir sur la bagnole, mon cheval de bataille, il m'arrête, enthousiaste et brumeux...

— Ah ! Formidable, mon vieux ! Possibilités nouvelles ! Peinture cellulosique ! Panneaux, publicité, intérieurs ! Ainsi moi, je...

Je savais écouter, on devenait vite copains.

— On se tutoie ? qu'il me demande.

Et il m'appelle son vieux Félix, comme si on s'était connu à l'école.

— Il ne faut pas vous formaliser, me dit sa femme, mon mari est bien familier, comme dans le milieu ouvrier, n'est-ce pas ? Dans son métier, vous comprenez...

Oui, je sentais bien ça. Il fallait être parfaitement cordial avec moi.

Bien montrer qu'on n'était pas plus fier pour ça, qu'on admettait fort bien un manœuvre dans la famille, largeur de vues et tout !

Regâteaux, recigarettes, recafé. Pas de liqueurs.

— On est d'une société de tempérance, à cause du métier, m'explique encore la cousine. Mais enfin si vous désirez, Henri va descendre...

— Oh ! pensez-vous ? Mais non, voyons ! Pas du tout ! Moi-même je n'y tiens pas particulièrement...

J'avais du savoir-vivre.

— Vous lisez beaucoup, vous autres ouvriers ? me demande-t-il, tout naturel.

Ça me cabrait un peu, sa question de parvenu. Je lui ai répondu oui, tout de même, que moi du moins j'amais bien bouquiner.

— Viens voir ma bibliothèque, qu'il me fait.

Je le suis, Paulette aussi, et tout le monde. Il y avait une centaine de bouquins rangés sur des étagères. C'était arrangé bien mignon, comme un cabinet de travail où personne ne travaille. Ils sortent des bouquins, tous renseignés à consulter les titres.

— J'aime ça... J'aime pas ça...

J'en rotais. Je croyais que c'était de la culture, à ce moment-là.

Sur le coup, je leur accordais un peu d'admiration aux cousins. Et à Paulette aussi qui avait l'air salement au courant. Gide par-ci... Valéry par-là... Je me sentais tout petit, moi.

— Ah ! Duflan !... lançait Henri, enthousiaste.

— Vous l'aimez ?

— Ah ! là là ! Un génie magnifique !

— Vous avez lu son dernier roman ?

— Possible, je ne sais pas, je ne me rappelle pas beaucoup ce que j'ai pu lire de lui, mais c'est admirable, pérorait Henri, formidable !

Pas plus bête pour ça, au fond. De la conversation, cette grande bouffeuse, une nécessité, une fausse route, l'univers dans un dé à coudre !

Il ne fallait pas que je reste en arrière moi, comme un navet. À moi le crachoir une minute !

Je les ai entrepris sur la politique. J'ai été refait, ils étaient conciliants au possible. La Lucienne maniait discrètement l'éteignoir, c'était la vraie maîtresse de maison. Mais je l'ai trouvé quand même, mon fin sujet.

— Quand je faisais du camping... que j'ai commencé d'un air dégagé.

Puis j'ai raconté mes histoires de vagabond quand je courais les foires avec mon copain Eugène.

Ils ont voulu contre-attaquer avec des fades histoires de vacances mais là, sur mon terrain, je les possédais en plein, nom de Dieu, c'était autrement coloré et vivant ce que je racontais, moi. Ils m'ont laissé la place. Je devenais quelqu'un dans la famille. Paulette jubilait.

La belle-mère aussi. On était fier de moi. Je me taillais une place à la sueur de ma langue.

On devait les revoir bientôt les Henri, chez d'autres cousins qui habitaient du côté du Juvisy, dans un lotissement.

On y a été, toujours avec la vieille, ma présentation était absolument nécessaire. On aimait les choses régulières dans la famille.

Divorce d'abord, déjà parti, et puis remariage. C'était le beau programme.

En sortant de la gare là-bas, je me souviens bien, il avait plu salement ce jour-là. L'eau dégoulinait de partout. Après une passerelle qui enjambait la voie ferrée on avait un petit chemin bordé d'orties, avec des caniveaux et des ornières en cascades boueuses.

Il y avait une odeur fraîche qui flottait en l'air et des gouttes qui tombaient encore des arbres. Des îlots par terre, pour mettre les pieds.

On sautait d'un côté à l'autre, chaque pas était tout un problème.

Ça faisait : « Pffouc ! » quand on entrait jusqu'à la cheville dans la vase. J'avais des bas de pantalon qui pesaient des vingt kilos.

— Dis, Paulette, est-ce qu'on tourne à gauche, ici ?

— Ah ! je ne sais pas. Je ne me rappelle plus !

On ne voyait que des petits pavillons, perdus au fond des petits jardins. Partout des chiens méchants.

Je repérais une plaque.

— On est rue Frédéric-Bobinard, ancien maire, que je disais pour les renseigner.

Ça ne leur disait rien.

« Pffouc ! » dans la boue. Un palan pour retirer mon pied gauche.

Et la belle-mère en dérive là-bas, qui ne pouvait pas sauter une flaque jaunâtre.

— Retirez vos chaussures ! que je lui ai fait.

— T'es sûre que c'est par là, m'man ?

— Mais oui. Ce n'est pas la première fois que je viens chez eux.

Pas un chat dehors. Une enfilade de murs moussus. Des conduites en béton en tas inutiles. Un poste transfo, tout seul dans un coin, comme un monument hermétique. Et l'eau gouttait toujours.

De l'optimisme !

— Ça sent la campagne ! me disait Paulette.

Ça sentait plutôt la merde, la merde mouillée, le long des murs.

Une descente, un tuyau crevé sous un mur, un torrent véritable, ravineur. Plus moyen de passer.

— C'est pas par là !

— Mais si !

— Mais non !

— Il aurait fallu tourner !

— Tu confonds !

Prise de becs. Je les laisse. Je vais voir une autre plaque bleue, perchée sur une tige de fer que je repère à dix mètres. Avenue des Hortensias. C'était ça.

Un fossé plein d'eau sale, charrieur de boîtes à conserve. Un contre-talus herbeux qui surnageait sur un côté de l'avenue. On marche en file indienne. Paulette devant moi. On fait dix mètres puis elle glisse.

— Aïe ! Hou là !...

— Tu t'es fait mal ?

Elle se tâte le derrière.

— Hou là ! Oui. Je vais avoir un bleu !

On arrivait. Une planche qui enjambe un caniveau. Une grille sur une basse maçonnerie. Sonnette.

Une petite boulotte s'amène du fond.

— Ah ! Vous voilà ! quel temps, hein !

Elles s'embrassent, on me présente. C'était la cousine Agathe, basse, mafflue, croulante. Je lui donnais tout de suite dix gosses à la voir comme ça. Elle n'en avait qu'un. Déception.

Gédéon le cousin, c'était un grand déplumé, avec plus un cheveu sur le caillou. Un beau couple. Bécots partout. On trouve dans la salle à manger les Henri qui étaient venus en bagnole.

Regrets.

— Il fallait nous le dire. J'aurais été vous prendre.

Tout le monde parle en même temps. On rigole, on s'essuie, on se change. Gédéon me refile son pantalon de jardinier et des savates puantes. C'était tout de suite gentil.

Présentation au moutard.

— Bouzou ! A diguidiguidi ! Bouzou, bouzou !

J'avais payé mon tribut.

Il était chef à la T.C.R.P., Gédéon, dans un bureau. C'était quelqu'un, il se faisait de bons mois, il gardait sa femme chez lui, il avait fait construire sa maison. C'étaient pas des petites gens les cousins, on tenait bien à me le montrer.

Distingués avec ça, ils étaient chrétiens, protestants, pratiquants.

Des gens bien, de l'estime en bouteille. Ils étaient sportifs aussi, sans que ça paraisse, au courant de tout. Toujours la conversation !

Aux murs, il y avait de grandes cartes qu'on achète cent sous, des vues, des mers d'un bleu de méthylène, des couchers de soleil avec toutes les teintes de rouge.

Il commençait à se faire vieux, Gédéon, il tâtait la quarantaine.

Il avait de l'autorité, un sens de ses responsabilités. Il parlait peu mais bien. Agathe, elle, bavait drôlement et sans respirer, un bagou formidable, je reconnaissais la famille.

— Si vous l'aviez connue avant, m'avait dit la belle-mère. Elle était jolie fille et tout et plaisante. Ah ! le mariage ne lui a pas réussi !

Je voyais ça. C'était la frangine à Lucienne. Autant l'une était sèche, autant l'autre était écrasée. Ça donnait à réfléchir.

On causait, pour ne pas changer, il n'y avait que ça à faire. Passer le temps, se faire valoir, bien montrer qu'on savait un tas de trucs.

On ne pouvait pas songer à sortir, à cause de la boue. On restait confiné dans la salle à manger, dans la fumée des cigarettes, à parler fort, tous d'accord. C'est inouï ce qu'on peut se dire de choses, comme ça, pour ne rien dire.

Grande controverse dans un coin. Ils étaient tous plus renseignés les uns que les autres, avec de vastes bourdes que je voyais de ma fenêtre.

C'était du bien faisandé ce qui les faisait vivre, eux.

Ils me demandent mon avis sur le cinéma. Je ne pouvais pas m'esquiver. Il fallait aussi que je me gonfle un peu.

— C'est un art inférieur ! que je dis, tout froid.

La phrase me plaisait, j'étais content, le ton surtout.

Ça les a estomaqués. Grande discussion.

— Il a raison !

— Du tout, permettez...

— Voyons, voyons...

J'avais compris le jeu. Ça voulait imiter le bourgeois. Au fond c'était marrant.

— Vous avez vu tel film ? Admirable, n'est-ce pas ? Formidable ? me demandaient-ils.

— Du tout ! Affreux ! Insipide !

Je devenais supérieurement intéressant. Ils ne tenaient pas plus que moi à s'expliquer à fond. On rompait. On se reprenait plus loin. Le triste, c'est qu'ils avaient l'air de tirer tout ça au sérieux, ces fausses tranches, ils miroitaient, pour se faire illusion à chacun. Rien de vrai, dans tout ça. Sincérité de quatre sous. C'était puant un peu. J'étais gêné de voir Paulette au diapason.

On a tout de même servi le déjeuner, un peu plus tard. Tous autour de la table à rallonges, Paulette à côté de moi. Il y avait du saucisson comme hors-d'œuvre. Je rentends le beau discours de la belle-mère sur le saucisson, avec des pauses et des virgules.

— Bravo, bravo, nous aimons la bonne cuisine, dans la famille.

Tout le monde était bien content. C'est vrai qu'on n'a pas mal bouffé, avec du vin pas mauvais. Ils ne faisaient pas partie d'une société de tempérance les Gédéon, heureusement.

Et ça continuait toujours leurs ragots intarissables, pour des riens.

On parlait, bouche pleine ou vide, avec des sourires et des faux coups de gueule bien réglés. C'était cordial, familial, et toujours à un doigt pourtant de la fâcherie solennelle.

Dehors il pleuvait toujours. Belle journée en perspective. On discutait encore autour du café.

— On écoute la T.S.F. ? demande Paulette.

Il ne manquait plus que ça. Rien ne les empêchait de gueuler, par-dessus les solos de trombone. Ça tenait du café de campagne et de la première communion du petit.

J'attendais que chacun pousse sa romance, on en est passé à un poil.

C'était bien gai !

Puis les bonnes femmes ont été dans la cuisine, histoire d'aider Agathe à faire la vaisselle. On est resté entre hommes, nous trois dans la salle à manger.

Discussions oiseuses encore. Gédéon sort les cigares. On fume, on s'épie, on se congratule, on se pique. J'en avais marre.

— Vous avez connu Bernard ? que j'interroge d'un coup.

Sursaut ! Sujet défendu ! Ça ne fait rien, bonne humeur tout de suite pour me répondre avec les yeux au ciel.

— Hélas ! Si nous l'avons connu !...

— Drôle de coco !

— Il ne vaut pas la peine qu'on en parle !

Si, j'y tenais ! Moi, j'étais tout de même jaloux du Bernard.

Des trucs qu'ils ne pouvaient pas comprendre. On m'avait bien tout dit, que c'était un dégoûtant, un maquereau, un fainéant, tout quoi ! mais je n'en avais pas encore assez. Je n'aurais pas pu dire pourquoi.

— C'est un malheureux ! que fait Gédéon.

— Un pauvre type !

— Sournois, avec ça ! Méchant ! Crapule !

— Un malade ! Un fou !

— Je préfère ne pas en causer, par charité chrétienne !

Toc ! Ça c'était la fin des fins, la suprême condamnation.

Mais moi je voulais des détails.

— C'était un copain à toi ? que je dis à Henri.

Il était effaré, le gros, un peu ahuri.

— Oh ! un copain qu'il fait, un copain... Je le connaissais, quoi, un peu, à peine...

— Paulette m'a dit que vous vous connaissiez bien, à des cours, qu'elle m'a dit, et puis au régiment.

Il secouait la tête, tristement.

— Ah ! ça me fait de la peine de parler de tout ça. Pauvre Paulette, si j'avais su ! Mais quoi, un type bizarre, renfermé...

— Un bel hypocrite ! n'a pas pu s'empêcher de souffler Gédéon derrière sa charité chrétienne.

— Il avait des idées de grandeur. Je le connaissais surtout par un copain. On se voyait au cours Desaux au dessin d'art, à reproduire des plâtres. C'était surtout un tapeur fini, jamais un rond quand on sortait, agressif, mal fringué. Fainéant comme une couleuvre. Et menteur, à toujours raconter des histoires impossibles. Il a bien su l'embobiner, Paulette. On lui avait trouvé un petit boulot chez un photographe, histoire de se marier. Quinze jours après il laissait tout tomber. Ça ne lui convenait pas. Il voulait autre chose. Il a fauché les économies de la famille pour vadrouiller partout aux quatre coins de la France : Boulogne, Biarritz, Monte-Carlo, Aix-les-Bains, une vie magnifique le salaud, il nous envoyait des cartes postales, ce fumier ! Et ensuite, il faisait le maquereau, là, à envoyer Paulette travailler pour lui !...

— Il serait plus décent de n'en pas parler, coupe Gédéon.

Pourtant moi ça me faisait plaisir tout ça. Ça me faisait un petit moral, qu'il soit le dernier des derniers, Bernard. Plus salaud il était, moins jaloux je serais. J'avais peur qu'on lui oublie une qualité au milieu de tout ça.

Il y avait des contradictions. Je ne le voyais pas faire son petit marle, la face du cadavre, ni mener la vie de casinos, le souffreteux de la cage en verre. Au fond j'avais comme une envie de prendre sa défense, et puis ça me posait, ça faisait généreux.

— Bah ! que j'ai fait. C'était certainement un malade. Plus à plaindre qu'à blâmer !

Ils m'en savaient gré de ma bonne parole. J'étais raisonnable, moi !

— Malade ou pas, a dit sentencieusement Gédéon, il peut aller crever où il veut !

C'était énergique !

Question de pudeur, je ne continuais pas. Ça nous avait rapprochés, ça, et puis gênés.

— Il y a tout de même du drôle de monde ! a fait le gros en secouant la tête.

On en convenait tous en chœur. Des tracassés, des malades, des emmerdeurs, il y en avait en effet. Toute une race à part. On crachait dessus nous les gens de la norme. On les jugeait de haut. Pourtant je n'avais pas trop de conviction. Ça m'embêtait bien aussi de rentrer d'un coup dans les embourgeoisés, à juger le monde. Je voulais encore une place à part. Je n'avais pas tout à fait fini de me croire indispensable et libre. J'étais tout de même le plus jeune.

Ils continuaient à baver pendant ce temps-là, les deux autres.

— Oui, disait le gros Henri, c'est pas sa faute à Paulette, mais on peut bien dire qu'elle n'a pas de chance. Cette histoire avec Bernard, là. Et puis le soi-disant empoisonnement, que ça m'a même fait toute une histoire à moi, que mes parents ne voulaient pas que j'entre dans une famille comme ça...

— Quel empoisonnement ? que j'ai demandé.

C'était une première nouvelle, pour moi, un petit pincement au cœur.

— Bah ! a fait Gédéon. Des bêtises, des racontars de paliers, vous savez, dans les villes de province...

— Mais quel empoisonnement ? que j'ai insisté. Qui est-ce qu'on a empoisonné ?

Silence. Ils regrettaient d'en avoir trop dit. Henri était tout malheureux, tout rouge. Gédéon regardait au plafond.

— Quel empoisonnement ? que j'ai interrogé plus fort. J'ai bien le droit de savoir.

— Chut ! a murmuré le grand déplumé en louchant vers la porte. C'est pas la peine de remuer tout ça... Pas si fort !... Pour des ragots stupides... La pauvre femme en a assez souffert...

— Mais quelle pauvre femme ?

Je voulais tout savoir, j'exigeais une explication. Cette histoire d'empoisonnement me paraissait tout à fait suspecte, je voulais absolument en avoir le cœur net.

Gédéon s'esquivait derrière sa charité chrétienne, je me suis rabattu sur le gros Henri qui avait parlé le premier.

— Alors ? que je lui ai fait. Qu'est-ce que c'est que cette histoire-là ? Ça me fout les chocottes à la fin. Tu vas bien finir par m'expliquer ce que c'est ?

Il hésitait encore, le gros Henri, tout en passant des regards du côté de Gédéon.

— Je ne sais pas grand-chose, qu'il a fini par me dire. Ce que m'a dit Lucienne et puis des racontars, des renseignements de petite police, comme ça. Je ne sais pas si ça vaut la peine de répéter ces choses ignobles.

— Vas-y ! Vas-y !

Je l'encourageais, mais il n'avait pas besoin de trop se faire prier, ce bavard.

— C'est le père de Paulette, qu'il a commencé. On prétend qu'il est mort d'une façon bizarre.

— C'est d'ailleurs entièrement faux, a coupé Gédéon. Antoinette est incapable d'une telle ignominie, inutile de vous le dire.

— Continue ! ai-je dit à Henri.

— Eh bien, c'est tout, voilà !... Les uns ont prétendu qu'il avait trop pompé d'alcool. C'est même pour avoir vu ça que Lucienne a exigé que je me mette d'une société de tempérance, quand on s'est marié... Et puis tu sais ce que c'est en province, on a flairé du louche. Un homme si sobre, qui s'était mis tout d'un coup à boire... Et qu'après tout la femme aussi pintait dur, et qu'elle vidait bien les pots en face de lui, chez tous les bistrots du quartier... Et qu'on savait ce qu'on savait... Et une pétition au procureur pour réclamer l'autopsie... Et des lettres anonymes robustes et précises dans les détails et les dates...

— Des flots d'ordures, a repris Gédéon, des ragots incroyables. Je ne vois même pas pourquoi on en parle plus longtemps...

Mais Henri était lancé. Il était plus nouveau dans la famille. Il n'avait pas encore tout à fait la solidarité. Et puis il tenait bien à m'expliquer surtout son cas de conscience, sa propre magnanimité, et tout.

— On a prétendu qu'elle lui filait de l'arsenic ou bien de la strychnine dans son verre. On aurait trouvé vingt personnes pour jurer l'avoir surprise *de visu* en train de lui préparer un bouillon de onze heures. On racontait qu'ils se disputaient, et qu'elle gueulait trois fois plus fort que lui, sonore, hurlante, elle lui réduisait le cerveau à l'encercler d'engueulades. Tous les jours on le voyait plus moche et plus traînant, miteux, butant, cradot, baveux, lui qui était si sobre et si propre. Vraiment ça n'était pas net... Et à sa mort, tout à fait suspecte et assiégée... Il avait quand même pu glisser trois mots à un copain, au sujet de sa femme, que c'était une salope et qu'il faudrait lui arracher la gosse de ses mains d'empoisonneuse...

— Il était fou ! a coupé encore Gédéon.

— ... Le jour de l'enterrement, il y a eu deux cortèges. La famille du père, ses copains de boulot, et puis les voisins d'un côté, et puis de l'autre la veuve et sa famille... Ça s'est invectivé au cimetière... Elle a dû s'esquiver de justesse avant qu'on l'ait écharpée. Et puis on lui faisait des réflexions à haute voix dans la rue... Et puis c'est l'épicière qui a refusé de la servir, tout net, devant des commères ricanantes...

— Une martyre, je vous dis ! Une vraie martyre !

— Expulsée, absolument, du quartier, elle s'est débinée le plus loin possible, à l'autre bout de la ville. Mais c'est pas grand, Saint-Étienne, on est venu la relancer là, encore. Une femme lui a même arraché son voile noir, une fois, en pleine rue... Ça n'était plus tenable.

Elle a pris sa gosse et puis elle est venue à Paris, voilà ! C'est ce qu'on raconte... Antoinette n'en parle jamais, bien entendu. Et Paulette, pas davantage. Je te conseille de faire comme si tu ne savais rien. C'est plus correct... Moi, vrai ou pas vrai, il y a longtemps que j'ai passé l'éponge.

Et ils ont remis ça, à postillonner désinvolte et choisi.

J'étais bien estomaqué. Ils puaient vraiment l'urine de commère, ces deux cousins...

Pour ma gouverne, Gédéon m'a vite appris qu'il avait une quinzaine d'employés à commander, des tire-au-cul en majorité, des types pas consciencieux qui faisaient de l'obstruction, qui ne faisaient rien du tout pour l'aider. Ah ! ça n'était pas facile, son boulot, il m'expliquait ça.

— Vous autres ouvriers vous avez de la veine, votre tête ne travaille pas, seulement vos bras. Mais nous, mon ami, c'est une tension morale de tous les instants. Le soir encore, rentré ici, je me demande si on a bien fait tel relevé, telle statistique. La nuit, des fois, ça me réveille...

Moi je protestais, je disais que nous aussi on fatiguait bien, et que c'était emmerdant au possible mon boulot dans les vapeurs cellulosiques. Encore controverse, effort physique, effort cérébral... On se payait de mots. C'était vaseux en plein. On n'avait rien à se prouver, au fond. On causait chacun pour soi, bien fort.

J'étais encore tout engourdi du coup de l'empoisonnement. Je digérais ça lentement. Je me préparais le silence.

Je laisse ostensiblement tomber. Flottement. Gédéon, un tantinet psychologue, monte dans sa chambre et redescend un ping-pong. Joie ! On va pouvoir se marrer un peu ! On monte ça sur la table à rallonges. J'en avais fait du ping-pong, à longueur de soirées, au cercle des caporaux et sapeurs, au régiment. Je me croyais fort. Ils m'ont écrasé successivement avec du 21-10 ou approchant. C'était le jeu de la maison, ils étaient imbattables. Les bonnes femmes la même chose, je sentais toute une perspective de dimanches pluvieux derrière cette maîtrise.

Tournoi, contre-tournoi, championnat, repêchage. Le soir tombe, on allume, on continue. Clic ! Cloc ! Clic !... Out ! 12-8 ! Service ! Clic ! Cloc !... Merde, la balle est sous le buffet ! Tu la tiens ? Passe le balai !... Clic ! Cloc ! Clic ! Filet !... Je prends le vainqueur !... Clic !... Oh ! la coquine, juste sur le bord !... Cloc ! Le môme qui braille, vas-y voir Agathe, je suis pris !... Clic ! La balle qui se débine encore sous les meubles. Paulette qui tend sa robe sur une belle petite croupe solide, le nez sous le buffet !... Ah ! elle était sous le divan ! On se marre ! Clic ! Cloc ! Clic ! Cloc !... Les beaux dimanches !...

V

Bientôt l'hiver est venu, la vache, pas tellement en froidure mais en morte-saison. On se demandait toujours si Parmain la prendrait sa fameuse décision énergique de foutre la moitié du monde en chômage pendant que les voitures ne sortent pas.

On vivait des accidents. À nous les pare-chocs maladifs, les caisses défoncées, les ailes gondoleuses, les marchepieds emboutis, les capotes déchirées ! À nous le verglas et les dérapages ! Un bon point aux apprentis ! Un triple ban aux défonceurs de becs de gaz ! Une tournée générale aux chauffeurs de taxis ! Tant qu'il y avait de la casse, il y avait de la vie. Au fond, on se faisait entretenir par les compagnies d'assurances, une combine comme une autre, mais tout de même pas suffisante.

— Je bouffe du pèze ! venait nous dire le patron. Ça ne peut pas durer comme ça. Faut faire un roulement. Vingt heures par semaine. Ou bien alors, hop, les derniers rentrés !...

Mais les anciens ne voulaient pas entendre parler de roulement, les chameaux. On discutait sérieusement, on s'engueulait, on se traitait tous de faux frères, réciproquement. Les pères de famille nous envoyaient leur femme et leurs gosses dans les jambes, comme argument. On se faisait des vacheries. On se méfiait de tout le monde. Mais c'était un fait, il n'y avait plus de boulot. On avait beau descendre aux chiottes toutes les heures, et fumer des cigarettes, et se planquer, et bavasser avec les tôliers, on avait toujours du temps de trop.

Pour Paulette ce n'était pas la même chose. Elle avait toujours son petit courant de comptabilité, de factures, de lettres à expédier, elle était nécessaire, il n'y avait pas de problème pour elle. Mais moi c'était différent. J'étais dans les premiers à passer. J'avais plutôt le cerveau mou le samedi matin et chaque fois que Parmain avait l'air d'avoir une décision sur ses moustaches.

Au fond, c'était le bon type, le patron : il manquait seulement un peu d'énergie. Il aurait bien voulu, lui, qu'on fasse le roulement. Seulement il y avait trois grandes gueules dans les anciens, qui ne voulaient rien savoir. Trois belles vaches, les ordures, et les autres aussi, au fond, qui se sentaient un peu à l'abri parce qu'il y avait longtemps qu'ils étaient là.

On était une demi-douzaine à se sentir surtout menacés. Tous les derniers entrés. On se serrait les coudes, on avait des bons coups de gueule, nous aussi. On tâchait de leur faire honte aux autres ordures, mais ils étaient blindés. Chacun ses arguments, tout le monde avait raison, côté bifteck.

— Vous n'avez pas honte, qu'on leur disait aux anciens, de nous faire foutre au chômage ? Hein ? Et la solidarité, nom de Dieu ! Alors quoi, ça n'existe pas ? Hein ? Vous vous en foutez qu'on aille crever de faim pourvu que vous fassiez votre semaine complète ! Hein ?

Que les copains crèvent, on s'en fout. On ne fera pas une minute de moins ?

— Allez ! qu'ils nous répondaient. Faut pas nous raconter des histoires ! Crever de faim ? ha ! ha !... Et le chômage, alors ? C'est pas pour les chiens ! Et puis c'est juste un moment à passer !

— Justement ! qu'on répondait. Il n'y a qu'à le supporter tous ensemble.

— De quoi ! qu'ils enrageaient. Taisez-vous donc ! Vous venez nous voler notre pain ! Vous ne faites pas partie de la maison. On vous a pris en rab, pour l'été. Maintenant c'est à vous de foutre le camp !

— Mais on a besoin de vivre comme tout le monde !

— D'abord, concluaient les trois vieux, c'est la règle. Il n'y a pas à changer, on fait ça tous les hivers. Vous n'allez pas faire la loi, non ?

C'était une interminable discussion.

— Alors, je fais le roulement, cette année ? venait dire timidement le patron.

Ils glapissaient aussitôt, les anciens.

— C'est pas régulier ! On accepte ce qu'on gagne de l'heure pour avoir du boulot toute l'année ! Sans ça il n'y a rien de fait, c'est de l'exploitation, de la dégueulasserie, un coup en vache ! Il n'y a qu'à faire comme les autres années !

— Mais les copains, alors ? Entendez-vous avec eux !

— C'est pas à nous de nous en occuper. On fait notre boulot, c'est tout !

Ils ajoutaient même perfidement que ce n'était pas beau du tout ce qu'il faisait là, le patron... C'était une basse manœuvre pour dresser les travailleurs les uns contre les autres, mais ça ne prenait pas du tout avec eux ! Et puis ils venaient nous dire à nous qu'on n'était qu'une bande d'égoïstes, que ça ne nous suffisait pas d'être emmerdés, alors on voulait emmerder tout le monde.

— Vingt heures ou l'allocation, c'est du pareil ! qu'ils disaient. À tout bien compter c'est du pareil au même, à quelque chose près. Alors, sacrés salauds, ça ne vous suffit pas d'être dans le pétrin, il faut y entraîner les copains aussi...

Nous on protestait, on discutait les chiffres, on les traitait d'accapareurs... Finalement, la tradition, c'est nous que le patron a foutu à la porte. Avec promesse de nous reprendre dès que ça irait mieux.

J'étais doublement mauvais. Pour le boulot d'abord et puis pour Paulette. C'était bien fini le restaurant de la rue de Tolbiac (on avait abandonné les végétariens depuis longtemps) et les retours et toutes les minutes qu'on pouvait se réserver. Maintenant ça serait de l'officiel, du samedi après-midi ou du dimanche sous le contrôle de la mère.

Tout de même, je dois le dire, ça s'est bien vite arrangé. Je n'ai eu que douze jours de chômage, puis j'ai trouvé une boîte rue Oberkampf, au fond d'une cour, à fabriquer des tarauds et des filières sur des machines automatiques. Sept francs de l'heure, j'étais même assez verni, à tout bien réfléchir. Et puis, vingt-six ans, j'étais un homme, quoi, je devais porter sérieux sur le visage, plus du tout comme aux alentours de mes vingt ans quand je traînais ma flemme d'une boîte à l'autre, avant de m'engager.

C'était juste aux alentours de Noël ces histoires-là.

Le réveillon on l'a fait aux Batignolles, chez la vieille, en famille. Là-haut, au bout des escaliers noirs et puants, dans la petite carrée bleue.

Il faisait froid à cette époque. J'avais remis mon vieux pardessus et mes vieilles fringues de l'hiver précédent. Je n'étais pas si bien fringué qu'en été et même, pour bien dire, j'étais plutôt miteux. Paulette, bonne fille, voulait bien ne pas s'en apercevoir, mais dans la famille ma réputation s'établissait, aussi indélébile que de l'encre de Chine.

— C'est un brave garçon, qu'on disait de moi. Mais c'est un manœuvre !

Condamnation, chez ces faux cols.

Et au fond, sans se l'avouer, on la plaignait un tout petit peu, Paulette. Moi, je le sentais, tout ça. Et ça me dégoûtait. Comme si j'y étais, je les entendais les conciliabules secrets des Henri et des Gédéon, à raconter que c'était par dépit, au fond, que Paulette m'aimait, et des tas de trucs et des machins qui leur éclataient de leurs sourires forcés à ces gonflures, tout empesés de leur importance. Ah ! c'étaient pas des manœuvres, eux, les belles vaches. Ils étaient d'un autre ordre, ces couillons. Ils nageaient dans leur jus, ces embourgeoisés. Il ne fallait pas confondre !

Une chose dont j'étais certain à ce moment-là, sans vanne, c'est l'amour de Paulette. La bonne fille ! Bonne, oui vraiment, et que j'aimais toujours plus fort. On s'entendait, nous deux, on complotait. On montait à peu près régulièrement le samedi, chez moi, en cachette. On avait notre petit langage à nous, si intime. Amoureux j'étais, comme jamais je n'avais été, comme une prière murmurante, un veloutis d'orgue, un baume à la coco, ça venait s'abattre sur moi, ça m'empoignait par les profondeurs. Ça mêlait des douceurs à tout ce que je pensais, ça sonnait un creux de cathédrale, une angoisse d'infini. Des choses que je ne pouvais pas expliquer mais que je sentais parfaitement, mieux même et plus profondément qu'un intoxiqué du genre bourgeois qui aurait pu baver cent sept ans là-dessus avec des parallèles et des citations tirées de l'antique et du moderne.

Encaqués dans la chambre, ce soir de Noël, on était, je crois, la famille au complet. En plus des cousins il y avait encore deux vastes tantes et des oncles ou des parrains, tous plutôt sur le retour. On se faisait des politesses, tous assis dans un coin définitif. On ne bougeait pas sans écraser un orteil. On s'excusait avec des sourires.

Dans l'après-midi j'avais mis le divan dans le couloir tellement sombre. Ça donnait un peu d'air. Et puis j'avais poussé le buffet juste au fond. On avait aussi descendu la commode chez un voisin obligeant qui par contre avait monté des chaises. Du coup il était invité, avec sa femme et son gosse. On était bien une vingtaine, le métro aux heures d'affluence. C'était tout à fait réussi. La table était trop petite, on rigolait bien. On ne pouvait avancer qu'un bras, de travers, comme pour nager l'indienne. On n'avait pas plutôt commencé que Gédéon s'était déjà flanqué du banyuls plein son plastron. Marrage, rires en cascades. Pour manger les huîtres il fallait prendre son billet et demander la permission à droite et à gauche, vlouc ! et pas manquer le coup de langue décisif. Au bout de dix minutes on étouffait. On a ouvert la fenêtre. Galantine, mortadelle, charcuterie, cochonnerie, rigueur des réveillons. Démarrage à fond ça y était, on se mettait à gueuler plus fort, tous, hurler pour des conneries.

Il y avait déjà un vieux bougre qui me donnait du Félix long comme le bras. Il m'avait entrepris par-dessus la table, à bien me parler de lui. C'était un bafouilleux, un calamiteux, il ne savait pas retenir l'attention. Les autres parlaient au-dessus de lui. Mais alors moi, le nouveau, il ne voulait plus me lâcher, il venait me relancer entre chaque bouchée.

— Hep ! qu'il me criait pour faire sa petite trouée dans le bruit à tout le monde. Hep ! Félix !

Mine de rien, je ne répondais pas.

— Hep ! Félix !... Félix !

Il s'époumonait.

J'avais Paulette à ma gauche et Lucienne à ma droite. Chaud et froid. De quoi attraper la crève.

Je faisais semblant de discuter sérieux et amoureux avec ma petite chatte. La vache de Lucienne, elle n'en loupait pas une. Elle me touchait le coude.

— Dites, Félix ! Mon oncle vous parle ! qu'elle me faisait avec un beau sourire.

Sale carne !

— Ah ! qu'il faisait le vieux... Je disais, heu... Félix... que... heu quand j'étais dragon, en 92...

Le manchon à gaz déversait du cadavérique et du blême sur toutes les faces verdâtres. Ça m'a toujours laissé, ce dîner, une impression de vessies alignées et rigolardes.

Et je t'en lance des bien bonnes, des calembours chroniques, des histoires marseillaises. C'était le moment de rigoler, chez ces sages, il fallait vite en profiter.

Méfiance ? Je ne sais pas. Je n'étais pas à l'aise du tout, malgré Paulette qui me faisait des petites câlineries. Je rigolais toujours à contretemps.

Dinde aux marrons. Ils ont insisté pour que je dise que c'était la première fois que j'en mangeais. Je leur ai fait ce plaisir. Et dire aussi que je n'avais pas de famille. Alors ça leur paraissait épouvantable ; ils me plaignaient bien, ça les ravigotait. Les vieilles fondantes en étaient toutes retournées.

— Oh ! vous avez perdu votre père ? Et puis votre mère ?...

Un temps pour la consternation. Un poil de discussion sérieuse.

Valait-il mieux perdre son père avant sa mère, ou inversement ? Grosse question ! L'intérêt rebondissait. Chacun avait son mot là-dessus, définitif et qui servirait tous les ans, avec des anecdotes aux quatre coins de la table. Parler ! Parler ! La grande loi !

Je profite savamment de la vedette pour sortir mon fin sujet, mon super-cuirassé, pour forcer le succès. Je l'avais bien poli et ciselé, je le possédais à fond, imbattable.

— Ça me rappelle... le camping... les feux... la gamelle... Un soir, les gendarmes.

Ovation.

Jaloux, Henri se met à parler de lui, de ses idées, de son art, en précisant une fois pour toutes qu'il n'avait rien du commis voyageur. Anecdotes. Mots techniques. Il se taille aussi un petit succès, la vache !

Gédéon, sans débander, nous entretient un quart d'heure de ses collègues de la T.C.R.P. qui... que... lesquels...

Chacun son tour, en somme.

Nous voilà redevenus sérieux.

Je ne sais plus qui est-ce qui lance tout ça sur la mitrailleuse, le voisin, je crois. Les souvenirs de régiment affluent, nom de Dieu. On en fabrique et des drôles. Oh ! mais qu'on ne s'y trompe pas, on était tous des fortes têtes, sans exception, même Gédéon.

— Je lui ai dit au lieutenant, moi, comme ça, entre quatre z'yeux...

Des récits palpitants, avec des fins sous-entendus aussi pour les visites de bordels. Au fond, ils étaient bien tous les mêmes, pas très satisfaits, avec du retard d'aventures.

Pourtant je me méfiais, moi, surtout des cousins que je n'arrivais pas à blairer complètement. Ils me le rendaient bien. C'était une bagarre sourde, surtout avec la Lucienne, cette peau de chameau.

— Oh ! Félix ! qu'elle me disait toute aspirée dans un sourire. Oh ! vous venez de tacher votre veston.

— Non ! que je faisais. C'est pas une tache. Je sais manger.

Et puis c'en était une. Merde ! Elle jubilait.

— Quel dommage, n'est-ce pas. Un si beau veston ! Il faudra le faire nettoyer, n'est-ce pas ? Pour être toujours aussi propre ?

Petite charogne ! Elle insistait ! J'étais mauvais, moi. Je n'aime pas tant la mise en boîte.

On me servait à boire, à droite, à gauche, en face.

— Bravo, Félix !... Vous autres ouvriers, vous avez une bonne descente, n'est-ce pas ! Allons-y ! N'ayez pas peur !

Je n'osais pas refuser. Je buvais trois fois comme les autres.

Champagne. Changement à vue. La tante Augusta, boute-en-train de la famille, veut nous faire des tours de physique amusante. On est là pour s'amuser, c'est la règle. Et puis on chante, on se pousse les uns les autres, on se chatouille. Il faut rire !

On n'y coupe pas. Il faut sortir chacun son grand air.

Les cadavres s'amoncellent, là-bas, sous le faux évier.

Agathe, dans un coin, la sueur aux tempes, se fait des petits sourires pour elle toute seule. On boit encore et on chante, comme si on avait cent ans de misère à enfouir.

J'ai un trou dans la tête, on ne se reconnaît plus. Je tape dans le verre de Lucienne. Pouah ! Un vittel dédaigneux ! On fume comme on tète. On intercale. On n'a plus assez de temps pour tout faire.

J'ai la tête qui tourne, ça ne va pas très bien. Je m'aperçois que Paulette est fine soûle et se tamponne la bouche avec sa serviette. Je l'entraîne aux cabinets. Ni vu, ni connu. Personne ne s'en aperçoit.

Dehors il fait noir et froid. Je trouve la porte visqueuse. Je jette la serviette dans le trou. J'essaie de craquer une allumette. Ça ne prend pas, merde ! Je laisse tomber.

— Suis complètement noire ! me fait Paulette en se marrant drôlement.

Je ne dis rien, ça m'agace. Je la lâche un peu, je la sens qui s'affaisse, elle ne tient plus debout. Elle déconne.

— T'es soûle ! que je fais.

Alors elle se met à chialer.

— Bouh ! qu'elle fait... A bouh... ouh !

Qu'est-ce qu'elle tient !

— Allons, Paulette, je dis pas ça pour te vexer. Ça arrive bien à tout le monde... Ainsi moi, au régiment...

— Bouh ! qu'elle fait. Je suis malheureuse... Tu m'aimes pas !

Allons bon !

Ça pue, ces cabinets. On voit des étoiles claires et froides par la lucarne, et des cheminées qui dépassent en silhouettes imprécises sur le ciel noir. Je me sens plutôt brumeux.

— Voyons, Paulette, pleure pas comme ça ! J'ai pas voulu te vexer, moi, au contraire. Je suis bien content que tu sois soûle.

Je veux essayer d'être gentil. Je l'embrasse derrière l'oreille.

— C'est la preuve que tu tiens pas le coup, hein ? Preuve que t'as pas l'habitude. Je suis bien content. J'aimerais pas ça, une femme qui tient le coup. J'aimerais pas ça du tout.

— Bouh !...

Elle cherche le cordon, elle ne trouve pas, elle trépigne dans son grand malheur, elle frappe sur le mur...

— Oh ! bébé ! qu'elle me fait, en colère.

Elle m'appelle bébé, maintenant, qu'est-ce que ça veut dire ? Ça me coupe la chique. Je la prends bien solidement par-derrière et je lui fous la tête au-dessus du trou, au jugé. Elle essaie de dégobiller sans conviction. Elle bafouille encore et puis il lui vient des relents de vermouth. Moi je me sens diffus et cotonneux comme dans un rêve.

Ça me tracasse qu'elle m'ait appelé bébé. J'ai l'impression nette que ce n'est pas moi, bébé.

Il fait froid. Je suis tout en sueur et je claque des dents.

— Dépêche ! que je fais.

Je l'empoigne. Je lui essuie la bouche avec un coin de sa robe. Allez, c'est fini. Elle est lourde, bon Dieu ! Bien en chair, la petite vache. Cent balles pour un padoque !... Je tire la chasse d'eau. Je l'emmène, il y a juste le palier à traverser. Dans la chambre ils chantent les « Montagnards ».

Dans le couloir je bute du genou sur le divan. Bénédiction ! Je mets Paulette dessus. Ça craque. Je ne sais plus ce que je veux, moi.

— Ah ! bébé... que je fais. Ah ! bébé !...

Je suis en rogne. Je sais bien qui c'est, bébé. Attends un peu !

Je vais prendre position. Et puis nom de Dieu la porte s'ouvre ! C'est Lucienne, un briquet à la main. Je n'ai que le temps de camoufler, je me redresse, je tremble, je ne cane pas, pourtant.

— C'est Paulette, que je dis. Elle n'est pas bien !

Elle ne dit rien la femme à Henri. Elle est froide elle, pas soûle du tout, la buveuse de Vittel. Je la vois qui pince les lèvres, méchamment, à la lueur tremblotante du briquet.

— Je n'ai rien vu ! dit-elle d'un air souverainement indulgent.

La chameau ! C'en est trop, je fonce dessus, j'envoie danser son briquet dans la cage de l'escalier. Je lui gueule à la hauteur des yeux. Je suis gonflé complètement, je le sens maintenant. Je vois mauvais !

— Ah ! Tu te fous de moi ! Punaise ! Dis ! Face de souris !...

Ça fait un beau tapage. On intervient...

Je me sens de la force, de quoi démolir la maison. Je les engueule tous. J'écrase des pieds, pour chercher mon pardessus. Je bouscule, je fonce...

Je me suis bien cassé dix fois la gueule dans l'escalier...

VI

Ça ne s'est pas passé comme ça.

Dès le lendemain j'ai été faire amende honorable auprès de Paulette.

La vieille a gueulé un peu, ça je m'en doutais, mais la petite a été bien gentille, on avait déjà un tas de trucs entre nous.

Seulement le gros morceau, c'était les parents et Lucienne surtout qui était outrée et furibonde. J'avais bien perdu vingt points.

La vieille était formelle. Il fallait que je cavale chez eux et que je me roule sur le paillasson pour faire mon *mea culpa.* Demander pardon que j'étais un sale ivrogne et même au besoin, signer un engagement d'abstinence, ça leur ferait plaisir.

— Recta ! disait la mère. C'est ça ou pas de Paulette !

Le marché en main, moi bon type j'avais encore les brumes et j'aimais pas l'esclandre.

On est allé chez Henri, l'après-midi même. Ça a fait une belle scène. Du théâtre d'avant-guerre. Ah ! tout était au poil, chez eux, même les engueulades.

J'aurais violé la Lucienne qu'elle ne m'aurait pas fait une gueule plus terrible.

Henri était conciliant, lui. Il a mis ça sur les méfaits de l'alcool. Il était documenté là-dessus. Il a insisté fortement pour que mon vieux ait été emporté dans une crise de delirium tremens. Gentil, il n'a exigé qu'une cirrhose du foie pour la maternelle.

J'ai dit tout ce qu'il voulait, j'étais là pour m'excuser.

Paulette m'encourageait en me pressant la main. C'était toute une espèce de conformisme, je sentais ça, du terrible, impossible de passer au travers. J'étais le manœuvre qui ne sait pas se tenir à table. J'avais beaucoup à me faire pardonner.

J'étais gêné, mais ce qui m'enrageait le plus, c'était le petit air suffisant qu'ils affectaient ces deux tranches-là. Comme si moi, pauvre type, j'avais été réellement deux tons au-dessous de la note.

Au fond, c'est bien ça que je ne peux pas leur pardonner : leur fausseté manifeste, leur embourgeoisement, il n'y a pas d'autre mot.

Ah ! ils avaient des notions bien arrêtées du bien et du mal. Ils étaient comme il faut tout plein, à montrer en exemple.

Encadrés tout à fait, limités partout, il y en avait, des trucs qu'ils ne comprenaient pas.

On les avait déguisés en bourgeois, ces copains. Ils avaient reçu une bonne éducation religieuse. Ils s'en vantaient, pas difficiles.

Certitude en tout, pour ça ils étaient épatants. La vie était simple, pour eux, toute expliquée. C'est pour ça qu'ils bavaient si bien et qu'ils ne voulaient pas qu'on les confonde eux, avec des ouvriers chaotiques et désordonnés. Ils savaient s'exprimer, eux.

Ils avaient monté l'échelle d'un cran. Ils passaient leur vie à ne rien dire, mais bon Dieu ils le disaient bien.

Sitôt seul avec Paulette je ne lui ai pas caché ma façon de penser sur toute sa famille. J'ai même été jusqu'à lui dire que je le comprenais très bien, Bernard, qui avait rompu avec tout le monde. Que c'était peut-être la seule chose de bien qu'il ait jamais faite dans sa vie, mais que c'était fameusement joué, on ne pouvait pas dire le contraire.

Tant que j'étais sur Bernard, je lui ai posé une question grave, à savoir si c'était lui, bébé. Comme ça, en passant, pas du tout en ultimatum.

Elle m'a juré aussitôt que c'était bien moi qu'elle aimait. Le mieux était de la croire. Je l'aimais, moi. Je n'avais pas de temps pour les recoins. Ça serait trop difficile d'aimer une femme et la vérité en même temps.

Qu'elle soit sincère me suffisait.

VII

J'avais dit à la petite qu'on pourrait aussi bien se mettre ensemble sans attendre un tas de délais plus ou moins élastiques et légaux. Mais elle ne voulait pas, pas du tout, comme un grand crime.

— C'est pas pour moi, disait-elle, c'est pour ma famille.

Que je la voie en douce c'était autre chose, elle était même plutôt quémandeuse à ce point de vue, mais alors c'était la grande scène quand je proposais de laisser tomber royalement la bande de faux cols pour aller dans notre coin tous les deux.

Elle prenait ça comme une injure personnelle et pleurnichait un peu, nuance de la fâcherie, je ne pouvais plus rien faire.

— J'ai un logement en vue, que je disais. Laisse tomber un peu, on ne va pas attendre des années la fin des chinoiseries.

Pourtant ça marchait bien, le divorce. Le Bernard faisait défaut, ça ne compliquait rien, on l'avait dit, ça gazerait tout seul. Mais moi je la voulais tout entière Paulette et tout de suite, ma vraie femme, sans curé ni galonné, la vraie que j'avais choisie.

— Oh ! Félix ! qu'elle me répondait, sublime. Est-ce que je te donne pas tout ce que je peux ?

Et elle venait se frotter. Eh ! bon Dieu, oui, elle se donnait bien, c'est un boniment de romancière, ça. Et moi aussi alors, je me donnais, et même qu'elle ne crachait pas dessus, la petite jouisseuse. Passons ! Je n'étais pas de taille à discuter.

En attendant, j'étais le véritable fiancé, l'officiel, celui qu'on montre, le prétendant quoi, qui a toujours l'impression qu'on va statuer sur son sort, un jour ou l'autre, et qu'il faut être bien sage. Ça ne me plaisait pas trop. J'essayais bien de le dire à Paulette mais je n'étais pas le maître du tout sur le terrain de la parlote. Elle ne me convainquait jamais, il restait toujours quelque chose entre nous, mais elle m'avait à l'usure, avec des boniments solides à première vue, mais toujours pas mal travaillés dans le sens de la largeur et qui s'effilochaient dès la première réflexion.

Je suis plutôt long à la réflexion, moi. J'étais toujours plutôt vingt-quatre heures en retard pour lui sortir le petit laïus définitif.

On sortait tous les deux, les dimanches d'hiver, dans Paris, sous prétexte d'aller au ciné, au théâtre, ou quelque part. Le plus souvent on passait à la Villette, dans ma petite carrée.

Je demandais toujours pourquoi il fallait faire ça en secret et sur la pointe des pieds. Le dimanche soir quand on dînait chez la belle-mère, il fallait toujours parler d'autre chose et bien expliquer à quel cinéma on avait été et quel film on avait vu. Nous, on lisait ça sur des hebdomadaires, plein la vue à la vieille, les articles des critiques fameux qu'on lui ressortait d'un ton simple.

Je crois qu'elle m'aurait arraché les yeux, Paulette, si j'avais seulement dit à sa mère le tiers de ce qu'on faisait ensemble.

— T'es pourtant pas jeune fille ! que je lui disais. T'es libre !

Mais elle ne voulait rien savoir, pas même comprendre mes sous-entendus, à table. Elle disait : quoi ? d'un air tout candide, à lui offrir immédiatement la pastille du bon Dieu. Très forte !

C'était aussi un peu charmant.

On parlait de nous quand on se promenait, et souvent je lui posais doucement la question sur Bernard. Elle devenait de plus en plus féroce, pour lui, à chaque fois qu'on y revenait.

Il n'existait plus lourd, saccagé en trois phrases, de plus en plus ignoble, abject et crasseux, tout piétiné comme un tremplin. C'était bien ça le solide piédestal de nos serments d'amour. Ça nous réconfortait un grand coup. Elle reprenait alors son grand rôle de martyre et moi de noble chevalier redresseur de torts.

C'est en avril, un dimanche, qu'on était allé, comme deux amoureux, à la fête foraine.

Elle avait, ce jour-là, une robe en laine qu'elle avait tricotée elle-même. On avait eu une jolie discussion dans le métro, et puis une belle fâcherie. J'étais tout désemparé parce qu'on ne se parlait pas et que je ne voulais quand même pas faire les premiers pas.

C'était toujours la même question, je lui avais dit de choisir entre sa famille et moi, et elle m'avait plutôt envoyé promener.

On avait bien boudé, à regarder filer les stations chacun pour soi et tambouriner la banquette et décomposer trente-six fois les avis. C'était bien long, avec un sale après-midi dans la perspective. Elle restait bien toute droite sur sa banquette.

Moi, je mollissais plutôt, j'attendais de voir passer le joint, toujours pareil.

Et puis c'est à la sortie, en pleine foule, bousculés, que je lui ai pris la main pour ne pas la perdre.

— Paulette, que je lui ai dit tout bas, tu ne m'aimes pas !

Elle m'a bien regardé et je devais faire une sale gueule parce que j'ai vu ses yeux se mouiller.

— Mon chéri ! qu'elle a fait.

Et puis elle s'est approchée de moi, dans mes bras, réconciliée.

C'est bien cette journée-là ensuite, qu'on a été les vrais fiancés tout frais, sans plus rien avant, tout en avenir.

— Ma petite bonne femme ! que je lui disais. Ma petite Paulette !

— Mon grand ! Mon chéri ! M'amour ! qu'elle répondait.

Seuls dans les musiques comme dans un grand bois, bousculés de partout par trente-six mille visages, tout un fond, un grand décor de détails et nous deux au milieu de tout ça.

— Je t'aime, tu sais, et toi, tu m'aimes ?

— Ma chérie !

— Mon amour !

Quant c'est à soi des souvenirs comme ça, on ne peut pas en rigoler.

Arrêt forcé devant la baraque des lutteurs. Tout le monde est là un peu pour se marrer, pour passer le temps. Pas moyen d'aller plus loin. On présente les adipeux, la terreur de Bagnolet et autres miteux, la femme lutteuse qui se taille son petit succès. Ça gueule. On passe. Je suis tout béat avec Paulette. On est bien.

— Pourquoi qu'un homme est plus fort qu'une femme ?

Grosse question. Ça nous mène jusqu'à l'assiette au beurre.

On rentre. Il y a du militaire et de la petite dévergondée. On vient espérer une cuisse furtive. Grande séance de marrage. Il y en a des solides qui s'agrippent dur sur le plateau tournant, on les siffle. On va les décrocher avec une tête de loup. Ce qu'il faut c'est de la grappe humaine balancée aux quatre points cardinaux, de la jambe en l'air. C'est dimanche !

On reste sage, avec Paulette. On reste sur les gradins, amoureux, indulgents.

Il y a de la musique électrique partout, on passe d'un air à l'autre dans l'odeur du nougat ou de la confiserie à la manque.

Ça hurle, ça tempête, ça étourdit, ça déconstipe le porte-monnaie.

On oublie, on vit trop, à croire que le fleuve d'oubli roulait du gros qui tache.

Un tour aux bagnoles électriques. On n'y monte pas, raison d'économie, il n'y a plus de conquête à faire, on est plus loin, déjà à fabriquer du souvenir. Ça roule avec des étincelles grillagées, c'est du rentre dedans. Vise la petite là-bas !

Un gars en casquette fonce dessus. Boum ! Elle saute de trente centimètres hors de sa caisse roulante. Le gars a plutôt une sale gueule. Elle hausse les épaules. Va donc !

Du dehors on se marre tout autant. On fait des paris, on remarque les abonnées mochardes avec sac à main sous le capot.

Et les petits boutonneux qui se ruinent pour des fillettes qui étrennent leur première paire de bas de soie artificielle.

La marche des Toréadors. On reprend en sourdine, sans seulement s'entendre soi-même. La poussière monte.

« On les baptise à la minute ! »

Tant mieux. Je vais faire sucrer un cochon chez un débitant en pain d'épice.

— Vous marquerez dessus : Paulette.

— Non ! dit Paulette. Faut marquer : Félix.

Finalement le marchand nous propose d'écrire Félix et Paulette sur un cœur en pain d'épice, fait tout exprès.

On ne l'a jamais mangé, ce cœur. Je crois qu'on l'a gardé trois mois, puis Paulette l'a balancé, il était devenu immangeable et poussiéreux.

Un billard japonais, jeu d'adresse. On s'arrête chacun à un marbre, l'un à côté de l'autre. J'ai fini bien avant Paulette, je lui joue ses dernières billes. On veut une pendule ou du champagne. On a droit à deux bouts de carton.

Lumières. Déjà le soir qui tombe, les globes s'allument, partout maintenant il sort des faces verdâtres devant les baraques.

Il y a là-bas le grand coin à crécelle des loteries à bouteilles.

On va y pousser ses cinq sous sur un numéro avec des émotions de joueur de roulette.

— Et un chambertin pour l'as de trèfle ! Bien vu, bien entendu. Allons-y les amateurs !

On dépense quarante sous, j'ai encore droit à un petit bout de carton ou bien une sucette. J'aime mieux la sucette. Plus loin, on se la repoussera bouche à bouche.

Finalement on arrive à un bout de la fête, on passe les roulottes, c'est fini.

— T'es pas trop fatiguée ?

— Non, mon chéri.

— Tu veux qu'on marche un peu ?

— Oui, je veux bien.

Il fait presque noir, on a des moments bien à soi.

— Tu aimes ça, les fêtes ?

Elle fait la moue, Paulette.

— C'est vulgaire ! qu'elle fait. Mais tu sais, quand je suis avec toi, ça m'est égal n'importe où.

On marche un peu. On se dit des choses. Et puis on est bien.

On s'aperçoit qu'on ne connaît rien l'un de l'autre. Un vrai crépuscule de découverte.

On s'embrasse. On a le cœur en pain d'épice dans un papier et c'est à nous deux, même pas ridicule.

— Qu'est-ce qu'on fera plus tard ?

— Comment l'arrangera-t-on notre logement ?

— Est-ce qu'on ira à la campagne le dimanche ?

Questions... Toujours d'accord... Toi et moi...

La vie est simple. On a inventé le vrai amour, le pur, le grand.

On descend comme ça jusqu'à la Seine. On regarde l'eau noire.

Elle écrit mon nom avec son doigt sur un parapet.

— Félix ! qu'elle me dit. C'est un beau nom, et puis fort, et puis je t'aime.

Je l'embrasse bien longtemps.

— Mords-moi comme tu m'aimes.

Je mords un bon coup, elle pousse un petit cri, elle est contente avec sa lèvre saignante.

Je me lamente mais elle n'écoute pas, toute contente avec sa lèvre qui va enfler.

— Comme tu m'aimes fort ! Mords-moi encore !

Mais ça, c'est alors un peu de théâtre.

Les ponts reflètent en pointillé sur la flotte bien noire. Des points rouges de temps en temps, on pense à un décamètre.

Je ne lui avais jamais raconté encore mon temps avec Marcelle.

En pleine confidence, ça vient tout seul.

— J'ai connu une autre femme que toi. On est même restés ensemble... Mais je ne l'aimais pas, tu sais, je croyais seulement. C'était pas ça du tout... C'était moins... C'était plus...

— Moi la même chose, dit Paulette. J'étais une gosse. J'avais bon cœur quoi, mais pas de l'amour pour Bernard.

— D'abord on ne peut pas aimer deux fois dans sa vie.

— Oh ! oui, c'est bien vrai ! Des fois on croit qu'on aime, et puis on n'aime pas...

À tirer un grand voile, tellement c'est bête, comme tout ce qui est profondément sincère.

C'est un peu plus loin, comme si seulement elle venait de comprendre, qu'elle m'a demandé des détails, toute jalouse.

— Et comment était-elle ?... Et qu'est-ce que vous faisiez ?... Et pourquoi ?... Et comment ?...

J'arrangeais un peu à minimiser, mais elle s'est mise à pleurer. On remontait vers la Bastille, je me souviens.

Les passants se retournaient, tant elle était absorbée dans son chagrin. C'en était gênant.

— Que je suis malheureuse !... Pourquoi que tu ne me l'as pas dit ?... Je t'ai tout dit, moi... Tu ne m'aimes pas, Félix, pour me cacher des choses comme ça !...

Une scène classique. Je n'avais rien à répondre, il y avait une crise toutes les virgules.

J'étais content et puis un peu excédé, aussi.

— Emmène-moi chez toi, qu'elle me disait. Tout de suite ! Pour toujours ! Qu'on soit bien chez nous, aussi ! Nous deux !

— Il faut un logement, Paulette. Et pas trop mal quitter ta mère.

— Tu veux pas ! qu'elle sanglotait. Je m'en doutais bien, va... Quand je te mets au pied du mur... Ah ! que je suis malheureuse...

Elle en mettait trop. Je la laissais dire, sans la forcer. Et puis, comme on passait devant un logement à louer, face au canal, j'ai bifurqué vers la pipelette. On a visité, c'était au quatrième, je me souviens, deux pièces, cuisine et cabinets, ça donnait sur une cour, il fallait reprendre des meubles. Pas pour nous. On commençait la chasse.

VIII

J'ai trouvé à quinze jours de là un chouette petit studio (c'est comme ça que ça s'appelait), vers la porte de Choisy.

C'était quelque chose de gentil, un peu cher tout de même, mais Paulette en avait le béguin énorme.

Chambre et cuisine, avec les cabinets chez soi, c'était petit mais pas pouilladin du tout, dans une maison neuve avec ascenseur et vide-ordure et chauffage central. La pige aux Henri, quoi !

Dans la rue il y avait des boutiques neuves aussi. Ça avait un petit air coquet, tout ça, pimpant, frais de vie. On avait du goût à rentrer le soir.

On était seulement nous deux juste avec des petites visites à la belle-mère qui avait pris ça comme un coup de sort.

C'était bien chic. Ça n'avait absolument aucun rapport avec le temps de Marcelle. C'était sérieux et vrai, je sentais bien vraiment qu'elle m'aimait.

C'était une perle véritable, ma Paulette. Cuisinière, tricoteuse, pas fainéante, bien amoureuse et pas bête, ce qui ne gâtait rien.

On a vécu là des moments épatants.

Quand je rentrais le soir de la boîte aux filières, elle était toujours à la maison, Paulette, à deux pas de chez Parmain. C'était une habitude, je n'emportais même plus mes clés.

C'était fermé comme maison, comme un vrai cercle bien-pensant. Il y avait une superbe porte ajourée, aluminium et fer forgé, surréaliste même, que disait Paulette. Elle n'a jamais pu m'expliquer pourquoi, d'ailleurs, mais enfin on avait une porte surréaliste. Les Henri en auraient fait une jaunisse s'ils l'avaient su.

L'ascenseur, lui, je ne sais pas de quel style il était, mais c'était bien pratique. Il ne fallait pas être gros pour y entrer, à deux c'était absolument complet.

Je vannais, d'avoir l'ascenseur chez moi. Des fois, mentalement, je dressais la liste des gens que j'avais connus et que j'aurais bien voulu aligner sur les paliers pour qu'ils me voient, bien royal, dans mon ascenseur. On a des idées comme ça. Et puis je m'y suis fait bien vite. À la fin ce n'était même pas du luxe : il y avait quand même sept étages.

Il y avait un couloir propre et bien éclairé et puis c'était à gauche, notre porte à nous. La porte « S.F.I.O. » qu'on renseignait nos visiteurs, vu que c'était l'avant-dernière à gauche.

Ça donnait sur une cour, qu'on apercevait bien en contrebas.

Et puis on avait un restant de panorama lointain entre deux corps de bâtiment. Mais tout de même c'était bien dégagé, on avait de l'air et du soleil.

Ça me faisait une fameuse différence avec ma vieille chambre de la Villette. C'était comme un indice. La vie qui allait marcher enfin. Quelque chose d'à peu près régulier. Tout reprenait.

C'était clair, à l'intérieur, propre, tout neuf. Avec nos meubles qu'on venait de nous livrer, des meubles à nous, qui n'avaient jamais servi. Ça c'était du nouveau pour moi.

À bien y repenser, j'ai peut-être connu le vrai bonheur à ce moment-là, à ne penser à rien, qu'à vivre seulement avec une petite bonne femme appétissante. Chaque fois maintenant que je veux trouver du frais et du bonheur dans mes souvenirs, c'est à ça que je m'arrête, à ce moment-là, bien égoïste, quand on était deux à emmerder tout le monde.

Tout ça ne se raconte pas. Pas de souffrance, pas d'histoire, pas d'art, pas de civilisation, ni rien du tout. On connaît ça.

C'est toujours un peu obscène le bonheur, si on veut bien chercher.

Un contentement parfait, en surface comme en profondeur, bien bouffer, bien jouir, en spasmes ou en prières, c'est ça la base. Tout le reste devient de la vaste blague et du paravent. D'abord s'enfermer dans un fameux égoïsme, voilà le bonheur. C'est pas que ce soit joli, mais c'est reposant.

C'est un repos pour moi tout seul, Paulette. Son petit nez, ses lèvres que je mordillais, ses fesses bien pleines, et tous ses muscles du haut en bas. Je ne le raconterai pas, c'est une oasis uniquement pour ma pomme, je n'ai pas besoin de faire sauter l'univers.

On a vite acheté un poste radio qu'on a installé dans un petit coin discret où l'on glissait le fauteuil. On aimait bien écouter dans le noir, avec juste la lumière des quatre volts qui se donnait bien douce et intime derrière l'Europe en italiques.

Ça portait en ombre délicate, London ou Warzawia sur le nez à ma petite poulette. Je la trouvais toujours belle, comme ça. Ça m'en percutait directement au cœur sa beauté à la lueur intime. J'avais seize ans d'un coup, dix ans en arrière.

C'était tout neuf, j'avais un gros cœur qui me prenait toute la cage thoracique, un cœur qui battait partout sous la peau, qui montait me serrer la glotte et qui m'étouffait d'un rien.

La musique, peut-être ?... Des fois, j'ai pleuré. C'est coco, je sais. Mais je ne vois pas pourquoi je ne le dirai pas.

Je pensais un tas de choses à ces moments-là, toujours. Je ne saurais pas les dire, c'est trop confus, mais ça me semblait bien vrai, absolument empreint de la plus extrême vérité, tout ça.

C'est peut-être bien pour ça que c'est impossible à exprimer.

Souvent j'étais dans le fauteuil et je prenais Paulette sur mes genoux, j'aimais bien ça. Et puis on écoutait, complètement isolés, loin du monde, dans notre compartiment.

Je ne connaissais pas tant la musique, moi. Je m'initiais, je tournais les boutons. Je cherchais aussi les records, je voulais Moscou, avec sa grosse Internationale. C'était à nous tout ça.

On avait une salle à manger moderne et bon marché, avec un divan-lit, cosy-corner, comme disait le catalogue. C'était surtout du tape-à-l'œil, nos meubles, du luxe au rabais qu'on avait acheté à crédit avec tous les mois l'emmerdement des traites.

On s'y faisait pourtant, à nos petits meubles. On ne concevait pas qu'il puisse y en avoir d'autres. Chez nous !

C'est vrai, au fond, qu'il n'y a pas d'histoire quand on est heureux. Tous ces premiers temps qu'on était en ménage, j'ai du mal à en tirer des bourgeons, des trucs qui sortent sur tout le reste.

C'était du tout plat, un Pamir, un Thibet, si on veut, un haut plateau de jouissance, ni plus ni moins.

J'ai été aimé à ce moment-là, j'en suis certain. C'est le contraire qui ne serait pas possible. Et moi je l'aimais ma Paulette, à m'en crever absolument si je l'avais perdue.

C'était pas du flan, pas de la résignation. Un renouveau, quoi, du tout frais, du tout neuf, des émotions de gosse, des rêves de bleu. Pas du tout le bonheur fonctionnaire.

Il faudrait que je raconte ça comme un lointain voyage, maintenant que tout cela est flétri et sanglant et que j'en ai le cœur oppressé comme si j'étais descendu au septième dessous.

Ils sont loin, les hauts plateaux. Descendre, c'est toute la vie, sans doute.

Qu'on me laisse croire au moins que mon Thibet à moi, mon toit du monde, il était aussi haut que n'importe lequel des autres, et celui de n'importe quel monsieur, calé ou pas, titré, honoré, ou miteux.

Il faut pourtant que j'explique un peu tout ça, que j'en fasse des pièces détachées pour l'usage externe. C'est plus dur qu'on croit si l'on veut rester près du vrai, parce que souvent le vrai c'est rien, du vent, pfft, ça passe, c'est passé, c'est filé, loin comme la lampisterie de la station nocturne, à cent à l'heure. Il faut se méfier du passé, c'est une règle générale. Dès qu'on fait jouer la mémoire ou l'imagination on a tendance à tout simplifier, à tout fausser.

On présente des cartes postales retouchées. Jusqu'à preuve du contraire, c'est pas du véridique, ça !

Moi je n'y comprends pas grand-chose à la vie. Je sais seulement qu'on peut être heureux, et puis malheureux. Je ne sais pas encore si ça s'explique.

IX

Puisque j'y passais tout de même la moitié de ma vie, il faut bien que je dise comment c'était, à ma boîte aux filières.

Qu'on le veuille ou non, pour nous le boulot ça a une pépère importance. On ne peut pas s'empêcher d'y penser. Il n'y a rien à faire, on est là pour ça, en quelque sorte, marner pour le prochain et pour becqueter un peu.

C'est un gentil marche ou crève, il n'y a pas à cueillir des fleurs. D'autres sont là pour les fleurs. Pas nous !

Quand j'étais jeune, j'étais un révolté moi, j'en avais plein le cul de travailler pour vivre et vivre pour travailler.

Je voulais un peu autre chose, un courant d'air frais, un petit changement. Je n'étais pas habitué, je n'avais pas la résignation des vieux. Je voulais parler un peu de repos, pour savoir quand même ce qui se passe en dehors des usines et des chambres miteuses.

Un petit besoin d'éclater, quoi.

J'ai promené ma nudité un peu partout. C'est pas ça que je veux raconter, c'est fini. J'ai recommencé ma vie, je suis devenu le bon gars résigné avec un tas d'excuses personnelles et bien raisonnables. Finie, la jeunesse. J'ai ma place nette et propre maintenant, avec des comprimés de morale si je veux, le côté du manche, et tout, le petit respect, la petite considération du voisin. Tout est pour le mieux. Chacun sa destinée.

Beaucoup de résignés à l'atelier. Ils y étaient venus sans douleur, eux, naturels, copieurs. On en était au même résultat. Il n'y a pas à se révolter.

On avait deux patrons, deux frères. Pierre qui s'occupait de tout et Georges qui restait toujours à son tour, mais bien plus sournois.

J'avais trois machines à m'occuper, moi. Trois fraiseuses automatiques, à foutre des filetés dans les mandrins. Desserrer, enlever, remettre, serrer, en route, deux manettes à chaque machine, c'était pas compliqué du tout. Les pattes pleines d'eau savonneuse, une boue de limaille de fer, toujours à m'essuyer plus ou moins avec un chiffon poisseux, c'était un boulot sale et simple.

J'avais tout le temps de penser, mais je ne savais pas trop à quoi.

C'était trop hachuré, ces secondes. Il y avait trop de courroies montant et descendant les petites agrafes de cuivre. Et puis le sifflet des autres aussi, et le mien.

Sombre dimanche... C'est à Capri... les nouveautés, les anciennetés, et les bonnes femmes qui chantaient les romances sentimentales... *Pour ma petite sœur... qu'est dans le ciel, là-haut... On m'appelle l'hirondelle du faubourg... je ne suis qu'une pauvre fille d'amour... J'ai mis ma robe blanche...* Et l'histoire du gamin qui vendait des soldats... Et de la petite fille si malheureuse... Et le fameux bouge de Santiago... *Antinéa... Le petit ballon rouge...*

Tout ! Tu tu tu ! J'en avais la bouche mauvaise à force de siffler.

Des fois je braillais aussi des nouveaux succès que j'entendais à la radio. On s'en apprenait des nouvelles les uns aux autres.

Des fois c'était le silence complet, enfin notre silence à nous parce qu'il y avait toujours le boucan des machines. Et alors c'était encore plus long les heures à passer. Les aiguilles faisaient du sur place. Un emmerdement complet, en long et en large, tous maussades, on ne sifflait plus qu'à petits coups maladifs. Des dos cassés, des yeux planqués dans les profondeurs, on devait tous chercher le pourquoi de cet emmerdement si savant. On n'avait rien fait, en somme, nous ! Oh ! on ne disait rien. C'était de l'intérieur tout ça, ça ne venait jamais effleurer autrement qu'avec de la politique et de la politique on n'en faisait pas au boulot, avant et après, seulement. Mais alors là, au robinet d'eau froide dans la cour, on se vengeait un peu. On bouffait du patron, on s'en mettait jusque-là. Il faut bien des responsables.

Tout le monde content, pas de politique. C'est la loi. L'avenir est du côté des mécontents. Mais pour dire vrai, on s'en foutait un peu, de l'avenir. Ça avait le sens de la crève, l'avenir, de toutes les manières qu'on l'asticote. Crever pour germer, faire du bon fumier, c'est toute notre loi en réfléchissant bien. Une loi à nous et pas drôle, pas pour les bouseux d'embourgeoisés, pas pour les râleurs non plus, pour bien peu de monde. Une petite loi à regarder au-dessus et à remettre vaguement au lendemain, tellement elle était dure à avaler.

On ne prenait pas ça au tragique, bien sûr. À grands coups de gueule, c'était plus facile, avec une forte consommation d'actualités. On avait tous raison, comme ça. Camarades ! Congratulations et tous d'accord ! *Asinus asinum* et peau de lapin ! Ah ! mais ! C'était quelqu'un, la solidarité ! De quoi faire un peu peur. Tout en gueule et pas plus !

Il n'y avait pas qu'un atelier dans la cour. Pas de grandes bâtisses de quoi assourdir des générations, c'était plutôt toute une suite, autour de la cour, de petites turnes moins grandes que des chambrées de caserne avec partout du verre passé au bleu ou au blanc jusqu'à par-dessus la tête, pour être un peu chez soi.

Rien que pour nous il y avait trois locaux, on était les plus importants, mais il y avait aussi des ouvrières dans un petit coin qui fabriquaient des faux-cols et un graveur de musique dans un autre coin, toujours à moitié en faillite, et puis un petit Juif dans un local tout près de la porte cochère, toute la famille plutôt qui bossait des quinze heures par jour sur des empeignes ou des semelles, quelque chose pour la godasse.

C'était la petite industrie quoi, ça n'avait rien du grand trust. Le pittoresque m'en échappe, ce qu'il y a de certain c'est que tout ça était crasseux.

En entrant par la porte cochère et le couloir qui filait sous la maison on avait la pipelette à gauche et l'escalier des locataires où j'allais des fois pisser au premier quand il me venait des goûts de luxe.

C'était éclairé au gaz papillon, l'escalier. On avait des petits reflets vasouillards sur l'arrondi des marches. Ding ! Boum ! On cognait des fois le bout du pied en montant en douce.

Mauvaise, la pipelette, parce que c'était interdit qu'on vienne pisser dans la maison, nous de la cour.

Une bagarre sourde à chaque fois, des ruses de Peau-

Rouge pour aller lisbroquer à son aise et pas dans les chiottes infectes et dégueulasses de la cour.

Je le connais jusqu'au premier cet escalier, avec ses murs passés au jaune-marron, couleur caca-décoration de purotins, après c'est l'inconnu.

C'est dans la maison qu'habitaient les patrons. Elle était cent fois plus crasseuse que la mienne, c'était ma belle consolation.

Il n'y avait pas trop à se plaindre au sujet des patrons, ils raquaient sans trop geindre, pourtant. Pour ça je peux dire que j'ai eu de la veine, ils étaient potables.

J'ai dit qu'il y avait trois ateliers. Un petit en entrant à droite, où il y avait la môme Andrée qui débitait des barres sur un tour-revolver, et le grand-père gâteux, vieux patron qui avait laissé ça aux fistons et qui s'occupait quand même à bricoler on ne savait pas trop quoi au juste.

Elle était drôlement roulée, Andrée, on ne l'appelait pas Dédée, on l'appelait par son prénom tout simple. Le trempeur l'appelait aussi « la Baleine », il ne savait pas trop pourquoi lui-même. Elle avait plutôt une sale gueule, grêlée un peu, et bigleuse légèrement, mais alors un corps fameux. Une belle môme, grande et toute en proportion, solide et bien redressée de poitrine, une vraie grande femme de riche ç'aurait été en l'habillant bien. J'ai parfois pensé à elle en baisant Paulette, il n'y a pas de mal à ça. Elle me faisait penser à Marie-Antoinette, je ne sais pas trop pourquoi au fond, parce que je ne l'ai pas connue, moi, la femme à Louis XVI. C'est peut-être bête, ce que je dis là, de la petite pensée de manœuvre, telle que.

Des odeurs dans la cour il y en avait quelques-unes, surtout vers midi quand tous les étages mijotaient une tripaille quelconque. Ça venait faire des mélanges, comme un vaste laboratoire, les haricots au cuir, ou le pot-au-feu à la graisse consistante rose et parfumée. Du marengo au premier, de la buée compacte au second, de la choucroute chez la pipelette, une décoction de pain azyme chez les Juifs, tout ça à la sueur de suie pisseuse, avec des relents de garage inflammables et de plâtre humidifié. Les odeurs de Paris.

Chaque jour des nouvelles quand on sortait, jamais la même, des nuances si fines qu'on les perdait, c'était trop de raffinement, on pensait plutôt à autre chose.

Du côté de la trempe, par exemple, tout au fond, dans le local le plus retiré, là c'était du compact alors, de la limaille vaporisée par le polissage, l'air devait peser trois fois son poids dans ce coin-là, avec l'oxyde du four et du chalumeau par-dessus. On entrait dans un élément nouveau, avec des poumons plus lourds et l'air qui faisait des difficultés pour passer le cap de la glotte.

Ils étaient trois à bosser là-dedans. Ils ne se plaignaient pas plus fort que les autres. Chacun ses misères, il n'aurait pas fallu qu'ils poussent l'ambition d'être les premiers à revendiquer, on leur aurait bien montré, nous du grand atelier où on était dix, que c'était encore bien pire.

J'avais un copain là, au polissage, il s'appelait Gilbert, pas trop parleur, à fermer la bouche pendant des jours et des jours pour ne pas avaler la sale lourde poussière qu'il faisait jaillir devant lui. Il habitait dans le quartier lui, rue d'Angoulême, mais des fois le soir, quand il ne savait pas trop quoi faire il allait chez un sien parent, rue Vieille-du-Temple. On allait ensemble jusqu'au métro et des fois même, en causant, on poussait plus loin, jusqu'à la Bastille, en parlant de choses et autres.

Les autres à la trempe, ils étaient encore deux.

Un petit gars polisseur aussi, apprenti qu'on disait, ça permettait aux patrons de faire des économies. Il avait quinze ans, pas plus, une voix qui muait et des sales yeux cernés quand il retirait ses carreaux noirs.

Et puis Daniel, l'homme du four, qui profitait de son bruit infernal pour gueuler comme un putois.

C'était un drôle de coin, ce cagibi de la trempe. Ils en ressortaient tous les trois, à midi et soir, plus dégueulasses que tous les autres réunis, avec des gueules rigolardes portant des centimètres d'épaisseur de sale poussière de rouille.

J'y ai travaillé bien souvent là-dedans, quand il y avait de la presse. Je sais ce que c'est.

Pas moyen de garder quelque chose de propre. Travail en casquette ou en béret pour éviter un peu l'envahissement de la poussière métallique insidieuse et tenace tout comme une ypérite. Avec de grosses lunettes naturellement, fermées partout pour ne pas en prendre des paquets dans les mirettes.

La veste bien close avec un foulard pour l'hermétique et des élastiques aux manches. Et puis une vieille boîte à cigares pour se planquer le nez derrière, les yeux à ras, les pattes qui se brûlent au bâti du balai métallique. Vrrr ! Bzzz ! À toute pompe il tournait, au-dessous d'une ampoule brinqueballée dans tous les sens. Des étincelles quand on appuyait à peine, il fallait juste le doigté, un contre-roulage dans une petite toque de bois. Il ne fallait pas esquinter le fileté surtout et bien enlever tous les résidus de la trempe. Un vrai sale boulot.

Plein les narines, des brûlures aux muqueuses, comme à respirer du thermogène compact.

J'aimais encore mieux mes trois machines.

Encore, Gilbert, je ne le plaignais pas trop, il était payé de quoi vivre quand même, mais alors le pauvre môme je le voyais plutôt mal parti.

Il était tire-au-cul, c'était bien certain, mais moi, à la place des patrons, pour cinquante sous de l'heure j'aurais pas été trop exigeant, à ce business-là.

Sa grande défense au môme, c'était d'aller pisser toutes les demi-heures et puis alors ça durait à chaque fois des cinq et dix minutes. On n'a jamais trop su ce qu'il branlait tout seul aux chiottes, dans l'odeur du chou pourri. Il attendait les événements, quoi !

Je lui avais été sympathique, moi. Tout de suite il m'avait raconté ses petites histoires, qu'il en avait pleinement marre de son sale polissage et que son idée à lui c'était de partir aux colonies un de ces quatre matins, voir des belles moukères, des négresses à derrière baladeur, il aurait fait son petit roi, il m'expliquait bien, le plus vaguement possible, de l'exotisme à cinq ronds la feuille, à bien rêver dessus.

Il voulait aussi être un « outlave ». Ça c'était sa vocation.

Il était intarissable là-dessus, en pleine bêtise. Cinq fusils à chaque épaule, une mitrailleuse à portée de la main, tout seul contre un continent, il n'avait pas peur.

Ça me rajeunissait d'entendre ça. Je le faisais causer un peu, je ne me foutais pas de lui, c'est tout ce qu'il demandait.

— Pourquoi que tu veux partir aux colonies ? que je lui disais. T'es pas bien ? T'apprends un métier, quelque chose de solide.

Il n'était pas content.

— Quoi ? qu'il disait. J'apprends un métier ? Des

prunes, oui ! Merde alors, vous savez pas ce que c'est, ma parole !

Il m'engueulait presque.

— Allez ! Allez ! Qu'est-ce que t'as à te plaindre, que je disais pour le faire monter un peu. On te fout la paix. Tu vas te taper la colonne dix fois par jour, tu fais ton petit caïd sur ton tourniquet, t'apprends un métier, bon Dieu. Tout le monde est passé par là !

— Ah ! vous ne comprenez pas, bien sûr, qu'il répondait. Vous avez oublié, pas possible !... Apprentissage ! J'apprends rien du tout. Je fais un boulot comme un ouvrier, on me banque trois fois moins, voilà ! Apprentissage !... De quoi ?... Si j'avais la veine de Marcel encore, dans le grand atelier, toujours à se baguenauder, mais j'ai droit qu'à la boucler, c'est tout. Les patrons, tout le monde, et l'autre con de Daniel surtout, ils s'en privent pas de m'engueuler. Ça ne produit jamais assez... Merde alors, ils n'ont qu'à me payer comme il faut !

Il devenait sombre le petit gars quand il pensait un peu.

— Je vous dis, moi, que c'est bien le plus sale moment de la vie, ça ! Engueulé de partout, chez soi, à l'atelier. Toucher des haricots en fin de semaine, pas même de quoi se marrer un peu aux appareils à sous dans les kermesses. Tout accepter, les plus sales boulots, pour pas se faire foutre à la porte et éviter les foudres de papa et les vacheries de maman. Ah ! merde !...

Il me racontait ça un peu comment ça se passait chez lui. Trois places qu'il avait déjà faites. Balancé à chaque fois. Il avait l'habitude. Il se ramenait chez lui, son livret d'apprenti tourné d'une page. C'était la scène.

— De quoi ! Petit fainéant ! On t'a foutu à la porte !

Qu'est-ce que t'as fait, bon Dieu ? Tu ne veux pas travailler alors ?

— Mais non, p'pa. C'est le patron qui pouvait pas me blairer, c'est quand même pas ma faute...

— Ah ! que... gue... je t'en foutrais... Pouvait pas te blairer... Ça m'étonne pas, feignasse... poil dans la main...

— Mais m'man, quand même, merde alors, il y avait plus de travail, voilà, c'est pas ma faute, je peux pas en chier, moi... !

— Tu vas être poli avec ta mère ! Bon Dieu ! Ça sait pas pisser que ça veut déjà faire la loi ! Bon à rien ! Tu finiras au bagne ! Avec les fainéants et les assassins !

On connaît la musique. Vive le peuple et la vie de famille !

— On ne se comprend pas avec les vieux, m'expliquait bien le gosse. Il n'y a rien à faire, rien à faire. Heureusement que les parents c'est fait pour crever !

Il ne fallait pas le sortir de ses histoires de colonies, le pauvre môme, ça le rendait trop malade.

Tous, à peu près, dans le grand atelier, ils demeuraient dans les environs. C'est moi qui habitais le plus loin de toute la bande, un petit record discret.

J'avais donc personne pour manger avec moi à midi. J'allais tout seul dans un restaurant de l'avenue Parmentier où je ne bouffais pas trop mal.

Je n'y connaissais pas grand monde à cette époque, et puis je n'y tenais pas non plus. J'avais mon coin à moi, avec mon couvert et ma serviette et le carafon de rouge, des habitudes. Je croquais derrière mon canard, à ingurgiter aussi des actualités.

— Un rosbif !

— Un petit salé !

— Une pomme !

Des ordres de temps en temps, du côté de la cuisine, c'était pas gênant. Personne ne parlait trop fort, ça faisait presque du murmure avec les bruits de coulisse et les voitures qui roulaient derrière les carreaux.

Des odeurs, seulement, avec chacun son bout de table. Une marque d'apéritif sur la carafe, le menu passé à la pâte à polycopier, écrasé en encre violette, des nappes en papier, des glaces aux murs, un vaste massif de chapeaux à l'entrée et puis la desserte au fond, croulante sous les yaourts et les mendiants et toutes les spécialités de la maison.

Petit salut à la ronde en entrant, et puis j'allais m'asseoir sur la banquette rembourrée, dans un coin, près des plantes vertes. J'ai vu passer plusieurs filles, des gourdes ou des moins gourdes, Gertrude, Fernande ou Aglaé, moi ça m'était indifférent.

Chacun pour soi à croquer dans son coin, sur la banquette ou sur des chaises on reprenait bien égoïstement et béatement des forces. À lire ou à causer pour ne pas perdre de temps, on se refaisait un petit moral, comme les femmes une beauté en passant, deux coups de houpette et c'est fini.

Je mastiquais la prose que je dressais devant moi, contre la carafe, pour avoir des raisons sérieuses de vivre et bien m'imaginer que j'étais quelqu'un, quand même, malgré aujourd'hui et hier et demain et toujours. Bien lentement je dégustais ça. Les phrases qui m'allaient, je me les relisais, là, je les prononçais pour moi, en douce, c'était bientôt ma propriété.

Ça ne me remontait pas trop, pourtant.

La solitude du midi, ça me poussait même des fois à réfléchir, tout seul, sur moi et Paulette. Ça me flanquait le cafard. La destinée venait me visiter un peu, histoire de poser des questions vaches.

Je me baladais un peu après manger, en tête à tête avec moi. C'était un dur moment, mélancolique, ça me rajeunissait tout à fait, avec problèmes compacts à ne jamais résoudre, tout ça dans la tête, c'en était un peu lourd. Je n'en demandais pas tant.

Je pensais à nous deux, Paulette et moi, je voyais notre demain et notre après-demain, toujours pareil. Au fond, j'aurais bien aimé lui promettre autre chose à la petite. Travail, que je me disais, plus travail encore... c'est tout de même pas de l'article supérieur, comme vie. C'est de l'ordinaire, quoi, de la toute simple, en solde. Il en faut, bien sûr, beaucoup, mais pourquoi elle et moi ?

Si j'étais riche !... que je me disais. Ça ne voulait rien dire et ça traduisait tout. Un besoin de changer un peu. Du nouveau, du mieux, c'était pour tout ça, mon cafard. Je la voyais bien, moi, Paulette dans une belle bagnole, bien habillée et tout. Et moi Félix, tout négligemment en train de jouer au golf ou à n'importe quoi de riche et posé... Des rêves !

J'y ai bien droit ! que je me soufflais. Je sais la goûter, la vie. Des petits riens comme ça, en passant, ça me dit quelque chose, des émotions... Je mérite mieux que mon sort... Ça me tracassait tout à fait. Vite en trois raisonnements comme en trois coups de cuiller à pot, je retournais ça. Je me conseillais de laisser tomber tout ça, de ne pas penser au-dessus de ma condition...

Ma condition ! C'était duraille, comme mot, définitif ! J'aimais mieux agiter du noir, du rien du tout, c'était moins cafardeux. Je sentais tout l'ennui de nos pauvres vies à nous autres, des vies à compter, à faire nombre seulement. C'était pas drôle, parfaitement irracontable.

Au fond, même, à bien réfléchir, ma belle histoire que je raconte là, c'est jamais que le côté pile d'un roman, c'est les coulisses, tout ce qu'on laisserait deviner chez les gens de métier, tout ce qui ne compte pas.

C'est dur, tout ça. Il y a certainement un anathème, une malédiction véritable contre moi, d'être comme tout le monde, irracontable. On s'imagine toujours un peu qu'on est le centre du monde, qu'on n'est pas tout à fait pareil, avec une vie qu'on s'est faite sur mesure, bien belle, originale et tout. Et puis, à réfléchir, on bosse, on bouffe, on s'amuse, comme chacun d'autres. Il faut bien se faire une raison.

On discutait surtout de politique, le soir, avec Gilbert. On en mettait un grand coup, nous citoyens tous les deux, votants et capables de distinguer tous les divins fignolages. Il était communiste, lui, sincère, bien dur et moscoutaire en plein, bien qu'il ne soit pas inscrit quelque part dans une cellule. J'avais été longtemps chômeur, moi. Je savais parfaitement à quoi m'en tenir sur la fameuse solidarité ouvrière.

Pour le faire monter un peu, je n'avais qu'à l'appeler saint Staline, son grand homme. Il était mauvais. Il m'expliquait qu'il fallait bien un drapeau et aussi une armée pour le défendre, le prolétariat et que l'U.R.S.S. c'était bien sa seule patrie à lui, parce qu'il ne tenait pas du tout à se faire crever la peau pour les capitalistes ventrus.

Longues, nos discussions, toujours un peu avec les mêmes mots. Il n'était pas tout à fait résigné, mon copain, il voulait militer dur, s'embarquer dans un groupement, combattre. Et quand je lui disais que nous du peuple on n'a aucune importance et que, rouge ou bleu, on finit toujours par se faire baiser, il devenait coléreux, il me traitait de dégonflé. Sacré Gilbert !

X

Je lui en avais souvent parlé à Paulette, de Gilbert le polisseur communiste.

Elle le connaissait de nom, rien qu'à m'entendre le raconter. Tout juste si elle ne me demandait pas de ses nouvelles, comme une vieille connaissance. Et des autres aussi, d'ailleurs, elle s'intéressait vraiment à mon petit univers. Elle me demandait si Léon était toujours mal foutu, si Yvonne avait toujours des sentiments à trois sous la chanson, et les patrons... À mon tour je lui demandais des détails sur Parmain et Géo et tout le monde. On se tenait au courant, réciproquement. C'était du vrai amour.

On était tout ce qu'il y a de pénard dans notre petit coin, on ne s'en faisait vraiment pas un brin, tout était pour le mieux.

Quand on sortait le soir c'était presque uniquement au cinéma qu'on allait. C'était proche, confortable et touffu. On en avait pour notre argent de souvenirs à prendre, c'était devenu une habitude.

C'était en somme assez simple pour choisir les programmes. On voulait rire, ou bien pleurer, mais nettement, sans arrière-pensée. On fonçait vers le gros comique et le gros mélo ; qu'on ne se foute pas trop de notre gueule nous suffisait.

Les semaines se poussaient par films à aller voir. C'était aussi notre grande conversation artistique, le cinéma. Paulette ne manquait jamais d'enregistrer le dernier des divorces à Hollywood, elle me tenait vite au courant, on mettait une bonne heure à épuiser ça et puis on déclarait, bien sûr, qu'on s'en foutait et pas qu'un peu.

Elle était bien forte pour ça, Paulette. Il lui fallait toujours un classement au poil de ses vedettes. Elle était atteinte d'une manie de justice. Elle n'en aurait pas dormi, de ne pas savoir qui avait le pas, de Greta ou de Marlène. Elle en achetait des canards spéciaux, avec des photos bleues et de la petite littérature.

— Dis, mon chéri ! T'aimes mieux lui, ou l'autre ? Et qu'est-ce que tu penses de cette petite-ci ? Et de ce grand-là ?...

Graves discussions de plain-pied, sans douleurs, sans effort. Du vrai travail sans filet. Ça aidait à vivre, au fond. C'est rien que ça, la vie, des riens dont on se fait un monde.

Quand on y allait au ciné, on n'avait pas trop à se dépêcher. On quittait assez tôt, tous les deux. J'étais toujours aux heures des vastes affluences à sentir l'humain crasseux dans le métro surcompressé. Voyages en cor de chasse, avec toujours un bras ou une jambe qu'on n'arrive plus à retirer de la foule.

C'était toujours épatant la sortie, une décongestion brutale, un vrai symbole de fin de journée. Le restant de soleil, depuis le printemps faisait clignoter un petit coup, à mettre des couleurs sur les femmes et sur les boutiques. On essayait à toute fin utile une grande respiration au hasard des coups de vent. Des fois on tombait juste, un petit mètre cube d'air de campagne qui passait par là. Ça retapait à bloc, ça arrondissait le moral, on était content.

— Bonjour, ma poulette ! que je disais en rentrant.

Elle me sautait au cou comme une vieille médaille.

— Chéri... M'amour... Et tout et tout.

Et puis elle en avait toujours à me raconter sur la maison Parmain.

— Tu sais pas ce qui m'est arrivé aujourd'hui, mon loup... Eh bien ! imagine-toi... Tu sais le garagiste de la rue Machin... Eh bien ! voilà, que je t'explique...

Elle était toujours marrante à bavoter comme ça, mais des fois elle m'empêchait de lire mon canard, alors je l'envoyais pondre.

Je la laissais préparer la cuisine, moi c'était pas mon rayon. J'avais bien voulu, les premiers temps, jouer les « jeune homme seul et débrouillé » et lui montrer ma manière à moi de retourner le beef ou de poivrer la salade, mais elle m'avait définitivement refoulé hors de la cuistance.

Plus rien à faire qu'à sucer la politique, je ne me plaignais pas, le cul dans le fauteuil, à pomper le canard, à lui faire cracher ce qu'il ne voulait pas dire.

Elle était fière de sa cuisine, Paulette. Toute seule, elle s'envoyait des compliments sur ses haricots ou ses côtelettes...

— Dans ma famille !... qu'elle commençait toute fière...

Vingt fois, devant le veau aux carottes hebdomadaire chez sa mère, j'avais entendu la tirade sur les mérites de la famille, vieille souche de fourneau, femmes d'intérieur et tout...

Je mettais vite la conversation sur les dernières conneries des journaux, c'était prédigestif, l'accord parfait, la vibration interne, robuste et indignée, la meilleure.

On n'avait pas trop de place pour notre table, entre le lit et la fenêtre. Logement à fesse exiguë, vrai camping.

Il fallait des prodiges de méthode et d'organisation pour se faire une vie convenable, et un ordre à étiquette pour s'y retourner. Ménage, ménage ! C'était toujours des heures de salopette que passait ma Paulette à retaper coin par coin notre trop-plein, les heures à poussière du dimanche matin quand je partais faire un tour au marché.

Il fallait s'asseoir juste à sa place, moi au fond, elle à côté de la cuisine, en passe-plat.

— C'est bon ? qu'elle me demandait avec le plat de résistance. C'est bon, mon chou, la cuisine à ta petite Lélette ?

— Ami... ami... que je faisais pour bouffer tranquille.

Je n'ai jamais prétendu être fin connaisseur, mais elle alors elle était bien gourmande et popote, chasse à la recette et tout. Un désir de curiosité, en somme, un petit art, un souffle.

Et je lui semblais vraiment, moi, l'infect sordide, à bâfrer sauvagement ses petits plats, sans rituel et bien quitte avec un rapide « Pas mauvais ! »

Premier nuage sur les sourcils, elle préférait alors me regarder d'un air tendre et maternel, en souriant doucement de la tête : « Mon chéri, qu'elle disait... Tu mangerais n'importe quoi !... »

Alors je pavoisais moi, en type qui mange n'importe quoi, je bombais en dévoreur, en estomac robuste, à trois doigts de la confiture en vinaigrette. Fossé. Je la raffinais, à bouffer solide.

On avait la fenêtre ouverte et un grand coin de ciel à nous, au-dessus de la maison d'en face. Il faisait clair, chez nous, c'était du neuf, du jeune, un peu cru même, à la réflexion. Je crois que ça manquait de feuilles vertes.

Elle était claire, la toile cirée, superbement neuve et brillante avec ses dessins rouges.

Essai d'art en couple, on l'avait choisie à nous deux au marchand de couleurs du coin, en véritable assaut de fin goût, loin des damiers et des chasses à courre. C'était bien notre propriété collective, avec nos meubles, notre harmonie sur les lignes modernes. Magnifique entente des lunes de miel, accord majeur en toile cirée, heureux temps.

Il y avait aussi mon dessous de plat, à moi, celui que j'avais fait à l'atelier de menuiserie pendant mon année de cours complémentaire, quelque part vers mes treize ans. Je l'avais toujours conservé, pas mal graisseux. Ma mère y avait posé ses pot-au-feu quand il était encore tout blanc, elle avait été la première, ma mère, à s'émerveiller de ce truc en bois que j'avais ajusté en tirant la langue. Il y avait longtemps de ça, la moitié de ma vie que je n'avais plus de mère.

Et puis à la Villette aussi. Paulette l'avait trouvé gentil tout à fait, elle l'avait adopté, mon bout de bois, il était devenu quotidien dès qu'on avait été chez nous.

À elle, à moi, à nous, le tour du propriétaire, depuis les petites cuillers jusqu'au saladier. Même la musique à sueur de gros sous c'était de l'intimité enracinée, notre radio, notre speaker, et notre ciel bleu qui dépassait de la fenêtre. Tout à nous !

C'est bien la seule vraie richesse d'être un peu le patron de tout, du soleil et du saladier, d'un dessous de plat en bois et d'une petite bonne femme pas trop mal roulée.

C'est la confiance en tout, les nébuleuses à portée de la main. La platitude à soi, sans horizon, sans montagne, sans abîme, une Hollande de sentiments, aussi haut que tout le monde, évidence suprême de parfaite égalité.

— Qui c'est qui paye le ciné à sa petite femme ? C'est son gros loulou !

On se préparait. Un coup de peigne, pas besoin de chapeau, c'était le quartier. Le paquet de cigarettes pour la fumée personnelle, aussi.

On allait y prendre notre ration d'images, comme tout le monde, autour de la sonnette qui tremblotait au coin de rue, dans les illuminations et les affiches en couleur.

Oubli ou culture ? Remplissage ou vidage des méninges ? On ne savait pas trop. Le mieux était de ne pas se poser de questions, c'était mauvais pour nous, les questions. On allait au ciné s'abrutir, comme dit l'autre, et on aimait bien ça. S'abrutir, se faire malaxer des grands coups, tout ce qu'on veut. Ça donnait toujours une raison à la vie. Et merde !

— Deux à quatre francs !

On entrait avec déjà des habitudes, nos places à nous, vieux de fin de journée.

Il y avait beaucoup de couples et mêmes les moutards aussi qu'il fallait bien caser quelque part. On avait bien toujours un petit quelqu'un à qui faire un signe et puis on attendait.

— T'es bien mon chou ? Tu vas bien voir ? Le gros type, là, il ne va pas te gêner ?

Le patron nous passait des disques au pick-up.

Il soignait sa clientèle, le petit patron à moustache de traître qui venait fouiner des fois du côté du contrôle, et cubait sa salle au coup d'œil, comme un grand capitaine de vaisseau, les mains derrière le dos. Consortium ou pas, gérant ou propriétaire, il avait aussi du goût pour choisir ses ouvreuses, des gentilles mômes avec des gentils derrières et des poitrines à hauteur convenable.

Chacun fumait pour soi, pour ne pas sentir la fumée aux autres. C'était la chasse aux volutes, chaque nouvelle fois un record d'épaisseur battu, qu'il fallait même attendre un peu pendant les actualités pour voir quand même quelque chose. Il aurait suffi de ne pas fumer, bien sûr, ça manquait d'une grande gueule pas fumeuse dans ce ciné pour prendre la superbe décision.

On était assis confortablement dans les petits fauteuils rouges. Ce qui gênait c'était plutôt la chaleur, l'obscure et forte, l'exténuante, qui foutait la sueur au front et aux fesses. Tous en chœur au petit ciné, on macérait, on se dégraissait sur la chemise, dans des rivières de dessous de bras. Sueur, fumée, mélange scientifique, indélébile, l'absolu du parfum, le plus robuste, le repousse-mites, on communiait là-dedans, frères baptistes de passage.

Avec Paulette, on repérait les autres. La vie c'était toujours un peu pour nous deux les parfaits, la grande foire.

Au rang devant un couple qui ne passait pas la trentaine chacun, ils se faisaient une gueule du diable, la rageuse et sourde, avec la bagarre au petit nid douillet dans la ligne. Lui, il était pâle, tout crispé et mauvais, il faisait des gestes avec sa main... « Je vais te la foutre sur la gueule ! » qu'il disait discrètement, à voix basse. Et elle, elle continuait à lui baver de la dynamite sous le nez, blanche aussi, haineuse, mais si secrète qu'on n'entendait rien, nous derrière. Puis ils secouaient tous les deux la tête... « Dégoûtant !... Salope !... » qu'on entendait.

Puis ils se tournaient le dos, tordus, butés, tous les deux, avec un sourire poli pour le restant de la salle...

Les malades, les exténués de la vie...

D'autres au contraire, dans l'étuve qui mettait les nerfs en pelote, c'était l'engueulade franco, sonore et gesticulante.

— Mossieur !

— Madame !

— Vendu !

— Punaise !

Tout le vocabulaire granulé, dans le petit cinéma. Le flic jeunot s'amenait doucement, il remettait les choses au point :

— Allez, on va s'expliquer dehors !

C'était le grand calmant. Personne ne voulait sortir.

On transigeait sur les strapontins.

Il y avait aussi les conciliabules et les amoureux, les petits gars en casquette qui écartaient les bras du corps pour jouer les malabars, et les familles entières, et les belles-mères congestionnées, et la politique enfin, tous communistes dans le petit ciné.

Des fortes gueules, hommes et femmes, il y en avait dans le petit cinéma, c'était réconfortant bien sûr, mais il n'y avait qu'à faire brusquement la lumière pour que tout le monde la boucle en moins de deux. On en apprenait des choses, dans ce petit cinéma.

Fox Movietone entamait, poussé à bloc. Immédiatement la salle faisait le plein de musique électrique, on descendait le noir, c'était la ration qui commençait.

M. Rasta, ministre plénipotentiaire, en visite à l'Élysée... gibus, soldats, chamarrures, revues, discours... Même répétition, semaine par semaine, on ne s'en lassait pas, c'était le hors-d'œuvre. Tout de suite on était projeté en plein mensonge, à sept pouces de l'art pur, en pleine combine officielle ou commerciale... Inauguration, laïus, défilé... Musique triste, Chopin ou l'*Héroïque* pour un enterrement de première... Couac de trompette bouchée, c'est une bagarre de chimpanzés, une moto sur un fil de fer, tout pour le bon public, en série, l'émotion mondiale pour un cassage de gueule, la vaste rigolade débitée au mètre...

On avait quand même au cinéma comme du temps à se réserver entre les images. Plus rapide qu'un tour d'horizon, on faisait le tour de soi. C'était le défonçage hebdomadaire, on demandait encore un coup du tracteur énorme. On se laissait relabourer et piquer à nouveau comme un sol sablonneux et inutile, on attendait la divine averse du ciel dans notre Sahara. Moi, plus Paulette, plus lui, plus l'autre, plus elle, plus le rang de devant, et la salle entière, et toutes les salles de Paris et du monde entier, l'humanité se perdait alors dans des replis si lointains qu'on ne pouvait plus penser à sa destinée colossale, on restait en route, on venait plutôt au ciné comme on va au moulin, faire écraser sa semaine, avec chacun sa propre farine à la sortie.

Paulette aimait bien ça, le ciné. Elle en avait de longues habitudes derrière elle et tout un parallèle de brochures et d'articles, c'était la vraie petite bonne femme, solidement normale jusque dans le sentiment. Jeune fille seule, elle aurait peut-être bien collectionné les photos retouchées des grands costauds d'Hollywood... Amour, beauté, idéal... Elle avait bien la morale des petits courriers féminins, tout ce trouble vaseux qui sent la purulence des changements de saison. Jamais on ne l'aurait plus vexée qu'en lui disant qu'elle avait des idées toutes faites. Quand elle me refilait ligne pour ligne le feuilleton des hebdos pour me faire sentir sans bafouillis son opinion profonde sur tel film, elle m'impressionnait des fois, je me sentais légèrement inférieur, je lui foutais une petite claque sur les fesses, à tout hasard, j'étais pas à l'aise du tout.

J'ai toujours eu l'idée que j'étais beaucoup plus personnel et profond qu'elle, mais mon profond à moi n'avait pas d'issue, il sifflait toujours en conneries, en grosses blagues, définitives après des essais laborieux de déballage. Je sais que je fais bête, à entendre comme ça. Mais enfin c'est des idées de tout un chacun, ça, que de se croire supérieur à sa renommée... Passons !

Paulette, je crois, avait l'exacte impression de faire trois pas en arrière, chaque fois qu'elle m'entreprenait sur le ciné, ou la littérature, ou la musique. Chaque fois, gentille, elle était explicative et didactique pour un rien, elle empiétait sur mon silence, elle se croyait des droits, c'était agaçant. Il fallait bien vite que je change la conversation, ça me faisait mal au ventre.

Pour l'enthousiasme ou bien l'absolu dénigrement, je n'avais pas un vocabulaire très élargi.

« C'est pas mal ! » que je disais, ou bien : « C'est moche ! C'est con comme la lune ! » et ça renfermait toute l'analyse, tous mes mots alors comprimés comme dans une bourriche d'huîtres, une suite de trésors cachés, pour les seuls connaisseurs.

Paulette, elle avait toujours le couteau à la main pour ouvrir ses huîtres à elle. Elle bouffait le tout-venant, elle se grossissait de mots, elle récurait ses coquilles, et les coquilles des copains. Elle devenait même difficile à comprendre.

Elle n'était pas chiqueuse à fond, elle ne jouait pas tellement la culture mais plutôt la causette. Elle admettait mal de ne pas avoir son mot sur n'importe quoi, plutôt la bourde informe que le silence, elle était de la race commune.

Je me trompe peut-être, mais je n'aime pas les gens qui causent. Tout comme la mode est faite pour les gens qui n'ont pas de goût, la causette c'est le paravent de ceux qui n'ont rien dans le ventre, c'est la grande recherche de l'impasse qu'on baptise infini, c'est la grande tromperie civilisée, ce qu'on aperçoit du dehors, du monté à graines, du loupé.

XI

On a été un dimanche au meeting communiste à Vincennes. On s'était donné rendez-vous avec Gilbert à la Porte Dorée, et puis on ne l'a pas trouvé. On a été, nous deux, en prendre tout notre soûl, de la bonne parole.

— Camarades ! que nous interpellaient les cames.

Et d'autor ils nous refilaient des cocardes rouges à la boutonnière. On crachait vingt ronds pour avoir la paix.

Il faisait bien chaud, c'était le plein juillet, l'herbe grillait sur place. Paulette avait une petite robe légère sans manches du tout, et moi j'ai tout de suite tombé la veste et ouvert le col de la chemise.

On ne faisait pas vingt pas sans tomber sur un camelot. Et des collectes dans les coins, des grelots de charité. Et le fameux programme officiel avec la photo des artistes, un Thorez ou un Clamamus larges comme des icônes. Il fallait se faire tout petit pour ne rien acheter, on avait droit au froncement de sourcils des brassardeux.

Un sidi faisait de la pastille de menthe avec une faucille et un marteau sur la poitrine.

Les petites familles étaient par terre, à se taper le cul dans le restant d'herbe, avec papa qui suait des bretelles bleues et maman qui découvrait ses poteaux de coton reprisé, tandis que le fiston levait le poing en cadence.

On cherchait l'ombre. Les rares bouquets étaient pris d'assaut. On poussait des grands coups vers trois malheureux arbrisseaux lamentables et enviés.

— Discipline, camarades ! criaient ceux qui étaient déjà en dessous.

Ils nous faisaient honte, les pleinement vernis. Ils nous traitaient de sauvages. Ils faisaient appel à tout notre sens de la discipline, et à notre honneur d'être des bonshommes conscients et organisés.

— Discipline, camarades !

On dut rester au soleil. Paulette s'était fait un chapeau de gendarme avec l'*Huma*. On rigolait bien gentiment autour et puis c'était pas si bête, on laissait après, derrière nous, un sillage de chapeaux de gendarme, à travers les familles affalées dans l'herbe rare.

Les précautionneux allaient se fournir en bière ou en limonade, là-bas dans un coin, vers un mercanti gueulard et bariolé.

Ils en revenaient avec des litrons en bandoulière et des tranches de pain de Gênes pour les copains.

On attendait. Quelqu'un gargouillait dans les haut-parleurs. On le voyait au lointain s'agiter sur la tribune. On écoutait mal.

Des gosses jouaient à la balle. Deux jeunots sérieux comme des papes faisaient une carotte, montant des escaliers douloureux avec un couteau pointu.

À perte de vue c'était la grande foule, on ne voyait plus rien de vert que les arbres qui dépassaient. Des couples bien enlacés, main crispée sur des fesses de crêpe imprimé, faisaient une bonne sieste copieuse.

— La Rocque au poteau ! scandaient des enthousiastes.

On faisait de la surenchère. Tout le monde était bien content.

— À bas le fascisme assassin !

— ... Et si ça leur plaît pas... on leur cassera la gueule...

Tout le monde hurlait, se marrait à plein gosier.

C'était la première fois qu'elle venait, Paulette, à une manifestation. Elle était conquise. C'était pas du tout les rires sardoniques, les mâchoires crispées et les yeux haineux, ces épouvantails à bourgeois. C'était la bonne franquette, quoi ! La kermesse en plein air, le dimanche à passer.

On venait entendre le discours comme on va voir gonfler un ballon ou bien des descentes en parachute. Un peu la partie de campagne. Un peu pour dire le lendemain : « On y était ! » Futilités d'emmerdés.

On a trouvé une petite place pour s'étendre près d'un brave jeunot boutonneux et solitaire, qu'a pris avec des regards troubles une mémoire exacte des bonnes fesses que lui tournait généreusement ma petite bonne femme, puis gêné à bloc, il est parti.

On discutait le coup avec Paulette. On regardait partout, à faire de l'étude de mœurs comme elle disait pompeusement et qui consistait simplement à regarder les autres nous regarder.

On se sentait à l'intérieur nous deux dans le mouvement, gueulards, idiots et pas dupes. C'était bien complexe.

Tous les premiers à pousser *La Carmagnole*, à se dé-sosser les battoirs pour un postillon bien balancé. Pleinement crétins, à accorder nos harmoniques, à se trouver un petit bout d'accord, par bribes, par slogans, par conneries virulentes. En plein grand désir de solidarité, à vibrer bas et mou, mais à cent mille d'un coup.

Se doper l'enthousiasme, s'exciter, c'était bien tout ça les meetings, ces fêtes foraines de la politique. On s'y faisait la gorge et les poumons et un petit moral des familles. C'était l'intermède, la belle détente. C'était même la soupape, pour tout dire. On lâchait de la vapeur, et puis c'est tout.

Il y avait justement tout près de nous un sanguin qui poussait sa crise. On l'observait. Congestionné à mort, il pétait le feu, il crachait du mot d'ordre, il se déchirait le gosier à entamer *L'Inter*, gueulard, irrésistible, repris par dix et puis mille et puis cent mille à chaque coup en vagues concentriques.

En revenant, on l'a retrouvé tout à fait par hasard dans le métro. Il était vidé, amorphe, il somnolait sur sa banquette avec un visage de victoire fatiguée.

D'autres au contraire, ça les avait ravigotés à retardement. Ils cocardaient à pleine rame, à bomber le torse, à lever le poing, à interpeller le vache ennemi invisible : « Prenez garde !... Prenez garde !... »

Et même Paulette qui reprenait une *Internationale* vasouillarde en voix de tête. Marrage, contents de vivre, c'était bien tout. Et chacun ses obscures et personnelles opinions, intraduisibles et plus au-delà.

Souvent on en faisait, de la vraie politique, à discuter sur des impossibles conjectures, à s'indigner des grands coups sur les belles inégalités, jamais bien fixés, vasouilleux, désireux, ignorants. Trop vrais pour être solides. Un sophisme dans les gencives et on était K.O.

Il ne faut pas croire qu'on pense en mots d'ordre,

nous autres. C'est bien plus ténu. Seulement on est bien obligé aussi d'avoir des remparts. On est bien obligé de se planquer derrière des cailloux et des immondices, à rechercher la plaque blindée, solide et sonnante, qui bat même le rappel quand on la mitraille. Et nous on est derrière, mous et humains tout plein, derrière notre belle attitude crispée.

— Le Pain ! La Paix ! La Liberté !

On gueule des mots, nous autres, raides comme des dardillons en train de baiser le chaos.

On joue l'avant-garde, la troupe de choc, histoire de se faire un point d'appui, un bâton de vieillesse.

Et puis quand même, on ne sait pas où l'on va, on se met des buts à deux mètres, on hésite, on se dilue, on fait seulement la guerre à l'autre équipe. À bas Truc et Machin ! Vive Tartempion ! Est-ce que c'est notre faute, à nous, si on devient le piédestal passif, sur lequel la grande civilisation prend sa pose, à croire nous féconder de son délicat pipi ?

On pense le Pain, nous autres, pas tant l'égalité. Le Pain pour tous, le minimum, le travail assuré, le courage de vivre. C'est pas un mal, ça !

On pense aussi la Paix, nous autres, pas tant l'antimilitarisme et l'objection de conscience. La Paix solide, durable. On veut réaliser une puissance qui s'appellerait : la Paix ! Il n'y a pas de quoi se voiler la face.

On pense encore la Liberté, nous autres, au-delà d'une période de combat. On pense que les hommes n'ont pas tant besoin d'honneurs collectifs que de propreté individuelle. On pense que la mauvaise foi a sa source dans les attitudes trop fières. On croit aux disciplines et au laisser-aller. On sait qu'un ressort a besoin de se détendre, on est trop près de la vie pour jouer les hypocrisies solennelles. Est-ce une insanité ?

Oui, politique ! Belle science ! Pas pour nous ! Il y a des professionnels pour ça, qui nous dégoûtent toujours un peu.

Des accapareurs, des hommes à lunettes ou à gosier, des prétentieux qui veulent ensaliver tout ce qu'ils touchent. Mais il faut bien suivre quelqu'un. On choisit le moins toquard dans la belle noce à Nini-pattes-en-l'air, et puis on casse la gueule aux autres. C'est la vie qui veut ça.

Ça finissait justement en eau de boudin, chez les communistes, toute l'histoire de lutte des classes. Ça rosissait, ça devenait tout plein mignon, tricolore et sainte Marie mère de Dieu.

On sentait bien vaguement, tous, qu'on nous possédait en plein, mais dès qu'on voulait s'expliquer il n'y avait plus moyen, c'était diffus, confus, on ne savait pas, nous. Faire de la politique, c'était pas notre métier.

On nous la dégonflait notre belle Révolution. On leur demandait maintenant aux « classes moyennes » des permissions, des droits d'exister, on se faisait tout petit et gentil. On revendiquait le patriotisme, on voulait recruter tout l'alphabet : P.P.F., P.S.F., J.P., Rad. soc., S.F.I.O., U.R.D., toute la clique et vive la France !

— Bravo ! qu'on gueulait nous, très fiers. Et on ne rechignait pas sur *La Marseillaise*. On donnait de la gueule, on approuvait.

C'était un beau meeting !

Paulette jubilait encore quand on était chez nous.

— Une journée comme ça !... qu'elle disait.

J'ai bien essayé moi, de lui expliquer que ça n'était pas si marrant une journée comme ça, mais je n'avais pas de mots, j'ai laissé tomber. On s'est replongé en plein enthousiasme. On a plutôt bouffé comme quatre parce que ça nous avait creusé.

J'avais bien des idées qui barattaient à l'intérieur, des idées à moi, pas si bêtes, intraduisibles et pas sortables. Même à Paulette j'aurais pas pu lui expliquer exactement. J'ai bien essayé, mais à chaque fois je bafouillais, c'était vexant.

Alors je préférais comme tout le monde gueuler à mort, et pour, et contre, et quelque chose de déjà bien expliqué en long et en large sur le journal. Pas du nouveau, mais du solide.

Je ne suis pas un héros, moi !

XII

On se faisait avec Paulette les soirées les plus douces qu'on pouvait.

On s'était mis à la fenêtre, ce soir-là, contents tous les deux, on regardait au ciel tout constellé. Je laissais ma main se balader sur elle, des seins aux cuisses, j'en faisais le tour, je la tenais protégée sous mon bras en lui taquinant le ventre du bout des doigts. On ne pensait à rien.

Elle m'a demandé si je connaissais le nom des étoiles. Non, moi je ne connaissais rien, juste l'Étoile polaire, et encore je n'aurais pas pu dire où elle perchait. Elle me l'a montrée alors :

— Tu vois, c'est la petite, là-bas !

— Oh ! qu'elle est mignarde !

— Et puis tiens, voilà la Grande Ourse, là, cette casserole.

Oui, ça je connaissais aussi la Grande Ourse. Mais elle ne me laissait plus de respiration avec Cassiopée et Artaban ou je ne sais trop quoi, et Castor, et Pollux, et Andromède, et tout le ciel qu'elle connaissait, étoile par étoile, comme un vieux mage chaldéen.

J'étais un peu écrasé.

— Vise la Pléiade là-bas, le petit tas, et puis le Grand Serpent et le Petit Chien dans ce coin-ci, et Véga, tout là-haut, et Persée qui se planque derrière la cheminée...

C'était trop, ça me rendait soupçonneux, tant de savoir.

— Qui est-ce qui t'a appris tout ça ? ai-je demandé.

— Bah ! qu'elle a fait, un peu triste.

Il y avait toujours ce bon dieu de souvenir à chaque instant.

Il me semblait des fois que je devenais jaloux de ce passé-là.

On resta encore un moment sans rien dire. On se sentait bien, parfaitement intimes, plus rien ne pouvait se glisser entre nous.

Il fallait en profiter et le relaver un grand coup le passé, jusqu'à ce qu'il soit décoloré et plus pisseux qu'un treillis de libérable.

On avait beau dire, c'était rare quand on en parlait. C'était l'accord tacite, le silence, sur Bernard comme sur Marcelle.

Donnant, donnant. Pourtant ça ne faisait pas la balance et Paulette le sentait aussi bien que moi. Le dangereux à discuter, c'était pas mes quelques semaines avec une jeune bourrique, c'était bien plutôt ses deux ans à Paulette, deux ans et même plus, avec Bernard.

Ça avait marqué sa vie, elle en ressuintait encore du Bernard, ça me rendait jaloux.

Les premiers temps ç'avait été du féroce contre lui, il en ressortait comme une perfection de dégueulasserie, chaque fois qu'elle en parlait. C'était trop beau. Et c'est moi qui lui avais dit de ne plus chercher à le dégommer comme ça, simplement n'y plus penser, ça vaudrait mieux.

Pourtant, comme si je n'en savais jamais assez, c'est bien toujours moi aussi qui ramenais ça sur le tapis, jamais dégoûté à fond du personnage.

Elle l'avait aimé, il n'y avait pas de doute là-dessus, elle avait beau dire. Et c'est bien de ça que j'étais jaloux, de son amour mort.

Il commençait à faire froid sous les étoiles. J'ai fermé la fenêtre et puis on s'est assis dans le fauteuil. Je ne disais rien.

Pourtant on était si bien, tous les deux.

— Qu'est-ce qui va pas, mon grand ? qu'elle a fait doucement. Veux-tu bien faire un sourire...

Mais j'avais pas envie de sourire.

— T'es triste, mon chéri. Qu'est-ce qu'il y a qui ne va pas ? Hein ! Tu ne veux pas me le dire ? qu'elle insistait gentiment.

Ah ! on était tellement bien, avec notre amour à nous deux. On pouvait bien tout dire. Plus rien ne pouvait plus nous démolir.

— Je pense au temps perdu ! que j'ai fait.

Il y avait longtemps qu'elle m'avait compris.

— N'y pense plus ! On est si bien !

Oui, on était bien.

— Pourtant, Paulette, deux ans ! Deux ans qu'on aurait pu se connaître et s'aimer, en supplément... Et puis que tu n'aurais plus tous ces souvenirs...

— Mais j'y pense plus, mon chéri. C'est fini, bien fini. C'est toi qui te tortures la cervelle.

— Tu l'aimais bien, dis ?

— Mais non, je l'aimais pas !

— Alors pourquoi que t'es restée deux ans avec lui ?

C'était toujours ça le butoir, impossible de l'escamoter.

— On était mariés.

— Est-ce que ça compte ? T'avais qu'à laisser tomber, quand tu as vu le coco que c'était.

— Oui, j'aurais dû !...

Elle est venue m'embrasser.

— Allons ! grand bête. Parlons plus de ça !

Puis elle a commencé à se déshabiller, puis elle a été faire sa toilette pendant que je finissais ma cigarette, à ne rien dire, dans le fauteuil.

Quand elle a été en chemise, elle est venue près de moi.

— Tu viens pas te coucher ?

Je l'ai tirée sur mes genoux, mais j'étais sérieux.

— C'est lui alors, qui t'a appris le nom des étoiles ?

— Oui !

— Et qu'est-ce qu'il te faisait le soir, comme ça, il te prenait aussi sur ses genoux ?

— Je t'aime !

— Oui, je sais, Paulette, mais réponds-moi !

Elle a pris son faux air de gosse qui va pleurer.

— Oh ! mon chéri, écoute, ne parlons plus de ça... !

Mais j'insistais, moi, elle a bien compris que c'était sérieux.

Il y avait le poste qui continuait à nous emmerder avec un opéra.

— Éteins la musique ! que j'ai dit.

Elle s'est levée, je la regardais. Elle avait un bouton de mon pantalon qui lui marquait en rouge sur la fesse. Elle était belle. J'en étais encore plus jaloux.

— Enfin !... que j'ai fait presque en colère. Il te pelotait bien quand même un peu et même beaucoup pour s'exciter, hein ! Tu me l'as dit toi-même qu'il était plutôt vicieux.

— Bah ! c'était un malade. Au moral comme au physique, il ne voulait rien faire comme tout le monde.

On a attendu un peu, puis elle a dit fermement :

— Mon chéri, ne parlons plus de ça, veux-tu ?

J'ai plus rien dit, mais c'est elle alors qui a continué.

— J'en ai assez souffert comme ça, que pendant deux ans j'ai pas arrêté de pleurer.

— Eh ! justement ! que j'ai dit. Et tu venais me dire après que tu l'aimais ton Bernard... Et mon mari par-ci... Et mon mari par-là... Allons, dis-moi, Paulette, que tu l'aimais beaucoup. J'aime mieux ça. Il me semble que tu me caches quelque chose là... Hein ! dis-moi...

— Pourquoi parler de ça, mon chéri. Ça te fait du mal et à moi aussi.

Elle était mignonne comme tout et moi très gêné. Il fallait continuer que déjà j'en avais marre d'insister. Mais toujours la même chose, il fallait chercher du définitif au bout des mots.

Avoir un sens de vie, un pourquoi. On était heureux, ce soir, il fallait en profiter pour aborder la pleine crasse. On resplendirait du soleil dessus, une grande séance de surimpression.

J'ai dit qu'il n'y aurait pas fallu que ça existe, tout ça.

— Mais ça n'existe pas ! mon grand ! C'est fini, voilà, parti, on en parle plus !...

Il y avait quelque chose qui me turlupinait.

— Tu me disais qu'il était intelligent, que j'ai dit. Est-ce qu'il était plus intelligent que moi ?

Elle a fait la moue.

— Bah ! Il était bien bizarre. Il était bien spécial.

— Ah ! que j'ai craché. Un raté, une raclure, quoi !... Mais elle a pris sa défense, alors.

— Oh ! quand même ! Il était vraiment pas ordinaire, tu sais. S'il avait pas été aussi fainéant, il serait peut-être bien arrivé quand même, on ne sait jamais...

Ah ! j'avais trop de choses à dire là-dessus.

Je me suis défringué, on causait quand même toujours.

Je me souviens bien, elle s'était assise dans le lit en m'attendant.

Elle avait mis sur elle un petit truc en laine rouge qu'elle avait tricoté elle-même. C'était un vrai soir de douceur, à ne pas se rappeler autrement qu'en en rigolant soi-même, par pudeur.

En me mettant dans les draps, je lui ai demandé ce que ça lui faisait maintenant quand elle pensait à lui.

— Mais je pense pas à lui, qu'elle m'a murmuré.

— Petite menteuse, que j'ai fait.

Je l'avais dit bien doucement. Il lui est venu pourtant aussitôt deux grosses larmes dans les yeux absolument grands et sincères.

— Mon chéri ! qu'elle a fait. Tu comprendras donc jamais à quel point je t'aime.

C'est coco et tout plein féminin. Bon !

Seulement des fois je me demande si ce soir-là ça n'a pas été le point culminant de notre amour, s'il en faut un.

On s'amollit à fouiller son passé. On se taraude les bases. On prépare le vermoulu, le raffinement, la ruine.

J'aime mieux ne pas insister.

XIII

Un dimanche sur quatre environ, on sautait passer la demi-journée chez la belle-mère, aux Batignolles.

C'était alors la journée en famille avec les conseils et les histoires.

Bernard revenait sur le tas à chaque coin de phrase, il fallait une patience d'ange pour passer le cap du café définitif.

Paulette prenait un bain de ragots, elle remontait la manivelle de sa parlotte. Elle s'en payait pour un mois.

La belle-mère m'appelait maintenant : Félix. On me montrait aussi aux voisins. On leur sortait encore et devant moi l'histoire du Bernard infect, pour bien qu'ils sachent alors que Paulette était la petite martyre. On travaillait de la réputation, depuis la concierge jusqu'à l'épicière du coin de la rue, qui avait connu Paulette grande comme ça, à la fournir en sucettes et en roudoudous.

Commisération ! Moi, je n'avais aucune importance.

— Brave petite ! qu'on me disait. Faut la rendre heureuse !... Et puis sa mère aussi !... Et tout le monde !... N'est-ce pas, Monsieur...

On y avait été notamment un de ces dimanches vers midi pour casser la croûte, avec la petite tarte traditionnelle que je portais à bout de cône dans du papier blanc. Il y avait des invités, ce jour-là, des gens qui étaient venus le fameux soir de réveillon, les bons voisins à chaises.

Il s'appelait Auguste, et sa bonne femme Léontine.

C'était pas le mauvais gars, lui ! Un peu le genre pieds sales et nœud papillon, aspect verdâtre d'employé d'avant-guerre.

Il ne se compliquait pas l'existence, c'était décidé une fois pour toutes qu'il n'avait pas de chance dans la vie. Tout le monde le croyait avec lui, à force, c'en était même une telle évidence qu'il parlait d'autre chose tant il en était dégoûté.

La belle-mère, en parlant d'eux, disait : mes amis. Ils avaient même en commun, je crois, un appareil à fabriquer le yaourt, c'est tout dire.

Eux aussi avaient connu le précédent Bernard. Ils avaient des vérités bien dures sur son compte. Ils pensaient, eux, qu'il était complètement fou et que sa place était à Charenton dans une cellule capitonnée.

Paulette se faisait plaindre avec amour, elle prenait goût à sa situation, c'était bien naturel.

Il portait aussi le faux col empesé, Auguste, c'était le bon employé rangé, méticuleux. Gros éloges sur Auguste dans la maison, avec le chapitre sur sa guigne noire.

Pour un rien il était mal foutu et si c'était pas lui c'était Léontine, ou bien le gosse aux yeux cernés qui salissait des tabliers noirs archaïques.

Parfois Auguste pensait :

— Ah ! la vie !... qu'il disait.

Ça signifiait beaucoup, on sentait ça. C'était écrasant.

— Vous Félix, qu'il m'avait dit ce jour-là en tapant dans mon paquet de gauloises que j'avais laissé au coin de la table, vous êtes bien sympathique et même en bonne santé... Tandis que moi, toujours patraque, toujours avec ma mine de tubard, mes chefs me méprisent, Félix. Il n'est pas d'avanie ou d'humiliation que je ne doive subir pour garder mon emploi. Ah ! Félix, croyez-moi, la santé !... la santé !...

— Allons, ne vous tracassez pas Auguste, était intervenue la belle-mère. Cette année vous irez en vacances, ça ira mieux.

— Des vacances ! qu'il avait bondi. Des vacances ! Et avec quel argent, bon Dieu ! Ah ! Antoinette, vous ne doutez de rien, vraiment... Des vacances !... Ha ! Ha !...

Il prenait un rire à la méphisto, il soufflait visiblement. C'était le type même du faiblard. C'était trop douloureux. Il faisait un gros effort, il se cintrait les veines pour changer la conversation.

— Qu'est-ce que vous pensez de Léon Blum ? qu'il me demande. Est-ce que vous croyez que c'est vraiment l'homme de la situation ?...

J'essaie de répondre, peine perdue, c'est pas pour moi.

C'est là-bas, de l'autre côté de la table, la belle-mère Antoinette qui entame, et Paulette à côté de moi qui lui file la réplique.

Avalanche, empoignade serrée, pas de place pour un quart de soupir, les mots s'emboîtent très exactement.

La vieille qui a passé sa jeunesse à Lyon en tient pour Herriot, c'est son champion, elle le défendra jusqu'à la mort. Paulette préfère Blum. C'est la bagarre.

— Non !

— Si !

— Non !

— ... Argenterie !... Sale Juif !...

— Main sur le cœur !... Gros plein de soupe !...

Au bout d'une demi-heure elles s'aperçoivent enfin qu'elles ne sont que toutes les deux à baver.

— Ah ! fait la belle-mère. Il n'y a vraiment que les femmes pour se passionner un peu. Vous ne faites donc pas de politique, Félix ?

Ah ! merde, tiens ! Je me sens la crise à fleur de peau.

Ça ne me réussit vraiment pas, les séances familiales.

Dans son coin, Auguste donnait aveuglément raison à la belle-mère.

On lui sentait, au maigriot, comme une envie de pager avec la rondouillarde. Léontine faisait la gueule. Tout ça était puant.

Et Paulette planait dans son parfait élément. J'en avais le cœur serré.

Sur ma grande décision, on est sorti vers les quatre heures pour faire un tour du côté de la place Clichy, tous en chœur.

J'étais devant, avec Auguste, dans la rue des Batignolles.

Il me racontait ses histoires blafardes. Il m'expliquait qu'il avait aussi connu Paulette grande comme ça, et que c'était vraiment une bonne fille qui ne méritait pas du tout ce qui lui était arrivé.

— Elle l'aimait beaucoup, n'est-ce pas ?

— Il l'avait séduite ! qu'il me répond drôlement. Mais quand même, elle a vu clair, elle a compris. C'est une bonne nature.

Et le voilà qui me reparle de la mère, qui, que, laquelle... en plein enthousiasme.

On s'arrête à l'« Étoile d'Or » pour se boissonner un peu. De la terrasse on regarde passer le monde, on subit deux sidis et trois chanteurs. La belle-mère explique à Léontine et à Paulette une recette de fameuse pâte à gâteaux, et puis un point de tricot.

Il faut absolument que seul j'écoute Auguste qui geint.

Le soleil du dimanche écrasait partout des blancheurs.

Retranchés à l'ombre on gouttait encore fortement dans l'épaisseur d'oxyde. Le coco infect des autobus laissait un échappement mortel sur la ligne. Attila moderne, il flétrissait la vie sur son passage. Ça sentait la journée vide, vide en file indienne, sans fait, rien qu'avec des mots pour combler les secondes.

C'était exténuant. On ne peut pas supporter le vide en faux col. On n'avait rien à se dire. On n'était pas amis, ni rien. Je m'emmerdais fortement.

— La vie, c'est pas drôle ! se met à dire Auguste. On travaille et puis on se repose, et puis demain on retravaille encore. Ah ! c'est bien trop vite passé...

Ça me paraît insignifiant, à moi. Pas du tout, c'est une bombe, il connaît le jeu. D'un coup, il accapare l'attention, Auguste. Il se tourne ailleurs. C'est une empoignade épique, mise au point par une enfilade de dimanches creux.

— Moi, dit la belle-mère, je préfère encore travailler que ne rien faire...

— Supposons, dit Auguste, que je gagne à la Loterie nationale... Je me retirerais à la campagne... Élever des lapins...

— Moi, je prendrais un grand appartement... Je m'abonnerais à la Comédie-Française et à l'Opéra-Comique...

— Nous, on prendrait alors un commerce, dit Paulette, n'est-ce pas, Félix ?...

Tout ce qu'on veut, moi je m'en fous.

Les chiens tirent une langue baveuse sur le trottoir. Il y a quand même des gentilles filles qui passent. Il me vient comme un désir d'être libre. Paulette tient le crachoir. Et puis il fait trop chaud.

Je me tourne vers le môme qui est sage et fondant, derrière sa grenadine, je lui demande s'il travaille bien à l'école, s'il a de bonnes notes. Et puis en allumant une cigarette je lui fais un petit tour avec trois allumettes. Il est content, le môme, il sourit enfin : « Oh ! Félix, qu'il me dit. Vous en connaissez pas d'autres ? »

Paf ! C'est maman Léontine qui lui fout une baffe sur le coin de la figure.

— Ça t'écorcherait, de dire monsieur Félix ?... C'est comme ça qu'on t'a élevé ?...

C'est une politesse qu'elle me fait, c'est gentil. Il faut que je dise alors quelque chose : « C'est rien... Laissez-le... » un truc comme ça, mais ça ne vient pas, j'en ai trop marre, je me sens la rage qui monte du trottoir chaud. Je hausse les épaules et puis je bois un grand coup rageur dans mon demi.

Ça les interloque. Ils se retournent automatiquement vers Paulette, silencieux, et je la sens cette petite vache, qui fait un signe imperceptible des yeux : « Voilà ! Il est comme ça !... »

Je les ai laissé culminer en paix au sommet de leur « savoir-vivre » ces cucus. Je crois que c'est la première fois que Paulette m'a dégoûté affreusement, péniblement.

C'est même parce qu'on a eu une lourde discussion ce soir-là, à nous deux, que j'ai repris ce petit coin de vie.

J'avais fait, il faut bien le dire, une gueule serrée à l'« Étoile d'Or » jusqu'à la fin du dîner sinistre et loqueteux, avec les restes de midi.

Je ne disais plus rien, j'en avais marre de tout. J'en regrettais même ma pleine cloche. Être loin de ces miteux qui ne soufflaient que du vide. Vide ! Vide partout ! Des vertiges complets, on se sentait dissoudre et s'éparpiller, en vrai cerveau détonant, au-dessus de ces plat-ventres.

— Oh ! aujourd'hui, disait la belle-mère à mi-sourire, on dirait que ça ne va pas, Félix, n'est-ce pas ?

— Oui, je ne sais pas ce qu'il a, reprenait Paulette. On dirait que ça ne va pas, mon grand, tu ne dis rien !

— C'est la chaleur, déclarait Auguste. De ce temps-là on est tous mal foutus.

Oui, j'ai dit que c'était bien la chaleur, pour qu'ils me foutent tous la paix, eux et leur Bernard encore qui dégoûtait un coin de conversation.

Elle était pourtant en veine d'amabilités, ce soir-là, la belle-mère Antoinette.

— Il faudra qu'un de ces soirs je vous offre l'Opéra ou bien l'Opéra-Comique, qu'elle nous invite nous deux, Paulette.

Elle bat des mains, la petite. Bécots sonores !

— Bravo ! Superbe ! Oh ! ma petite maman !

J'ai dit alors que je n'aimais pas ça du tout, les gargarismes de contre-ut.

— Oh ! Félix ! a fait la belle-mère. Il faut apprendre

à aimer la belle musique. Toutes les belles choses. C'est pas parce qu'on est des ouvriers, n'est-ce pas...

Bête à ratatiner.

J'ai réitéré alors que je n'aimais pas ça, toute sa belle musique et que j'étais bien libre d'avoir mes goûts à moi, ouvrier ou pas.

— Mais Paulette aime ça ! a rétorqué la vieille, définitive et supérieure. Vous n'allez pas avilir les goûts de ma fille ?

Textuel. J'étais excédé à fond. J'ai explosé d'un coup.

— Paulette n'a aucun goût, si vous voulez savoir. J'ai pas à les avilir, elle n'en a pas ! que j'ai gueulé. Ni vous non plus ! De l'article de conversation, voilà ! Si c'est mon avis que vous voulez, c'est pas des goûts que vous avez, c'est des imitations, des grimaces, voilà le mot ! Des vraies grimaces, pour parler, pour vous remplir le vide ! Uniquement pour passer le temps, voilà ce que c'est, vos goûts...

Mauvaise, la belle-mère.

— De quoi ! qu'elle m'a interrompu brutalement. Je fais des grimaces, et j'ai pas de goût, et quoi ?... Ça va comme ça !... Ah ! je vous en referai, des invitations !... Ah ! vrai, ma pauvre petite, je me demande vraiment... Ah ! non, ça je ne pensais pas.

— Écoute, maman, si Félix n'aime pas la musique c'est pas sa faute, conciliait Paulette avec la dernière vacherie.

C'était bien ça ! J'étais encore le gros brutal et sans goût. Mon portrait en pied se précisait dur. On ne parlait pas du tout la même langue.

Au retour, dans le métro, Paulette pleurait en pleine preuve de bêtise.

— Ta mère, j'en ai marre ! que je lui avais envoyé dès la sortie des escaliers puants.

On ne s'était pas dit un mot, durant le trajet, ni même dans l'ascenseur chez nous.

Ça a commencé dès qu'on a fermé la porte.

— Alors ! que j'ai attaqué. T'as pas fini de faire cette gueule-là ?

— Ben alors, t'as un certain toupet ! C'est toi qui as fait la gueule toute la journée !

— J'avais mes raisons !

Dans les yeux, elle m'a demandé :

— Mais qu'est-ce qu'elle t'a fait, ma mère, dis ?

— Elle me fait suer, voilà !

Elle s'est remise à pleurer, Paulette, en me disant que je n'étais qu'un grossier. Elle se faisait plaindre par le ciel.

— Qu'est-ce que j'ai fait, mon Dieu ?

Je la sentais très malheureuse et très indulgente derrière ses larmes. On l'avait trop gâtée en martyre, elle y repiquait avec moi aussi. On lui avait installé des hauteurs, elle s'y croyait vraiment, elle faisait de la certitude comme on fait de la fièvre.

J'étais alors le grossier rustaud, l'infect balourd des trente-sixième dessous. Je n'avais pas de mots pour me défendre, rien que des sonorités ou des claques sur les fesses. Elle me voyait un petit cerveau tout mal foutu, et des instincts à fleur de peau, sans goûts ni aspirations, sans rien du tout. J'étais la vraie caricature, l'ouvrier du bourgeois, je me tenais mal à table, je n'aimais pas l'opéra, je ne faisais pas un pouce d'effort pour envahir une conversation, j'étais juste poli.

Tout mon dégoût s'appelait infériorité, c'était net.

Ce soir-là j'aurais bien voulu lui expliquer ma façon

de penser, mais c'était déjà impossible. Elle était trop certaine d'avoir trois longueurs d'avance sur moi. On a longtemps causé.

— Félix, mon grand ! qu'elle me demandait finalement. Pourquoi que tu ne fais pas un effort pour être gentil avec mes parents ? Tu crois que c'est bien d'envoyer bouler maman quand elle nous propose d'aller à l'Opéra ? Enfin, mets-toi à sa place... Qu'est-ce qu'on doit penser de toi, hein !

— Je m'en fous ! J'aime pas l'opéra ! Je vais pas inviter ta mère à faire de la barre fixe, moi ! Qu'on me foute la paix ! Et tes parents je les emmerde !

J'étais buté. J'en avais marre. Ça ne marquait pas des points à mon actif.

J'ai vu son nez qui se pinçait en transe de méchanceté. Elle m'a nettement appelé en plein visage : « Pauvre imbécile ! »

D'abord, j'ai cru avoir mal compris. Et puis non, c'était bien ça. J'étais sidéré.

Et puis le sang m'est venu, alors j'ai cogné dur. Je l'ai plaquée sur le lit et je lui ai collé une douzaine de va-te-laver, aller et retour, des dix livres sur le coin de la gueule.

— Ne me bats pas, Félix ! Ne me touche pas ! qu'elle a commencé par crier, hiératique et solennelle.

Puis à la troisième baffe, déjà sonnée, elle s'est mise à gémir en chialant, avec ses bras repliés sur sa figure.

— Comment que tu m'as appelé... Hein ?... Répète voir un peu ?... que je soufflais dur en plaçant mes paquets. Répète voir un peu comment que t'as dit !...

— Pardon ! Pardon, mon chéri ! qu'elle a sangloté au bout d'un moment. Pardon ! Ça a dépassé ma pensée... Faut pas m'en vouloir... C'est la fatigue... Chéri. M'amour...

Elle m'enlaçait avec ses bras, elle se cramponnait après moi, elle se soulevait pour m'embrasser de force.

— Chéri !... Mon grand !... M'amour ! Félix !... Mon Félix !...

J'étais stupéfait moi, et fier.

— Allez, ça va ! que j'ai fait. Couche-toi et c'est fini, hein !

Jamais encore je ne l'avais battue, c'était la première fois, le coup de théâtre, je ne m'attendais pas.

— Tu m'as fait mal ! qu'elle m'a dit dans un sourire endolori.

Elle avait en effet une grosse trace rouge sous l'œil droit. C'est moi alors qui étais tout gêné. J'ai bien embrassé son œil, et puis toute sa figure. On s'est bien rapproché. On n'a pas même pris le temps de se déshabiller. Elle a juste fait sauter sa petite culotte d'un coup de main rapide.

Sur le point de ronfler, une heure après, je n'avais pas encore compris.

J'ai fait des rêves de violents dérapages. J'avais comme une angoisse à l'estomac, comme une grosse envie de chialer pour expectorer un caillot de pur néant.

La meule commençait à tourner à vide.

XIV

Comme l'été devenait trop chaud, on a décidé de passer tous les dimanches sur l'herbe, au lieu de rester à Paris à s'emmerder chez la belle-mère ou sur les boulevards.

On partait le dimanche matin de bonne heure pour nos parties de campagne.

Souvent on emmenait Bébert, mon copain des balades en vélo, et sa petite amie, une gosse qui s'appelait Solange, bien gentille et un peu trouble, un peu équivoque, ce qui mettait de la poésie dans nos balades. Souvent aussi Nénette, la petite frangine à Bébert, venait se joindre à nous, heureuse d'avoir un peu de soleil, tête ridée sur un maigre corps de treize ans, avec un caleçon de bain qui flottait autour d'elle, pauvre gosseline, comme un péplum avachi.

On s'entendait bien, tous. C'était moi l'aîné, là-dedans. Je faisais mon petit caïd à bon marché. Oh ! tout simple, sans histoire, comme un bon gars que je crois toujours avoir été.

On avait dégotté un petit coin pénard, pratique avec le tarif réduit du P.L.M. Une heure et demie de Paris.

C'était l'évasion quoi, la campagne, avec la Seine et le Loing. De quoi se baigner, et de l'herbe de quoi s'amuser et se coucher par terre et aspirer du soleil, comme les plageux de Deauville ou de Juan-les-Pins.

Bébert emmenait son phono, un portatif qu'il avait eu en occasion et qui se dégonflait régulièrement sur chaque fin de disque. Il avait des disques du marché aux puces, avec des chansons connues, des airs de danse, fox, paso-doble, javas, tangos, valses. Des bons moments à passer le soir. Il avait aussi des classiques pour les moments de vague à l'âme. Il nous faisait taire énergiquement quand il passait son *Poète et paysan* tout recuit et jauni par le soleil et la pluie de Saint-Ouen, et qui prenait des allures de cavalcade gondolée. Son ambition, c'était de trouver un jour la *Méditation de Thaïs*, à Bébert. C'était là son sommet.

On emmenait nos provisions dans un sac de camping à moi, bien passé au soleil mais encore solide. On achetait le pain et la boisson sur place et des fruits aussi qu'on avait au marché de Saint-Mammès. Tout péquenot, ça nous semblait, nous autres Parisiens, la pleine brousse pour pas cher.

Ça puait l'huile lourde encore, les péniches au mazout, pout, pout, pout, qui passaient sur la Seine avec des bruits sourds de moteur qui jouaient à cache-cache avec les berges.

Ça sentait le canal, la batellerie, le goudron, l'herbe verte, le radoub, le chien crevé, c'était nouveau, ça changeait tout de même des vapeurs de l'atelier.

Et alors on s'asseyait sur l'herbe, avec des petits arbres pour manger à l'ombre et des taillis pour aller faire ses petits besoins et se déshabiller.

On étendait une couverture et on commençait par

une bénédiction de bain de soleil, tous en chœur, sauf Solange qui ne voulait jamais se déshabiller et préférait actionner le phono à l'ombre. On se tournait, à se faire cuire de tous les côtés, consciencieusement, sans un mot, on en ronflait. De temps en temps, Bébert se mettait en rogne.

— Oh ! la vache ! qu'il criait.

C'était un moustique.

Paulette venait me faire des agaceries bien mignonnes, à me sucer une oreille ou me passer une herbe sous le nez. On rigolait. Je lui passais des prises de catch, je la retournais, je la nouais, je l'étirais, je la disloquais. Elle se marrait toujours, bonne fille, et qui se foutait pas mal du mouvement qui déplace les lignes. Elle poussait des petits cris. Elle suait beaucoup, ce qui était un peu gênant. Une propension à la graisse, un peu empâtée déjà, avec des petits paquets pléthoriques sur une ligne encore pourtant souple et fine. Méridionale, quoi, avec des fesses et des seins qui s'orienteraient doucement vers la gélatine, mais qu'elle savait bien durcir fameusement encore de ses muscles tendus. Ça avait même son charme.

Solange, la petite copine à Bébert, c'était pas du tout la même chose. C'était même le contraire. Une drôle de gosse, toute mince, toute fluette, avec des petits tétons à peine formés, des longues jambes, pas maigres, bien belles même, une taille fine, quelque chose d'indécis qui tenait de l'éphèbe, de la petite vicieuse et du prix de beauté. Sale caractère, coquette, ombrageuse, pas farouche et toute féminine dans ses abandons. Un petit mystère pour moi. Elle avait de ces yeux, que c'était tout un poème. Toute jeunette elle était, seize ans.

Au crépuscule, quand la nuit s'installait doucement

sur les basses brumes des mares aux nénuphars, elle devenait la reine du petit groupe. Il flottait du trouble dans l'air, de l'imprécis, du rêve. Elle voguait, toute équivoque, entre le vice carabiné et l'innocence absolue, on ne pouvait pas savoir, et puis ça se touchait. De Bébert à moi, elle venait, à se faire câliner, avec des baisers sur les lèvres, elle excitait tout le monde, bien immatériellement, sans qu'on ait envie de se fâcher.

Solange, sale gosse, petit sphinx à fossettes, au fond, bien au fond, dans l'espèce d'inconscient que j'ai toujours eu peur d'aborder, je crois que je lui dois peut-être des choses, des choses intraduisibles et toutes menues et fortes et sans mesure aucune, qui feraient comme une grande révolution si ça venait à la surface. Et je le plaignais, Bébert, qui se forçait à rire, comme ça le soir quand on rentrait, tout malheureux et n'y comprenant rien, tout interloqué, sans droits ni devoir, annihilé.

À midi, sur l'herbe, on plantait les coutelas dans le saucisson et le pâté. Du pain croustillant à pleine bouche et du cidre à flots saccadés. Le soleil avait tous les droits. Ses rayons venaient se faire les biceps, à piquer çà et là sur la peau. Belle pigmentation en perspective, du rouge et du noir, des douleurs sèches pour repasser la chemise. À moi le camembert et la plaisanterie sur les pieds sales. Allons-y ! Le coup de la trompette en buvant au goulot. Ta ra ta ta ! Et la pelure de banane refilée dans le décolleté de Paulette. Et la grande bagarre pour chatouiller Bébert. On se marrait bien. Et puis on y allait d'une petite sieste à l'ombre. Repos plus repos, on ne se bilait pas, à voir filer les blancs petits cumulus dans le ciel bleu.

Conscience de rien, avec du vide de vagabond dans la cervelle, ça faisait du bien. Lourdeur de bêtes repues, à deux doigts de la nature, roupiller, ce vieux truc primitif, il n'y avait que ça de vrai.

On passait comme ça des longs moments, emmêlés tous ensemble, joue contre poitrine, nuque battant cuisse, mollets sur estomac. On parlait un peu tout de même, par moment, à demander à qui la main, ou le bout de sein et les cheveux.

La petite Nénette manœuvrait le phono, ou bien Paulette aussi qui n'aimait pas beaucoup prolonger les siestes. Première debout elle profitait de l'heure creuse pour aller faire son pipi dans les orties.

On avait une balle en caoutchouc qu'on s'amusait à se renvoyer comme ça, avec des gages pour celui qui ne l'attrapait pas. On s'en lassait vite.

Avec le box à Bébert on prenait des photos, des groupes, avec des poses avantageuses, ou alors des moments qu'on trouvait bien marrants et qu'on reconstituait pour la photo ; c'était toujours un peu nouille.

Et puis la petite Nénette restait là à garder les affaires, on faisait un brin d'habillement et on s'en allait par couple chacun de son côté.

Avec Paulette on aimait bien marcher, nous deux. On repérait un chemin à ornières, ou des petits sentiers avec beaucoup d'ombre et de perspectives de trois mètres qui nous réservaient des pépères solitudes.

— On est bien, hein, mon chéri !

— Oui, ma poule !

— On respire bien !

— C'est beau, la campagne !

— Moi, je suis bien, là !

— Moi aussi !

Ça ne changeait pas beaucoup, mais on ne cherchait pas à faire de philosophie.

On s'allongeait les yeux ouverts. On se parlait de tout et de n'importe quoi.

— Tu aimerais avoir une maison à la campagne ?

Ça dépendait des jours. Oui ou non.

— Dis-moi quelque chose de gentil !

— Je t'aime !

Baisers.

— Oh ! une fourmi !...

— ... Regarde les feuilles !...

— ... On est bien !...

Des heures entières comme ça.

J'avais du pur dans ma tête, des couleurs nettes. Ça me rappelait les plus beaux temps de ma vie de solitude. Je lui collais ma main entre les jambes. On restait comme deux camarades, une communion. Elle avait beau me passer son petit bout de langue sur mes piqûres de moustiques, j'étais comme une souche.

Vers quatre heures on revenait pour se baigner.

C'était une espèce de petite plage, avec des bouts de bois dans l'eau pour limiter les endroits où on avait pied. C'était bien connu, il y avait toujours une trentaine de personnes là, à barboter. Des belles gosses et des anatomies rachitiques, avec toutes les couleurs de maillots.

Solange ne se déshabillait toujours pas. Elle avait toujours un prétexte, mais au fond je crois qu'elle avait honte de sa poitrine pas finie. Elle n'aimait pas trop qu'on la traite en petite fille.

Moi je faisais valoir mes pectoraux et ma peau qui brunissait par petits coins. J'ajustais mon bonnet sur la tête, à bien tirer le cordonnet pour ne pas le paumer dans les plongeons.

La gosse ne savait pas nager, elle barbotait dans les limites, le petit bain comme on l'appelait.

Paulette non plus n'allait pas très loin, elle poussait une de ces brasses trop cambrée, tout à fait grenouillarde et réjouissante. Elle avait de l'endurance mais pas de vitesse du tout, elle se serait laissée entraîner par le courant, vers le milieu. Je lui disais de faire attention.

Bébert et moi, on se défiait. Plouf ! Des chouettes départs. Il m'avait nettement avec son crawl, mais il n'aimait pas trop s'aventurer, sujet aux crampes.

J'aimais bien faire du sous-l'eau. Je ne tenais pas tellement longtemps, mais bien suffisamment tout de même pour faire ma petite impression. Ça faisait tout drôle l'eau qui coulait plus lourde vers les oreilles et toute l'imprécision de la vue brusquement limitée, avec le noir qui arrive par en bas. Tout un nouvel arc-en-ciel insensible, posé debout dans l'eau, noir, vert foncé, jaune sale, bleu pâle et la pellicule écumante des retours en surface. Ça donnait une pression aux couleurs, je les voyais aussi avec mon tympan. Je passais mes bulles du vert au jaune, comme des petits ballons bondissant vers le ciel. Il me prenait comme des envies de dormir, du repos, du repos frais et musculeux. C'était épatant.

À l'air libre, comme disait Bébert, je m'appliquais à étudier un petit crawl des familles. J'y tenais. Et puis je n'y arrivais pas, il y avait toujours quelque chose qui clochait dans mes mouvements et dans ma respiration surtout, qui m'empêchait d'être hydrodynamique tout à fait.

Plif ! Plouf ! Ploc ! À battre la flotte avec les bras et les jambes. Les bons moments !

On remontait se sécher au soleil en vitesse, sentir la chaleur former un caparaçon de rhinocéros sur l'épiderme, avec une jouissance formidable quand un petit zèphe venait s'essuyer les pieds sur notre dos durci.

Traîtreusement elles se débinaient les minutes du dimanche. On n'avait pas le temps de les retenir, elles faisaient leur petit boulot en silence, bien lubrifiées, sans grincement. Déjà ! Toujours déjà ! On allait rejoindre les grands problèmes. On avait une manière toute particulière de comprendre les grands spécialistes du travail de la matière grise. Ça nous faisait peur, ces dimanches si rapides. On se voyait vieillir. Une autre boule rouge expédiée à l'Ouest, d'un doigt expert, sur le grand boulier. Ça sentait la mort !

Le soir surtout, après le dîner, aux dernières lueurs du couchant, il nous venait une mélancolie qui n'était pas loin du cafard. On se sentait vides. Il nous la fallait alors notre Solange balladeuse et menteuse. C'était son heure à cette fille pas encore terminée, ce petit démon.

Elle disparaissait complètement ma Paulette plus terne que la vie de tous les jours. Vide également. Humains tous, déroutés, avec des millénaires de retard, d'un seul coup.

La nuit s'amenait doucement, pourpre, puis violette et si profondément bleue pour finir dans ces ténèbres vivantes.

— On est bien ! qu'on disait.

— Il fait bon !

Et on souffrait d'être secs comme des vulgaires carcasses. Tout simplement, sans drame, avec seulement un peu de gêne. Tout le monde s'était cavalé.

Je remontais le phono, j'installais des disques, toujours les mêmes. Et on trottinait un peu, anémiquement dans l'ombre. On aurait voulu être douze et puis cent mille, et puis pourtant on cherchait les coins sombres, deux à deux. On butait du pied les pierres incrustées dans le chemin charretier, c'était notre salle de bal. L'eau était toute proche si calme. On y allait en traînant les pieds, piétinant en cadence, toujours la même chose et même pas dans le rythme du phono.

— Il fait bon, ce soir, me murmurait Paulette.

— Oui !

Elle me faisait des petites papouilles, des petits machins gentils.

— Allez, laisse un peu ! que je disais, maussade.

Elle boudait. On ne se disait plus rien. On revenait vers le phono. Solange était dans un coin avec Bébert, on ne les voyait pas.

— Tu boudes ? que je demandais, histoire de dire quelque chose.

— Non !

Elle jouait la jalousie, Paulette. Mais je sentais bien que c'était autrement complexe. Ça m'échappait.

On se retrouvait nous cinq.

— Je veux danser avec Félix ! criait Solange en venant me sauter au cou.

On partait tous les deux.

— Porte-moi ! qu'elle me demandait. J'aime bien qu'on me porte !

Et je la portais dans mes bras jusqu'au bord de l'eau.

On se tutoyait, on mettait toujours un peu de taquinerie dans ce qu'on faisait pour bien se rappeler que c'était de la frime.

— Ça vaut un bon baiser ! que je disais.

Elle me tendait son front.

— Non ! Sur les lèvres !

Elle riait. Elle faisait mine de se cavaler pour que je la prenne et que je l'embrasse de force. Alors elle refermait ses bras, elle s'offrait tout entière, toute simple, sur sa bouche. Je sentais son petit corps délicat, tout contre moi, abandonné. Ça me changeait de la solidité de Paulette. Je l'appelais : petite gosse ! Il me poussait un grand besoin de la protéger.

J'avais envie de lui dire un tas de choses à elle. Toute ma mélancolie et mon désir aussi, de quelque chose de tout neuf. Oh ! je ne savais pas, c'était triste.

— Tu es bien, là ? que je lui demandais.

On s'asseyait. Je la tenais dans mes bras, avec une main bien collée à sa hanche et un pouce de modeleur qui faisait d'imperceptibles voyages du ventre à la cuisse, tout joli et immobile, confiant. Moi j'étais bien. Je l'embrassais encore.

— Oh ! qu'elle disait. Je vais le dire à Bébert !

— ... m'est égal !

— Je suis bien, comme ça ! qu'elle me disait, comme une petite reine, avec sa mignonne bouche coléreuse.

Je la tenais toujours contre moi, sa tête bien appuyée sur mon épaule et ma main qui se faisait douce pour lui peloter les cuisses.

Je regardais la flotte qui coulait, noire, avec un ciel constellé et craquelé comme une belle porcelaine, dans les remous glisseurs.

— Solange, mon petit, dis-moi que tu es bien, comme ça !

— Mm... qu'elle faisait gentiment comme un petit animal, bien gentiment sur deux tons, sans ouvrir la bouche.

On ne se disait plus rien un grand moment. Moi je pensais, profondément, comme du vieux temps de mon adolescence.

C'était frais et malsain, Solange, loin des sentiers,

comme un petit rêve, un marécage avec des fleurs et des roseaux, où la vie monte au nez avec une odeur de vase, loin du goudron civilisé et des échappements académiques. Ah ! bon Dieu !

— Dis, mon petit chou. Tu l'aimes, Bébert ?

— Mm...

— Et moi, tu m'aimes ?

— Mm...

— Tu aimes tout le monde, alors ?

— ... Sais pas !... Je suis bien !

Il me prenait des envies de la manger de baisers ou bien de la foutre à l'eau, je ne savais pas au juste.

On entendait, un peu loin, le phono que Nénette, la petite déshéritée, remontait inlassablement. Et je savais que Bébert dansait avec Paulette, la mort dans l'âme mais bien entreprenant, la main aux fesses, il en prenait son comptant. Je m'en foutais. Et pourtant je l'aimais, Paulette. Et puis zut, je ne savais plus, plus rien. Tout en nuances.

J'embrassais encore Solange, bien délicat, comme pour ne pas lui faire de mal.

— C'est vrai que tu m'aimes ? que je demandais encore.

— Voui !

— C'est pas vrai !

— Y a rien de vrai, alors ! Je sais pas, moi !

— T'es qu'une petite menteuse !

— Voui ! Tout le monde aussi !

C'était vrai. Il me montait un cafard de penser ça. Je devenais rêveur. J'allongeais encore la sauce. Je faisais ça au grand expérimenté.

— Écoute, mon tout petit, que je lui disais en la berçant un peu. Au fond, c'est bête, la vie, c'est absurde. On ne sait pas ce qu'on veut, jamais. C'est jamais ça... J'aime, tu aimes, il aime, et puis on se dégoûte aussi bien... Et puis tout pareil... Qu'est-ce qu'on fait ? On n'en sait rien !... Pourquoi qu'on est là ? On n'en sait rien non plus !... Des minutes et puis d'autres, et puis des jours et des années, et voilà, c'est ça la vie !...

— T'es bien triste !

— Oui. Et puis j'ai pas fini. Dis, toi, mon tout petit, t'es pas malheureuse aussi ? Tu crois que je ne te devine pas un peu ? Hein ?

— T'as le cafard, grand bête !

— Non !... Si !... Zut ! J'en sais rien. Écoute, Solange, moi je t'aime, tu sais. Tu me rappelles, je ne sais pas quoi. J'en sais rien, ce que tu me rappelles. Une peinture peut-être, ou quelque chose de quand j'étais gosse, des images, tu sais, ou des médaillons...

— J'aime bien quand tu fais des phrases, qu'elle me disait.

— Mais je ne fais pas de phrases, c'est sincère ! Je voudrais partir, qu'on parte tous les deux dans un pays chaud.

— C'est pas vrai ! qu'elle murmurait.

— Si, c'est vrai ! Et puis je ne sais pas. C'est bien compliqué, tout ça !

Je me taisais un peu. Et puis je trouvais un mot, un mot fameux qui expliquait tout. J'étais content.

— La vie, Solange, c'est pas logique et nous non plus, pas logique pour un sou. Et puis il faut être logique tout de même pour faire plaisir à Pierre et Paul. Il faut marcher droit, tourner au carré. Et puis nous, on veut aller plus loin, ou moins loin, piétiner les plates-bandes. Et c'est interdit de marcher sur le gazon. On se fait engueuler. C'est l'histoire de toute la jeunesse ça, se faire engueuler, apprendre à marcher droit. Et tu dois comprendre, toi, Solange, que je peux en avoir marre, parce que t'es pas ordinaire. Tu aimes Bébert et puis moi, et puis n'importe qui, hein, c'est pas vrai ?

— C'est vrai ! qu'elle disait. Au fond, j'aime tout le monde.

— Et puis aussi tu n'aimes personne. Et t'es pas non plus une poule, t'es pas bourgeoise. T'es une gosse, quoi ! Et c'est ça qu'est beau, t'es pas logique !

J'avais trouvé quelque chose là, comme ça, devant l'eau qui coulait avec des petits glougloutis. On entendait un rat qui barbotait. Au fond, il n'y avait pas à être triste. C'était bien beau, tout ça, très reposant. Tout le reste c'était du montage de cafetière.

Ça la faisait réfléchir, ce que je lui disais. Elle se collait encore plus tout contre moi, avec sa tête mignonne et ses cheveux qui venaient me chatouiller le nez.

J'avais un ascendant sur elle, je le sentais, l'âge.

Bientôt dix ans de plus qu'elle. C'était épatant pour les confidences.

Elle était toute triste.

— Moi, on m'aime pas ! qu'elle m'a dit comme ça, tout près de ses larmes.

— Veux-tu te taire !

— Non, on m'aime pas, Félix. Tu sais, je le sens bien !

— Il t'aime pas, Bébert, hein ?

— Oh ! Je sais pas. Des fois oui, des fois non. Et puis il comprend pas. Il dit que je suis pas sérieuse. Il est jaloux bêtement. Je fais pourtant pas de mal. Et puis n'importe qui, n'importe lequel, toi aussi, Bébert et tous, vous vous amusez un peu et c'est tout, moi je compte pas.

Elle pleurait vraiment. Chagrin de gosse.

— Allons, allons ! T'as bien le temps de te faire du mauvais sang, tu sais ! que je lui disais d'un air entendu.

— Oui, je sais ! Je suis une gosse ! Ça compte pas ! Je suis malheureuse pourtant, si tu savais...

Je la consolais, elle me racontait ses gros chagrins.

C'était un point tellement culminant pour moi, j'avais des sentiments tellement jouisseurs que je me suis toujours demandé si c'était un sommet de volupté, de consoler une petite bonne femme comme ça.

Question sans réponse. Je lui soufflais ses larmes en l'embrassant. Elle se défendait.

— Félix, au fond, t'es un cochon ! qu'elle me disait.

Elle se cavalait. On cherchait les autres. Je ne savais plus du tout ce que je pensais, moi. Je me serais bien mis à ses genoux, mais il y avait l'amour-propre et un tas de trucs qui m'empêchaient. Alors je la taquinais. Je la soulevais comme une plume.

— Youp ! Regardez-moi cette petite fille !

— Laissez-moi tranquille. Je vous parle plus !

— Ah ! Moi non plus, je parle plus à une gosse qui a les nénés pas finis de pousser.

— Tu es méchant ! Méchant ! Vous êtes tous méchants !

Elle me donnait des grands coups de poing : « Tiens ! Tiens ! » toute rageuse et rieuse malgré tout.

— Oh ! alors ! qu'elle faisait. T'es en fer, pas possible. C'est moi qui me fais mal !

— Hou ! que je la singeais. Hou les cornes ! T'es qu'une petite puce. Faut manger de la soupe !

J'avais l'air passablement idiot. Je le sentais. J'étais malheureux. Mais quoi lui dire d'autre, bon Dieu ! Pas des banalités qui ne servent à rien ! Pas de bouche-trous, des confettis multicolores ! Quelque chose que je pense, qu'il aurait fallu lui dire. Et je ne pensais rien à fond. Lui dire que je l'aimais ? Au fond, c'était pas tout à fait vrai. Lui expliquer tout ce qui me travaillait ? Je ne pouvais pas, c'était trop compliqué. C'était du sentier à moi tout seul, pas d'étiquettes au gazon, loin du Jardin des plantes.

On retrouvait Paulette et Bébert et la gosse.

C'était toujours Paulette qui causait, à raconter des choses précises et sensées qui ne voulaient exactement rien dire. Ça me faisait mettre en boule, moi. Je croyais entendre les Henri ou les Gédéon, avec leur vasouillarderie au poids, en petits paquets bien faits, du vide en papier de soie.

— En somme, qu'elle disait avec beaucoup d'autorité, s'il avait fait moins chaud, il aurait fait plus froid...

Ou alors quelque chose d'approchant, mais alors elle mettait bien cinq minutes à dire ça, avec un tas de circonlocutions et de demi-teintes. Une perfection.

— Nous fais pas chier ! que je disais.

Paulette sortait alors son grand système de réprobation silencieuse. Elle se taisait bien trente secondes.

On allumait des bouts de papier, on faisait un dernier feu pour ranger nos affaires dans les sacs. Et puis on allait prendre le dernier train. Tous fatigués.

XV

Ça n'a pas duré très longtemps, ces sorties. D'abord la saison qui s'avançait et puis Paulette faisait nettement de l'obstruction. Elle n'aimait pas du tout Solange, jalousie ou pas, mais elle s'entendait parfaitement à foutre sur le dos des copains ses humeurs biscornues.

— Oh ! qu'elle m'avait entrepris un jour entre deux voix, il est pas manchot ton petit copain Bébert. C'est pas pour dire, mais enfin... Oui, je me comprends !...

— Ben quoi ? Qu'est-ce que tu veux dire ?

— Oh ! rien... Je ne sais pas pourquoi je dis ça...

— Alors ? Il t'a fait quelque chose ? Hein ? Il n'a pas été correct avec toi ?

— Oh ! si !... Tout autant que tu peux l'être avec sa petite amie !

On s'était expliqué.

Elle m'avait raconté alors qu'elle n'était pas aveugle, qu'il ne fallait pas la prendre pour une imbécile, et que je ne me rendais même pas compte du ridicule, et que cette « petite poule » se foutait de moi, et tout...

Une vraie scène.

— T'es jalouse ! que j'avais dit.

Elle s'était gondolée franchement, alors.

— Moi, jalouse !... Ha... ha... Vraiment mon pauvre Félix, tu me crois bien bête... Jalouse ! Ha !... c'est risible !...

Je la sentais s'éparpiller.

Ça n'était plus du tout comme les premiers temps. Il fallait presque un peu de vacherie dans nos amours pour les rendre potables.

La meule grinçait nettement. On lui foutait n'importe quoi pour ne pas l'entendre gueuler.

Pendant une quinzaine on a joué comme ça la jalousie, qui de Bébert ou de Solange. On s'est savamment préparé une réconciliation, un renouveau, à dresser entre la vacherie et nous.

Quand je rentrais le soir, ce n'était plus qu'un bonsoir tout simple, elle tendait la joue en surveillant ses haricots. Moi, je l'embrassais en surface.

Je n'aurais pas voulu faire les premiers pas. J'aurais aimé la voir toute écroulée de larmes, je ne suis pourtant pas méchant. Il me semblait que ç'aurait été une belle preuve d'amour. J'avais mes larmes toutes prêtes moi, pour y répondre. Elles n'ont pas servi.

C'était extraordinaire, elle ne parlait plus. J'avais peur.

— Rien de neuf ?

— Et toi ?

— Mais je te demande à toi ?

— Non !

— Moi non plus.

Et puis on lisait chacun une page de journal. La grande conversation polie s'émergeait de l'actualité.

— T'as vu le crime à Périgueux ?...

J'en avais envie de rire, des fois, tant j'étais malheureux.

Paulette fondait quand même un peu quand je la prenais dans mes bras, une fois qu'on avait soufflé l'électricité.

C'était la bouderie, mais pas le désaccord absolu.

Je lui cavalais des petits baisers pour commencer, elle y répondait bien. On était encore loin du grand dégoût.

Ça ne pouvait pas durer des éternités, cette situation. On s'aimait, on le sentait bien, mais il y avait l'amour-propre, ce chiendent, qui faisait sa grande offensive.

On a passé un samedi après-midi complet à ne pas se parler. Elle faisait sa lessive dans la cuisine. Moi j'étais dans la pièce, à réparer le va-et-vient et puis j'ai démonté le poste, je voulais faire un schéma du châssis avec une vague idée de futur bricolage. C'était trop compliqué.

Je suis descendu chercher un journal de T.S.F. et puis j'ai été chez le coiffeur, et puis j'ai remonté le poste tellement au poil que j'étais persuadé qu'il marchait encore mieux.

— Je suis bien fatiguée ! qu'elle m'a dit en dînant.

C'est vrai qu'elle semblait bien à plat.

— Il n'y a qu'à pas aller voir ta mère demain !

Elle a rouspété alors que c'était pas possible et qu'on avait promis. On a discuté de plus en plus serré et puis je lui ai dit finalement qu'elle n'avait qu'à y aller toute seule chez sa vieille, et que moi je n'étais pas bon pour m'emmerder toute la sainte journée.

— Après tout, on est pas mariés ! que j'ai fait.

Elle m'a regardé d'un drôle d'air. Elle a laissé ma phrase bien inonder la pièce et puis elle a murmuré, un petit coup sec : « D'accord ! »

— Demain, j'irai me balader tout seul ! que j'ai ajouté.

— Fais comme tu veux !

On ne s'est plus rien dit, au milieu des lourdeurs. Au lit, on ne s'est pas embrassé, ni rien. Chacun de son côté. On a éteint. Moi je ne dormais pas. Elle non plus.

Vers minuit elle s'est levée. Je l'ai entendue qui se préparait un comprimé dans un verre d'eau...

— Ça va pas ?... que j'ai demandé pour reprendre la conversation.

— Si !

— T'as bien quelque chose ?

— ... Mal à la tête !

Elle avait une toute petite voix brève que je connaissais pas, comme des larmes dedans. Elle me semblait toute mignarde derrière la table, à tapoter dans un verre.

Je me suis levé.

— Va te coucher, je vais te préparer ça !

Mais elle se cramponnait après son verre, en disant que c'était pas la peine...

Je l'ai prise dans mes bras, elle se crispait un peu.

Je l'ai fourrée entre les draps et puis je lui ai fait boire sa saleté.

— Merci ! qu'elle m'a dit.

Je lui ai demandé si elle ne voulait rien d'autre, et puis je me suis couché et j'ai éteint. J'aurais voulu m'approcher d'elle, sans trop avoir l'air de caner. Je ne savais pas comment m'y prendre.

— Ça va mieux ! que j'ai demandé au bout d'un moment.

— Oui !

Je n'y tenais plus. Je l'ai entourée bien près en lui disant que je voulais la réchauffer.

— J'ai froid !... – Elle essayait de se dégager – Laisse-moi dormir !

— T'es fâchée ?

— Non ! Laisse-moi !

— Si, t'es fâchée !

Elle se défendait tout mollement, toute crispée mais battue d'avance... Alors elle s'est mise tout d'un coup à pleurer.

— Puisqu'on n'est pas mariés, c'est pas la peine de jouer la comédie... Allez, laisse-moi... C'est pas la peine de continuer. Tu ne m'as jamais aimée... J'ai gâché toute ma vie à cause de toi... Je suis malheureuse...

C'était le joint. Je l'ai laissée parler. Je l'embrassais doucement. Elle ne m'en avait pas tant dit en quinze jours, une vraie décongestion... j'en apprenais aussi beaucoup de ce que je croyais qu'elle pensait exactement de moi.

— T'es pourtant pas mauvais... Tu manques de tact... C'est pas ta faute... Une femme c'est plus sensible... Et puis il y a des choses qu'on fait et d'autres qu'on ne fait pas... T'es pas méchant, au fond, mais tu sais pas...

Tout ça était bien à côté de la question, mais je n'avais pas la rage de polémique. Je la laissais dire. Elle pleurait. Moi j'étais tout drôle, j'avais bien envie d'elle et je l'analysais pourtant, je décortiquais ses petites phrases sans fond, son panier à chagrin.

— Petite femme ! que je disais... Petite bonne femme !...

Elle n'y voyait qu'un mot gentil, ça l'attendrissait...

— T'es pas méchant, qu'elle répétait. Moi, je t'aime.

— Moi aussi, je t'aime.

Lune de miel encore, raisonnable. Promesses solennelles.

Pour bien lui montrer que j'étais le type distingué et tout, je l'ai embrassée bien gentil, malgré une envie qui me tracassait fort.

— Dodo, ma petite fille ! que j'ai dit.

Elle a compris l'intention, ça l'a touchée.

— Tu es gentil ! qu'elle m'a dit.

XVI

Le lendemain ça a été pour nous une de ces journées pleines, comme il y en a si rarement pour les miteux de notre bord. Une journée de théâtre, de haute résonance, une journée qui coulait du vin cuit dans ses minutes, et qui vibrait les bases, et qui secouait de l'oxygène par ses balcons de petits nuages.

On s'était vite décidé pour Montmorency, au sortir des draps.

Ma Paulette avait préparé des provisions en quatrième, et puis on avait filé sur la gare du Nord, dégoûtant portique.

Jeunes, tous les deux, découvreurs, vrais fiancés. Paulette ne m'a pas parlé une fois de sa mère et du pneu qu'elle recevrait le lendemain. Elle était loin la maman. On avait tiré le pont-levis sur nous.

Elle était pleinement amoureuse ma petite Paulette. Un peu tendre, elle agrandissait ses yeux à me regarder, elle avait une humidité de belle madone sous les paupières, elle était jolie.

Elle avait son vieux manteau qui suintait encore péniblement du bleu marine, elle avait sa vieille robe en jersey, bariolée, rieuse, et son chapeau impossible qui tenait du feutre et du carton mou.

Elle était belle. Peignée bien vite, sans colle et sans fer. Elle avait des beaux cheveux et des beaux yeux et aussi de belles jambes fortes que je découvrais par en bas.

J'avais mes bras qui me démangeaient, à vouloir se refermer sur elle. Mais je ne voulais pas encore tout de suite, tout à l'heure, attendre encore un peu... Je lui parlais. Elle me regardait, comme un peu bonne et étonnée. Ça avait l'air de lui ouvrir des profondeurs sur moi. J'étais heureux. Je pensais qu'elle me comprenait, bien profond.

À Enghien on a pris le tortillard à petit braquet. On a grimpé se faire enfumer à l'impériale pour monter la côte. On parlait de cerises. Paulette riait pour moi tout seul. Elle était attentive. Je lisais dans ses yeux qu'elle était bonne, une bonne fille, une exception.

On montait dans les verdures d'automne. Bien supérieurs, on encourageait de la voix la bonne loco qui montait ses escaliers comme une vieille pipelette. Elle emballait sur le plat. On trouvait ça divin.

Paulette s'appliquait comme tout exprès pour me tailler des minutes hors série. Elle parlait doucement, elle hésitait, elle se troublait, elle m'embrassait de confusion.

En arrivant, on a grimpé à la gare. Elle me parlait du fameux Jean-Jacques, nature et tout. Je l'avais bien lu, à la Bibliothèque municipale, j'avais mes idées sur lui, j'étais un peu fier. Ça nous a tenu la conversation jusqu'à la forêt. J'étais bien content. On ne cherchait pas à miroiter, on rigolait... L'Ermitage... la servante... On avait des lacunes. Je l'appelais Juliette Drouet, la servante. Paulette croyait plutôt que c'était Thérèse Raquin. On s'en foutait un peu. On riait.

Des gens comme nous disparaissaient sous les arbres, à la recherche du bon petit coin. On restait bien seuls.

On se faisait le coup de l'immense propriété.

— Comment trouvez-vous ma forêt, baronne ?

— Magnifique, comte, absolument magnifique.

— Je la tiens de mon trisaïeul, baronne, qu'était à la bataille de Fontenoy.

On chicanait un peu pour savoir si les Montmorency, ils étaient ducs ou bien comtes, c'était sérieux. On embarquait dans des histoires grand siècle, on se fignolait le langage tout comme des cabots de province qui susurrent du classique. On se collait des tartines reluisantes de famille. On ne rigolait plus. On se versait des pleins radeaux de jabots et de crinolines et vertugadins.

— Drôles ! Faquins ! Maroufles !... Palsambleu, baronne ! Mort de ma vie !...

On se rejouait sérieusement *Les Trois Mousquetaires* ou *Le Collier de la Reine*, en plein amour parfait, à cent pas au-dessus du ridicule. On redevenait des gosses de dix ans, avec des imaginations batailleuses.

On brisait le balancier, on tournait les aiguilles à l'envers jusqu'à meubler les arbres, comme les gosses et les poètes de la jeunesse du monde, à deux doigts des nymphes et des dryades. On transposait. On roulait du sang neuf.

On avait trouvé un coin absolument perdu, un de ces fourrés propices comme il faut faire des lieues pour en trouver. Une forêt vierge de taillis. Une trouée d'un mètre sur deux, isolée comme un donjon, enfouie comme une oubliette, avec de la lourde et épaisse pousse de châtaignier en masse compacte, jusqu'à cinquante mètres à la ronde, de quoi se perdre cent fois, de quoi entendre le possible assaillant vingt minutes à l'avance.

Ma Pompadour a posé ses jolies fesses sur les araignées du matin qui cavalaient dans les mousses. On a étendu mon ciré par terre pour se coucher. Paulette avait les yeux qui brillaient, je lui sentais une plénitude dans la poitrine, elle était silencieuse et attentive, avec des petits rires énervants. On se cernait, on profitait de tout, la vie s'arrêtait à trois pas, on était les uniques.

Elle riait toujours, un peu rauque, un peu essoufflée de plaisir. On communiait dans l'oubliette verte. Elle rougissait de congestion rentrée, elle étouffait, son soutien-gorge avait l'air de lui passer des prises serrées. Je peux pas dire comme elle était belle.

Elle était belle, ma Paulette, belle pour moi et c'est tout.

Sur elle encore, après coup, je la regardais de bien près.

Elle avait seulement des yeux bleus, tout bleu profond comme une poupée de velours, des yeux chauds qui se dessinaient pourtant mal sous des paupières boursouflées et envahissantes.

Elle avait aussi une peau blanche et un peu molle qui n'attendait que du temps pour tomber en bajoues. C'est pas sa peau qui était belle. Ni son nez qui était bien quelconque, ni sa bouche non plus, qui riait d'un côté et méprisait de l'autre, ni ses trois petits poils follets qui bagarraient dans des reflets, ni son menton lourd et indéfini, ni ses gros nichons en poires, ni ses jambes non plus, grosses et bientôt molles, avec des chevilles ambitieuses qui partageaient déjà la gélatine du mollet...

Peut-être bien qu'elle était vraiment laide, ma Paulette, mais elle avait ses yeux. Pas même ses yeux, son regard, ce petit rien qui brillait. Et puis ses cheveux bien souples et bien doux. Et puis je l'aimais.

Son regard, ses cheveux... Ce qui sortait d'elle, ce qui poussait d'elle... je ne sais pas dire. Peut-être que je l'aimais au-delà de toute la basse vulgarité de sa coquille. Peut-être que la plastique n'est qu'un simple passe-temps d'intellectuel.

C'est un fait certain, qu'on n'a pas toujours de belles femmes, et qu'on n'est pas toujours bien beaux non plus, nous pauvres. Mais il arrive bien quand même qu'on s'aime au-delà d'une petite résignation. Ah ! je sais pas dire ça !

On est resté longtemps dans l'oubliette. J'avais pas ma montre. Paulette avait la sienne dans son sac à main. On se causait, couchés sur mon ciré, un peu ahuris de petit bonheur, tous les deux, repus, contents.

On causait de la quinzaine passée. Elle m'interrogeait encore un peu sur Solange. C'était pas bien grave. Ça déviait, ça devenait le petit prétexte de cette grande fâcherie. On la renvoyait vite, cette Solange, dans la légion des petites hystériques. Et le Bébert, si vulgaire, comme soutenait Paulette, on lui prédisait simplement qu'il serait cocu trois fois par lunaison et que ça serait bien fait pour ses pieds.

Il y avait quand même quelque chose de plus sérieux, entre nous, de l'autrement grave et pernicieux, qui tenait à nous, et qu'on cherchait bien à discerner, dans notre laboratoire.

On avait chacun ses idées là-dessus et c'étaient pas les mêmes, forcément.

En pleine réconciliation on reprenait les mots de la veille pour les mettre en habits du dimanche.

— C'est vrai, ma poule, que tu crois que j'ai pas de tact ? que je demandais, moi.

— Ben non, mon chéri, c'est pas tout à fait ça... c'est pas que t'as pas de tact, c'est... comment dire... n'est-ce pas... heu... T'en as beaucoup au contraire, du tact, mais il y a des choses qui t'échappent, quoi...

— Tu crois ?

— C'est même pas des choses qui t'échappent, mon chéri... Tu es intelligent... Mais comment t'expliquer ça... Tu veux pas faire un effort, n'est-ce pas... Ça t'es un peu égal, ce que les autres pensent... Tu te sens fort, n'est-ce pas, mon grand... Tu sais que tu es bien fort... Que t'as des idées à toi...

Ça me plaisait bien, moi, d'être analysé avec des mots gentils... Que ce soit vrai ou pas vrai, c'était tout à fait secondaire. Je la laissais, ma Paulette, m'inonder de nuances.

Je regardais les feuilles au-dessus de nous, bien claires et longues comme des infinités de petits bateaux, des vraies petites maquettes, de plans de transatlantique, bien effilés et picotés.

Des oiseaux aussi chantaient, que je ne connaissais pas. Trrr... cui, cui, cui ! Ils essayaient de faire la pige au champion de Radio-Florence. Un autre était tout métallique, dernier cri, je crois que ça devait être une pie ou quelque chose comme ça, il foutait le camp toujours, il jacassait tout autour, il n'était jamais content. Il y en avait aussi des tout petits, petits, qui descendaient jusque sous les taillis, à deux mètres de nous, pour voir un peu, les curieux. C'était la fermeture à clé du silence, ces oiseaux, la certitude absolue de la pure solitude.

Vers midi on a ouvert le sac aux provisions. On a mangé froid, ça manquait un peu de boisson, on s'est rationné sur la thermos.

Et puis pour se dégourdir les jambes on a joué à cache-cache dans les taillis, on se cherchait au son : « Ohé !... Coucou !... » On jouait aux Sioux.

La forêt répercutait en nous des suites d'images qui allaient réveiller la préhistoire. Il nous poussait des épaisseurs de sentiments, des tombes pourries de réminiscences, on se voyait d'un coup extrêmement riches, avec soixante parois et des échos d'une infinie persistance. On en grelottait au milieu de nous, on s'embrassait, on ne disait rien, trop grands pour nos paroles.

On était bien au-delà, on percevait l'énorme sans rien dire, on se sentait énormes, attachés par terre, dans la belle vie énorme et éternelle, cousins des grands arbres, et beaux tous les deux.

On s'est mis à se balader en se tenant bien serrés. Je ne disais rien et je sentais qu'elle ne s'ennuyait pas, c'était merveilleux. J'avais coupé un bâton, je tapais sur les feuilles...

— À quoi tu penses ?

— À nous ! Et toi ?

— Moi aussi !

On enflait de l'intérieur, les rappels s'engorgeaient, ils manquaient d'aise, on avait notre peau trop petite à la fin. C'était régulier, on souffrait de devenir énormes...

— Si nous étions riches !...

C'était classique, on vidait l'abcès par là. On prenait des succursales dans l'imagination.

Qu'est-ce qu'on demandait, au fond, tous les deux ? Pas grand-chose ! Un peu de neuf dans notre vie de tous les jours, des beaux dimanches jetés sur nous comme des pâquerettes, illogiques comme des étoiles, profonds comme des caves à coffre-fort. On passait alors par la terre tout ce qu'on pensait, on se comprenait par les pieds, on marchait...

— Comment qu'on l'appellera, le petit ?

On était persuadé qu'on avait préparé un gosse, dans les furies sans précautions du matin.

Ça ne nous embêtait même pas. On remettait au lendemain le soin d'y réfléchir plus sérieusement.

« François... Jacqueline... Fernande... Albert... »

Même les mots, les sales mots prenaient une forme. Je l'écoutais, Paulette, ajouter des syllabes et reprendre des histoires de bavoirs. Ça vibrait doucement dans l'air, ça venait palpiter à mon oreille, il me venait comme des envies de les caresser. Elle ne se reconnaissait pas, ma Paulette, elle butait sur ses mots, elle hésitait, elle cherchait, elle pensait, peut-être, elle accouchait ses mots dans la douleur.

D'horreur, elle n'en finissait même pas des phrases familiales et policées, des relents qui la dégoûtaient comme des enfants morts-nés.

— T'es bien, ma poulette ? que je lui demandais.

— Mm !... qu'elle faisait, absolument comme la petite Solange.

On est retombé, en baladant, sur une route en macadam qui sentait les bois et l'essence, l'échappement pour mieux dire, délayé, cette odeur si vigoureusement riche et moins fade même que les sous-bois moisis.

Il y avait à gauche une guinguette. On a été s'asseoir sous les berceaux. On a commandé deux demis mais la bonne femme ne voulait pas connaître ça, elle nous a apporté deux canettes avec des verres. On jubilait. C'était vraiment le pays perdu, qu'il nous semblait.

Il y avait des poules qui pointaient des cailloux par terre, ou des graines, elles avaient l'air de faire des cartons avec leurs mouvements mécaniques. On riait bien. On avait notre cambrousse. On se donnait des illusions de vraies vacances.

Ça nous déversait une intime couleur verte, sous les feuillages, on se mettait à rêver tout haut. Paulette devenait tendre et fondue. J'avais mis ma tête sur ses genoux, bien allongé sur le grand banc circulaire. Elle me caressait. Elle en avait des larmes aux yeux de m'aimer de toutes ses forces.

— Au fond, on s'aime bien ! Pas, mon chéri ?

— Oui.

— On a des fois des petites choses, des mots et puis des pensées, mais ça ne dure pas, hein ?

— Non, ça dure pas !

On se mettait à parler bien doucement.

— Pourquoi que tu fais des fois ton méchant, hein ! mon grand, dis-moi voir un peu ?

— Mais je ne fais pas mon méchant, Paulette. Il y a des choses que je ne peux pas encaisser, quoi, c'est tout. Tes parents, par exemple. Parce que je suis franco et que je n'aime pas les simagrées, ils ne peuvent pas me voir en peinture... Qu'est-ce que tu veux, ils me dégoûtent, moi aussi.

— Voyons mon grand chéri, tu crois que maman ne fait pas tout ce qu'elle peut ?

— Elle m'agace, ta mère. Rien que le son de sa voix, ça me met en boule... Ça ne se commande pas !

Elle secouait maternellement la tête, Paulette, elle me souriait gentiment.

— Tu ne veux pas faire un petit effort, pour moi, dis mon chéri ?... On pourrait être tellement heureux, tous les deux... C'est des petits riens du tout qui nous séparent des fois... Que tu te surveilles un peu, des fois, et puis ça serait tellement mieux, tu crois pas ? Que des fois moi, j'ai un peu honte quand tu dis des gros mots... Et que t'envoies bouler mes parents ou bien n'importe qui...

— Laisse tout ça, tu veux ! J'ai mes raisons aussi, moi ! On ne va pas gâcher la journée, non !

— Mais mon grand chéri – elle m'embrassait – on parle simplement, on cause entre nous, on ne gâche pas la journée... Moi aussi, tu sais, j'ai certainement mes torts à moi, que je ne connais pas... Dis-moi-les, mon grand ! Comment que tu la voudrais, ta Paulette ?

J'essayais de chercher un peu, à mon tour, j'essayais de me disculper de ces fameuses grossièretés.

— C'est pas ma faute, que je disais. T'as les idées à tout le monde, rien à dire contre, tout est prévu... Alors, c'est de moi, voilà. C'est mes mots à moi tout seul qui explosent, ils se trompent de chemin, ils sortent en boule...

Elle réfléchissait trois secondes.

— On dirait que t'as pas confiance en toi, qu'elle me disait, que tu te crois inférieur aux autres. Pourquoi ces idées-là ?

Oh ! c'était pas ça du tout !

On se comprenait bien mieux par le silence, sans ce besoin de délayer chaque sauce avant de la servir.

Il me paraissait bien, à moi, qu'il lui manquait encore un petit banc, à Paulette, pour jouer les scènes de psychologie... La recherche d'un titre, c'était toute sa grande philosophie, la recherche d'un petit machin tout simple qui aurait tout expliqué. Elle n'était pas unique en son genre. C'était tout le grand monde, que j'aimais bien, toute la bêtise humaine en résumé. C'était mon expérience à moi.

J'ai quand même essayé de lui expliquer ce que je vasouillais dans ma tête, mais je ne savais vraiment pas m'expliquer. Paulette ronronnait, au-dessus de moi, à m'entendre bafouiller. À m'apprendre à lire, elle n'aurait pas été plus contente.

Il y avait un peu de paresse, dans mon cas : Je laissais tomber. Tout le drame d'avec Paulette ça vient peut-être de là, que je lui ai laissé croire à mon vide, que je n'ai jamais eu le courage d'affronter le ridicule de ma pensée toute nue, sans passer par les clichés aux autres. Quand elle venait à moi, Paulette, en dessous de soie et en manteau de fourrure, j'étais tout rougissant alors d'oser me montrer à poil. J'ai peut-être eu tort de toujours vouloir éteindre la lumière.

Heureux temps encore, où je croyais la vie simple.

Quand on est revenu prendre le train, il restait encore un bout de soleil horizontal. On s'expliquait toujours en pleine imagination.

— Quand nous serons riches !...

On se décidait pour Passy, un bel appartement ou bien un pavillon, on verrait ça, mais alors c'était bien d'accord pour Passy, avec deux ou trois fenêtres au moins sur le bois de Boulogne... On discutait sur la marque de la voiture et sur le nombre des boniches. Au fond, c'était du projet très simple. On restait à peu près d'accord au bout des mots vagues de l'imagination. On avançait à tâtons dans notre future et problématique richesse, aveugles tous les deux, on se cramponnait l'un à l'autre...

À café de Dunkerque, en sortant de la gare du Nord, on l'a acheté, le beau dixième de la Loterie nationale qui nous a fait passer trois semaines en or.

XVII

Un dimanche d'octobre après ça, on avait encore été chez la belle-mère, dans la carrée des Batignolles. J'avais été un peu stupéfait avant de partir, de voir Paulette chercher ses mots et bafouiller lamentablement autour du pot.

— Mon chéri... Je ne sais pas comment dire... C'est maman qui a fait ça... Il y aura la cousine Yvonne à la maison !

— Ah !

— Oui, la cousine Yvonne, n'est-ce pas... heu... Enfin, voilà... Maman ne lui a pas encore dit qu'on vivait ensemble.

Puis elle a continué, Paulette. Elle m'a bien expliqué que sa mère ne pouvait vraiment pas dormir en pensant à cette honte, à cette situation désastreuse : sa fille Paulette, en ménage ! Vingt fois par jour à son bureau, elle se coupait, elle pâlissait sur de pieux mensonges, elle se nourrissait de pilules, elle ne vivait plus...

Puis enfin elle m'a sorti le beau plan de bataille pour l'après-midi : on était les purs fiancés, on sortait parfois ensemble, de rares et sages fois. On attendait les délais du divorce. Voilà !

C'est que c'était quelqu'un, la cousine Yvonne. Quelqu'un à ne pas faire un affront. Elle était riche. On ne l'approchait qu'avec des sourires commerciaux.

On m'avait bien raconté son histoire, qu'elle était un peu putain et femme entretenue... Si elle avait loupé le coche il n'y aurait pas eu assez de silences pour réprouver sa honteuse conduite. Mais étant donné le magot, on renversait alors des petits carrés de morale pour lui trouver des excuses.

La belle-mère devenait plate comme une punaise, Paulette se sentait des trésors d'indulgence. Et tout ça était absolument sincère, bien entendu. Il n'y aurait pas fallu dire la contraire, elles avaient la conscience nette.

On te lui préparait à cette Yvonne une petite cousine Paulette tout ce qu'il y a de sucrée...

On n'avait pas trop su comment, les premiers temps, me parler de cette cousine si bizarre qui tranchait sur toute la famille. On avait un peu honte, on se préparait un intérieur de cercle pour avoir des raisons tout à fait à part et qui ne serviraient qu'une fois.

— Évidemment, elle avait eu une jeunesse bien mouvementée... Elle était ouvrière dans la plume, à treize ans... Elle avait appris toute seule la machine à écrire, n'est-ce pas... Et puis son premier patron l'avait engrossée... On n'avait jamais vu le gosse... Fausse couche ou Assistance publique, on ne cherchait pas trop à savoir... Mais, n'est-ce pas, au fond, elle était restée honnête... Elle avait fait des voyages immenses et puis elle s'était fait pendant la guerre une situation dans la chimie... Elle tenait le personnel d'une grande boîte pharmaceutique... Bien sûr, qu'elle avait dû bien souvent payer de sa personne, comme on dit... N'est-ce pas, vous me comprenez à demi-mot... N'est-ce pas... C'est la vie... Et puis elle était entretenue par un père de famille. Ça peut choquer, comme ça, au premier abord... Seulement, n'est-ce pas, il y avait les circonstances... Tout n'est que circonstances dans la vie... Et puis d'abord c'est un homme riche... Et puis elle est si bonne. Elle sait se faire pardonner. Tenez, elle a payé à Paulette ceci et puis encore ça... Elle a le cœur sur la main...

C'est plus que de l'haleine qu'elle puait la belle-mère racontarde, c'était bien du cœur. Et j'en avais des pincements à voir Paulette se jésuiter la conscience et la pardonner sincèrement, la riche cousine, et m'en refaire encore un autre portrait plus précis avec les détails encore plus troubles, l'orientant tout doucement vers la dégueulasserie pour la repardonner encore plus fort et encore mieux.

Vraie éducation puritaine et familiale, il fallait qu'elle pousse les gens dans son purin pour les repêcher ensuite, fière et bonne...

On m'avait présenté, moi, à la cousine Yvonne, un peu gêné dans un autre sens.

— C'est actuellement un ouvrier, mais il fait des études, n'est-ce pas, et du dessin. Il serait ingénieur un de ces quatre matins que ça n'étonnerait personne...

Je l'avais trouvée sympathique, la cousine. C'était à peu près la seule gueule qui me revenait dans la famille.

Il y avait du temps déjà qu'elle devait filer la quarantaine. Elle ressemblait un peu à Paulette, mais en plus fin. Elle avait dû être vraiment roulée, elle sentait encore la souplesse et déjà le parfum, elle était habillée et maquillée au petit poil, avec la peau de sa tête aussi tirée qu'un bas de soie...

Paulette et la belle-mère Antoinette s'arrêtaient de parler dès qu'elle ouvrait la bouche, elles renchérissaient, elles s'extasiaient. Elle en était un peu gênée la cousine qui avait réussi dans la vie, elle descendait de trois octaves pour être au niveau, mais les deux autres se mettaient aussitôt à plat ventre.

— Vous qui avez voyagé... Vous qui connaissez tant de monde... Vous qui êtes abonnée ci et là... Et vous qui... Et vous que...

On lui réservait toutes les litanies de la politesse, à la cousine. À la fin, elle prenait ça pour de l'estime, elle glissait vers les confidences, elle jouait sa femme du monde, elle employait les mots crus, traquée, hésiteuse entre deux regards enregistreurs, mal à l'aise, dans cette cordialité bâtive et creuse comme un radis de printemps.

Pendant le repas elle avait été fortement questionnée sur ses voyages d'avant-guerre.

— Racontez donc à Félix quand vous avez été à Moscou et puis à Budapest, demandait Paulette. Écoutez ça, Félix !

Elle n'oubliait pas de me dire : vous.

En parlant de Moscou, on en est venu à parler du communisme.

— Moi, je suis communiste ! que j'avais dit.

La belle-mère était alarmée...

— Dans les usines, vous savez Yvonne...

Mais la cousine comprenait très bien ça, que je sois communiste. Elle m'interrogeait sur mes idées. Elle me tendait toute une suite de perches dès que je vasouillais, elle faisait attention à ce que je disais, elle me passait le mot exact que je cherchais... J'étais étonné... On aurait cru qu'elle avait pensé beaucoup de choses, dans sa vie. Au désert, c'était devenu tout à fait cordial.

La cousine m'a demandé quel genre d'études j'entreprenais, et ingénieur de quoi j'allais être. Et elle faisait à l'avance le tour de ses amis pour me faire entrevoir une situation.

Elle mettait tant de bonne volonté à vouloir s'occuper de moi que je n'y tenais plus.

— Bah ! Mes études, que j'ai fait. C'est un peu de dessin industriel, au cours du soir, il y a dix ans, à faire deux plans et trois projections et tirer un alphabet à l'encre de Chine... C'est tout !

— Ah ! ah ! qu'elle a dit. Évidemment, c'est peu !

— C'est la belle-mère qui voudrait marier sa fille à un ingénieur, que j'ai ajouté. Moi, j'y suis pour rien !

Elle se marrait, la cousine.

— Ha, ha ! Vous entendez, Antoinette ! Il ne vous l'envoie pas dire !

— Oui, je sais, a fait la belle-mère, c'est pas l'ambition qui l'étouffera, celui-là !

Elle voulait me vexer, elle tombait mal. Pour une fois que j'avais une oreille, dans la famille, je ne tenais pas à la perdre sur une simple vanne. Pendant que j'étais à jouer la bonne franquette j'en ai sorti des vertes, devant la cousine compréhensive. Elle avait perdu une belle occasion de la boucler, la belle-mère. Elle est devenue pâle, et puis rouge, pendant que je parlais. Paulette me serrait le bras jusqu'à se blanchir les doigts, sans cesser de sourire pour ça.

Et je précisais à la rigolade moi, que non seulement j'étais pas ingénieur, mais pas même ouvrier, simple manœuvre spécialisé. Et que je n'avais peut-être ni ambition ni prétention, mais que je ne prétendais pas épouser une princesse.

Je prenais la cousine à témoin.

— Enfin, vous trouvez que c'est ignoble et dégoûtant d'être un manœuvre ?

— Sûrement pas, qu'elle a fait, il n'y a pas de sots métiers.

— Mais, qu'a fait Paulette, il n'est pas manœuvre. On dirait qu'il prend plaisir à se rabaisser, là... Il est ouvrier spécialisé, il est ajusteur, ma cousine, et très capable.

— Je suis manœuvre !

— Non, vous n'êtes pas manœuvre !

Dès qu'elle entrait dans la conversation, Paulette, toutes les portes se fermaient, ça devenait de la pure polémique, on se réduisait à trois mots, à pas une idée. Je me butais. Je sentais la gêne qui montait. Évidemment encore une fois je faisais mine de parfait imbécile.

Je lui serai toujours reconnaissant à la cousine, d'avoir compris que c'était le désarroi et pas l'épaisseur qui me bloquait mes répliques. Elle a mis un peu d'air.

— Mon ami, qu'elle m'a dit, vous allez entrer dans une famille à col dur, une famille d'employés de bureau et de fonctionnaires. Si vous voulez avoir la paix chez vous, il vous faudra vite vous faire inoculer le germe de cette maladie qui s'appelle la respectabilité.

— Patron chez moi, j'ai dit. Ça me suffit !

Elle s'est marrée alors, la cousine Yvonne.

— Vous m'êtes bien sympathique, qu'elle m'a dit.

Paulette et la belle-mère devaient certainement la trouver bien bonne et pas fière du tout.

XVIII

Dès que l'hiver est revenu pointer à l'horizon, il s'est dessiné une grande offensive pour et en vue du prochain mariage.

Le divorce avec l'autre pas beau était terminé maintenant. Il n'avait même pas réagi, ce fainéant, personne ne savait où il pouvait être et chacun avait l'air de royalement s'en foutre.

On avait été en froid boréal avec les fameux cousins, dès que Paulette était venue habiter avec moi. Paulette les regrettait quand même les Gédéon et les Henri et me passait des vannes au sujet de sa famille qu'elle avait perdue à cause de moi.

Quand on allait chez la vieille c'était encore des jérémiades au sujet de l'énorme immoralité de cette situation, que c'était bien la première fois qu'on voyait ça dans toute l'histoire de la famille, et que je devais bien sentir l'incommensurable sacrifice que Paulette avait fait. Des plats ! C'était vraiment plus tenable. Des allusions ici et là, sur mon manque absolu de savoir-vivre et de moralité. Que c'était bien entendu pas ma faute, que j'avais été orphelin de bonne heure et qu'il m'avait manqué une bonne maman pour me tracer le droit chemin de la vie.

On se tenait à mon entière disposition pour me faire tous les petits dessins nécessaires. On passait de la pure amabilité aux menaces voilées mais bien précises. Paulette en avait assez d'être « en ménage », elle voulait marcher la tête haute...

— Mais, que je me défendais, j'ai mes principes aussi. Et c'est mes idées de ne pas me marier, alors !

Paulette pleurait.

— Après ce que j'ai fait pour toi !... C'était mes idées de me marier et tu vois ce que j'ai fait pour toi ! Ah ! tu ne m'aimes pas ! Il y a longtemps que j'aurais dû m'en douter. T'es qu'un égoïste, comme tous les hommes.

— Mais qu'est-ce que ça peut vous faire, Félix ? disait la belle-mère. Ça ne changera rien, vous le dites vous-même, alors. Expliquez voir un peu le fond de votre pensée.

Tant qu'il n'y avait pas de môme, il n'y avait pas de presse, c'était ça le fond de ma pensée. Ça me faisait plutôt l'effet du dentiste, le mariage. Des idées d'homme.

On me passait des intentions machiavéliques, on me voyait tout pourri de calculs épais. Elles étaient bien taillées pour la lutte, ces deux vaches-là. À me noyer de parlotes, à me refiler toute leur sale arrière-cuisine, elles m'ont eu finalement, tout excédé, travaillé à l'estomac et plus très certain d'avoir raison ou tort.

On a fait le mariage au mois de février, un samedi de soleil timide et de petit froid.

Paulette rayonnait. On avait convoqué dans la plus stricte intimité tout l'arrière-ban de la famille. Paulette était reine, elle passait à chacun son communiqué de victoire, elle triomphait comme un vieux cabot.

Après la mairie, on a filé en taxi vers le bois de Vincennes avec toute la sainte famille. Comme on était en hiver, on voyait pas mal de fourrures. On s'arrêta dans un grand café, la belle-mère tenait à offrir une tournée générale.

Première difficulté pour commander, on ne savait pas quoi prendre. Goguenard, le garçon attendait. On levait les mains : pour les diabolos... Pour les crèmes... On nous regardait. Tout au bout de la table on cherchait à faire partir de vieux ragots qui prenaient mal. Il n'y avait pas d'entrain. C'était bien l'idée à la belle-mère d'avoir voulu convoquer la famille. On se serait cru à un enterrement. Les lointaines cousines chuchotaient, scandalisées et très polies. Le vieil oncle rescapé de la guerre de Cent Ans émit la prétention de pousser sa romance. On le fit taire avec des sourires supérieurs.

— Paulette ! que je soufflais à « ma femme », je m'emmerde avec toutes ces têtes à massacre. C'est pas bientôt fini ?

Mais Paulette était mauvaise que je lui tronque son assomption. Elle s'était assise sur le balcon de sa chaise elle dépassait pour deux au bord de la table, polie, aimable, souriante avec tout le monde. On ne me voyait pas. Elle s'est retournée vers moi, rageuse et tordue :

— Tu ne vas pas recommencer, non ?... C'est bien le minimum de politesse qu'on doit aux amis de maman !

— Ah ! je les emmerde, les amis de maman ! que j'ai fait, moi, presque à haute voix.

Ça a fait scandale dans un petit coin. Les autres s'en foutaient, ils vidaient les sucriers dans leurs poches.

Agathe enfouissait même les morceaux dans son sac à main.

On remonta en taxi. Tous ces cols durs avaient bien vu que je n'étais pas sociable, pas sortable. On passait des regards commisérateurs à Paulette. On s'est dit au revoir à la Bastille.

— Nous partons ce soir pour l'Italie, disait Paulette.

La belle-mère était fière de la trouvaille.

— Ils font leur voyage de noces en Italie... Hep... En Italie...

Elle n'avait pas fini de le mentir à tout le monde.

Le gros Henri est venu s'essuyer la cordialité.

— Ah ! Je suis bien content pour vous ! qu'il disait à Paulette. Ah ! Je suis bien content !... L'Italie, hein !... Formidable ! Inoui !... Le berceau des arts plastiques !... Les arts plastiques !...

Il était très satisfait de sa phrase, toujours très satisfait, le commis voyageur.

C'est la cousine Yvonne ensuite qui vint nous serrer la main. Elle s'est mise à nous parler de Naples et de Florence, à nous refiler des vieux tuyaux d'avant-guerre. La carte postale devenant indispensable, la belle-mère a dû avouer la vérité, pour nous.

Elle s'est mise à rigoler alors, la cousine Yvonne.

— Sacré Félix ! qu'elle m'a fait. Tant pis pour vous !

On a pris le bus, Paulette et moi, pour rentrer chez nous. Elle faisait une sale bouille, « ma femme ».

— Qu'est-ce qu'elle a voulu dire : « Tant pis pour vous !.. » C'est ça qui la tracassait, et puis ma conduite, comme elle disait.

— Tu n'as même pas été poli. Qu'est-ce qu'on va penser de moi ? Ah ! la la ! Tu ne feras donc jamais rien pour me faire plaisir. Après ce que j'ai fait pour toi !...

Sacrifiée et malheureuse... Tu ne feras donc jamais un effort, dis ! Tu te trouves bien, dans ton trou ! Toute ta vie, tu ne seras donc qu'un manœuvre ?

— Ah ! ta gueule ! que je lui ai fait.

Elle s'est mise à chialer. Elle gravissait son calvaire.

— Mon Dieu ! Avec l'un c'était ci, avec l'autre c'est autre chose. Qu'est-ce que j'ai fait au ciel ?... C'est donc écrit que je n'ai pas le droit d'être heureuse.

Ce soir de notre mariage elle est devenue tellement agressive et rombière que je lui ai retourné une baffe solide à travers la gueule. C'était la malchance évidemment. Elle n'arrêtait plus de gémir après, comme si ça avait une signification : « Il m'a battue le jour de notre mariage... Il m'a battue le jour de notre mariage !... » Et de pleurer, et de se plaindre. J'étais absolument excédé.

On a quand même eu des fois des bons moments, après cette cérémonie idiote, il faut être juste. Seulement je ne suis pas l'homme de métier. J'ai peur de la rendre bancale ma belle histoire dont je ne suis pas très fier. Les mots ont tellement besoin de logique que vingt fois déjà j'ai eu le dégoût de la continuer, mon histoire. Il faut tout tailler, tout rogner et monter à chaque instant sur la bascule pour voir le poids que ça fait. Est-ce qu'on y reconnaîtra quelque chose dans toute cette suite de mots que j'ai briqués à peu près proprement ? Est-ce qu'on saura que derrière toute la façade gentillette et plus ou moins équilibrée il y a le drame illogique de deux existences ? Est-ce que j'aurai fait sentir, à monter mon petit mur bizarre, toute l'énorme tragédie que j'ai sentie ?... Je suis découragé. C'est tellement dur de gonfler les mots de sang, quand on rentre à sept heures du soir.

Oui on a eu encore de bons petits moments, après

notre mariage. Des bonnes petites soirées à nous deux. Et des petites balades le dimanche, dans Paris et la banlieue.

Quand on allait suivre des rues sans pavés, et s'imprégner de misère ou de courtoisie immobiles, comme une suite de tableaux, pleine d'idées disparates et informes. Les quais de la Seine et nos souvenirs personnels et nos idées archaïques et toutes bizarrement contournées, cernées de brumes, de péniches à charbon... Et ces quartiers riches, tout ventrus de maisons à double escalier, farcis de boniches et de salles de bains, tout gros et délirants en nous de bonnes choses ronronnantes à venir, en égoïsme de coussins et de chauffage central... Pantin, la fumée ocre et le canal de l'Ourcq, tout sale et débordant d'huile et d'écrevisses jaunâtres, tout aligné de rues sombres d'hiver, de miteux becs de gaz qui s'en allaient rejoindre mes brumeux souvenirs d'écolier... Et la Villette, avec la pisse prolétarienne sous les petits ponts, clignotés de verdâtre et assourdis de camions... Et partout, à nous deux cette grande illusion de vivre à nous seuls sur le gâteau à tout le monde, avec cet incroyable désir de vouloir piocher plus loin... Et les bonnes soirées chaudes de fin d'hiver, la musique en sourdine de la radio, le canard qu'on lit, les fins de repas... Et toute cette chair vivante, les bras qui s'ouvrent et qui se referment. Toutes ces bourgeoisies douillettes, tous ces besoins...

Oui, on a eu de vrais bons moments, à seulement vivre. Toutes ces petites secondes indécorticables qui s'appellent le bonheur, on les a repérées, par-ci, par-là, faites de petits égoïsmes, d'immenses oublis, bardées d'obscénité à force d'être heureuses, irracontables comme des injures à la face du monde.

Pourtant, c'est bien rapidement que ça a évolué, les rapports entre nous.

C'est dans les premiers jours de mars que ça s'est passé, ce fameux soir où j'ai été proprement ignoble, une quinzaine à peu près après le mariage.

On avait eu un événement à l'atelier, Léon Martin avait eu un dixième qui était sorti à la quatrième tranche. Il avait gagné cent balles !

Et on l'avait emmerdé, ce pauvre type : « Ça s'arrose ! Eh ! Léon !... Tu connais pas les usages ?... Eh ! millionnaire ! » Même les deux patrons s'en étaient mêlés. On l'avait encadré à la sortie, on l'avait poussé de force au bistrot d'en face. Il avait bien fallu qu'il y aille de sa tournée.

On avait dédaigné le comptoir, on avait envahi l'arrière-salle, tous en chœur, bien contents de la bonne blague.

Le troquet avait fait marcher son pick-up. On avait siroté en se racontant chacun des histoires de gros et de petits lots. Les patrons n'avaient pas pu faire autrement que de payer aussi leur tournée. On était tous bien contents, bien satisfaits. Les bonnes femmes commençaient déjà à fredonner les airs et remuer la tête en cadence. Trois apéros, quoi. Pas bien grave.

J'étais redescendu ensuite vers le métro avec Gilbert et Léon Martin. Gilbert s'était fait traiter de grand imbécile à vouloir faire la raie dans le dos à une petite poule. C'est lui qui avait eu l'idée :

— Un dernier !

On avait été s'installer au zinc au coin de l'avenue, parlant fort tous les trois, très fiers.

— T'as rien sur le cœur, Félix ? qu'ils m'ont demandé. On a encore remis ça, de plus en plus cordial, énormément certains tous les trois que c'était bien le plus beau soir de la vie.

Il y avait une pendule au-dessus du comptoir. J'ai demandé au garçon si elle avançait, ou quoi.

— Allez ! que j'ai décidé finalement, un peu embrumé. Je suis marida, les enfants. Faut que je rentre.

Dans le métro il n'y avait presque personne, ça me changeait des affluences.

Il était neuf heures, en sortant du métro. Je n'en revenais pas ! Je me demandais ce que Paulette devait penser. Il fallait vite que je la retrouve aussi... Pour qu'elle soit bien contente aussi... Pour que tout le monde soit parfaitement content.

— Oh ! qu'elle m'a fait toute alarmée, te voilà ! Mais qu'est-ce qui s'est passé.

— Toute une histoire !

Je l'ai embrassée... Elle m'a bien regardé, soupçonneuse.

— T'as pas bu ?

Je lui ai entamé mon histoire de Léon Martin, qui avait gagné cent francs à la loterie. Ça n'avait pas l'air de l'intéresser du tout. Elle prenait un petit air désespéré. On aurait cru qu'elle allait pleurer.

J'ai cherché un dérivatif. J'ai fait marcher la radio pendant qu'elle servait à table. J'ai vu qu'elle enlevait son couvert à elle...

— Pourquoi que t'enlèves ton couvert ?

— Pour rien. Mange !

Elle m'a servi la soupe, puis elle s'est assise dans le petit fauteuil pour tricoter.

Au bout de trois cuillerées je n'y tenais plus. Je me suis levé, j'ai envoyé promener ma serviette.

— Pourquoi que tu ne viens pas manger, hein ?

J'avais la parole forte et le geste brusque. J'ai vu nettement qu'elle avait peur.

— Je ne suis pas saoul ! que j'ai dit. On a bu deux ou trois apéros. Je sais exactement ce que je dis et ce que je fais !

Elle tournait la tête.

— Mais je ne te dis rien.

C'est son air encore, qui me déplaisait.

— J'aime pas cet air-là ! que j'ai gueulé aussi fermement que je pouvais. Tu as des... des... Allez ! tu vas venir manger !

— J'ai pas faim !

— Quoi ? T'as pas faim !... Je t'ai vu retirer ton couvert... Dis voir ce que tu penses... Que moi je rentre ici tout content, tout joyeux et avec le sourire... et que je trouve une gueule d'enterrement.

Elle secouait la tête, elle s'est mise à ricaner.

— Ça, c'est fort ! Tout à l'heure ça va être ma faute, vous allez voir ça !...

Je voulais quand même rester raisonnable, moi.

— Ah ! Si je ne me retenais pas ! que j'ai fait en me remettant à bouffer ma soupe.

Paulette n'a pas répondu, absolument comme si je n'existais pas. Elle s'est levée pour aller dans la cuisine.

J'ai bien attendu deux ou trois minutes, une fois ma soupe finie, elle ne revenait toujours pas.

— Il y a une suite ? que j'ai gueulé.

Toujours sans rien dire elle est revenue avec le plat de viande. Elle chialait à petits coups, elle suintait des larmes sur son malheur, elle pinçait les lèvres, elle ne me regardait pas, toute supérieure devant un puant ivrogne.

Je me sentais des bourdonnements jusqu'au bout des

doigts. J'avais des grands remous violents de rage qui me traversaient, à voir cette gueule qu'elle me faisait. Il me fallait des efforts costauds pour rester tranquille.

— Allons, mange donc un morceau, que je lui ai fait le plus aimablement.

— Non, merci, qu'elle m'a répondu comme toute écrasée de chagrin, j'ai vraiment plus faim, vraiment plus faim du tout !

J'ai bondi.

— Ah ! ça va ! En voilà marre, de tes grimaces !

— Mais je ne te dis rien ! qu'elle s'est étonnée encore.

— Mais, bon Dieu, dis-moi tout ! qu'on s'explique, je ne demande pas mieux, alors ! Qu'on croirait que j'ai commis un crime, là !

Je devais gueuler à fond.

— C'est pas la peine d'ameuter les voisins, qu'elle m'a dit. C'est bien assez que moi je te voie dans cet état-là !

Ça déviait complètement. On aurait cru qu'elle cherchait exactement ce qu'il fallait pour me foutre en rogne fulminante. Je cherchais mes mots comme des munitions.

— Je les emmerde, les voisins. Je paye mon loyer... Et puis quoi, mon état... Qu'est-ce que tu as l'air de croire là, hein ?

Je n'étais plus le maître, sur ce terrain-là. Elle s'est mise à me chercher des raisons sur ce que je n'avais pas le respect de moi-même. Elle pleurait sur elle, derrière le paravent des locutions et des proverbes qui découlaient de la situation.

— T'as donc aucun respect de toi-même ? Mets-toi voir un peu à ma place. C'est comme ça que tu penses qu'on va s'aimer ? Ah ! non, tu sais, il ne manquait plus que ça ! Je te jure bien que tu n'en prendras pas l'habitude. Puisque tu sais que tu ne tiens pas la boisson. Hein ? Rappelle-toi un peu le soir du réveillon, le bel effet que ça a fait sur mes parents... Quand on tient une chopine on ne boit pas un litre... Pendant que je me ronge les sangs, Monsieur va s'amuser, Monsieur rentre saoul...

Pour ne pas éclater j'avais baissé la tête et fermé les écoutilles.

Elle prenait ça pour de la honte, elle se raffermissait tout en parlant, elle ne me pardonnait pas de lui avoir foutu les jetons, de lui avoir dérangé ses coliques... Elles étaient loin, les larmes. C'est elle qui gueulait, maintenant. Quand elle m'a cru à terre elle est même devenue franchement agressive.

— Ha ! Ha ! Tu ne brilles plus !... Allez ! qu'elle m'a fait. Finis de manger et va cuver ton vin !

C'est ce mot-là qui a tout décidé. J'étais estomaqué.

— Cuver mon vin ! que j'ai fait. Tiens, ben tu vas toujours cuver celui-là !

Je lui ai expédié en pleine gueule une baffe en vrai direct, du lourd d'homme à homme, de l'imprévu. Elle a été s'aplatir contre le mur, elle a fait « couac » elle s'est vidée de son air, mais elle n'est pas tombée. Elle a ouvert la bouche comme pour crier au secours, elle a juste fait un petit cri perdu. Elle crevait de panique. J'étais tout étonné, moi, qu'elle ne soit pas étendue. C'est tout ce que ça m'a fait, d'abord... Et puis quand j'ai vu son nez qui se mettait à saigner, et des larmes qui sortaient en masse, et des hoquets, j'ai quand même compris que j'y avais été un peu fort.

J'ai fait : « oh ! » comme surpris et peiné.

Rassurée, elle s'est écroulée alors, elle a piqué une crise épouvantable, la vraie crise de nerfs de cinéma.

— Brute !... Lâche !... Ignoble !... qu'elle m'interpellait dans ses spasmes et ses trépignements.

Elle se recollait son sang par plaques sur la figure, c'était le haut sommet de son martyre.

Je ne l'aurais pas frappée comme ça, je le jure si j'avais été dans mon état ordinaire. C'est même à ça que je reconnais que je devais bien en tenir une vapeur de supplément.

J'étais tout couillon à la voir se rouler par terre. J'hésitais entre la plate excuse, toute la suite de lamentations, ou bien recogner un grand coup, nom de Dieu que je n'entende plus rien ! On est passé à deux doigts du fait divers, je me sentais des talons écraseurs.

Puis j'ai quand même pensé qu'à part toute la comédie, j'avais dû lui faire vraiment mal.

— Allons ! que je lénifiais, tout ballot... T'as bobo hein ? Laisse un peu que je mette de l'eau... Dis, Paulette... C'est ta faute aussi... Je croyais que tu étais plus loin... Et puis je ne sais pas, c'est parti tout seul...

— Brute ! qu'elle n'arrêtait pas. Ne me touche pas !... Battre sa femme !... Que j'ai mal, mon Dieu, que j'ai mal !... Mais tu n'as qu'à me tuer, pendant que tu y es !... Tue-moi donc ! Piétine-moi ! Achève-moi ! pendant que tu y es !... Si c'est pour passer la vie comme ça, j'aime autant crever tout de suite ! T'entends !

J'ai laissé dire. Avec la douleur, les vraies larmes sont venues. Elle est redevenue toute petite, toute malheureuse. Elle faisait une sale petite tête de bébé au vermifuge, toute ridée, toute ratatinée, elle ressemblait comme ça à sa cousine Lucienne. Elle se tâtait les dents et puis le derrière de la tête qui devait avoir cogné contre le mur. Le vrai chagrin montait, elle n'était plus qu'une pauvre petite fille.

J'en ai profité pour la relever et lui redresser la tête pour arrêter son nez de couler.

Toute la nuit elle n'a pas arrêté de pleurer dans son mouchoir à petits coups étouffés. Elle ne voulait pas que je l'approche. Elle s'est relevée dix fois pour aller voir dans la glace sa lèvre tout enflée et meurtrie. Je ne brillais pas trop...

XIX

J'ai commencé de ce jour à ne plus oser regarder les voisins dans les yeux. Il me poussait une réputation.

C'est le lendemain soir, que j'ai vu son « journal » où elle s'est mise depuis ce jour à étirer ses rancœurs.

J'avais bien repéré en entrant, à côté de la radio, un petit cahier rouge d'écolier.

— Ça va mieux ? que j'avais demandé, en embrassant doucement sa lèvre violette. Tu sais, il faut me pardonner. Je ne l'ai pas fait exprès, hier soir.

— N'en parlons plus ! qu'elle m'avait répondu, magnanime.

En mettant la radio en route, j'avais ouvert l'ostensible petit cahier.

« Mon journal » qu'il y avait comme titre à l'encre bleue de stylo.

— Tiens ! que j'ai dit. Tu fais tes mémoires maintenant ?

Elle est venue, Paulette.

— C'est personnel ! qu'elle m'a dit. Je ne sais pas pourquoi je l'ai laissé là... Et puis pour ce que ça peut t'intéresser, ce que je pense...

Elle essayait de me le reprendre doucement.

— Allez, rends-moi-le ! Il y a des choses qu'il ne faut pas que tu lises. C'est personnel, je te dis !

Exactement ce qu'il fallait pour m'émoustiller l'attention. J'ai commencé à lire...

— Tant pis ! qu'elle m'a fait sans plus insister. S'il y a des choses qui ne te plaisent pas, tu es prévenu !

Puis elle a été dans sa cuisine.

Je l'ai encore, le petit cahier rouge. Je peux recopier. Ça datait du jour le commencement. Il y en avait déjà plusieurs pages.

« Je ne suis pas heureuse ! – C'est comme ça que ça débutait. – Félix s'est montré hier sous son jour véritable. C'est un être grossier de qui je ne peux rien attendre de bon s'il ne veut pas changer du tout au tout.

« Voudra-t-il seulement faire un effort ? Je me le demande avec angoisse. Vais-je être condamnée à vivre avec un être qui ne se connaît plus dès qu'il a un verre de trop dans le nez ?

« J'ai passé une nuit affreuse. Qu'ai-je donc fait à Dieu pour qu'il s'acharne ainsi sur moi ? Le premier était voleur et paresseux. Celui-ci est primaire et brutal, il ne sait que me battre dès que je lui mets les points sur les i. Qu'ai-je donc fait pour subir ce calvaire ?... »

Et ça continuait en plaintes calligraphiées. J'ai appris qu'elle avait l'espoir de vivre des jours meilleurs... Qu'elle était blessée dans sa chair et dans ses sentiments... Qu'elle s'imposait des sacrifices... Qu'elle était le jouet d'un mauvais sort... Que le malheur était sur sa vie...

« Félix comprendra-t-il que je n'ai pas l'âme d'une femme de charretier et que ma sensibilité féminine a besoin de plus de douceur pour s'épanouir entièrement. »

Ça se terminait comme ça.

J'étais atterré et tout malheureux de voir cette muraille de mots entre nous. Elle me semblait toute pétrie de petit courrier féminin, toute garnie de fleurs artificielles, toute sincèrement envahie de factice...

Je sentais bien pourquoi elle avait voulu que je lise ça. C'était une délicatesse à elle. Une preuve qu'elle m'aimait encore bien. Ah ! on ne parlait pas du tout la même langue, on n'avait aucune émotion semblable, nous deux. J'étais découragé.

J'ai reposé le cahier.

— Alors ? qu'elle est venue me dire pour tâter le terrain. T'es content, maintenant que tu l'as lu ?... Tu vois ce que c'est, d'être indiscret ?...

— Viens voir là ! que je lui ai dit.

Je faisais une drôle de gueule toute triste. Elle a cru qu'elle avait tapé dans le mille, que je comprenais enfin ma propre abjection, que j'allais me mettre à réaliser en efforts surhumains la belle image qu'elle avait de moi, tout idéal.

— Écoute-moi, Paulette, que je lui ai dit. Est-ce que tu as seulement cherché une fois dans ta vie à me comprendre ?

— Oh ! oui, mon grand. Et je sais bien que t'es pas bête et que si tu voulais...

— Non, Paulette, c'est pas ça... Je te demande si tu as cherché une seule fois dans ta vie à me comprendre, à savoir ce que je pouvais penser... Qu'enfin j'existe en dehors de toi et de tes mots.

— Mais oui ! Je te connais mieux que tu ne crois.

Et c'est bien pour ça que j'ai confiance en toi, que tu pourrais facilement être meilleur si tu voulais...

Allons, c'était pas encore comme ça qu'on s'entendrait.

Ça me congestionnait de la voir, guillerette et bonne, prétendre me juger du haut de ses petites fleurs de papier.

J'ai bien cherché mes mots, pour lui répondre. Je l'ai trouvé, le mot exact :

— Veux-tu que je te dise, que je lui ai déclaré bien doucement, eh bien, tu es vulgaire !

Elle a ouvert des yeux parfaitement étonnés, toute souriante et jubilante, comme d'une excellente plaisanterie.

— Moi ?... Vulgaire ?... Ça !... Enfin n'insistons pas, si ça te fait plaisir. Mon pauvre Félix !... Et toi ? qu'elle m'a interrogé toute ironique. Comment crois-tu que tu es, dis voir ?

— Prends pas l'air de te foutre de moi, Paulette. C'est tout à fait sérieux, ce que je dis là. Moi j'ai peut-être mes défauts, mais au moins, je suis bien moi !

— Voui ! Moi je suis moi, et toi tais-toi ! C'est bien ton raisonnement.

Elle trouvait encore moyen de placer un calembour.

— Peut-être qu'on va trop au cinéma, que j'ai dit. Peut-être que tu lis trop de romans de quatre sous. C'est toute ton éducation qu'il faudrait recommencer.

— C'est à coups de poing dans la figure que tu comptes recommencer mon éducation ?

Elle me défiait. Elle se redressait. J'étais tout triste, elle n'avait pas peur.

Elle était belle comme ça, fière et outragée. Elle me

faisait envie. Je me suis rapproché, je l'ai prise aux épaules.

— Allons, ma petite gosse. On ne va pas se disputer tous les jours. On fait la paix, hein !

Je l'ai embrassée dans le cou pendant qu'elle poussait un gros soupir de femme incomprise en protégeant sa lèvre enflée.

XX

À reprendre le passé pour en faire une histoire, c'est peut-être alors à partir de ce moment-là qu'elle est devenue franchement rombière. Je l'ai vue, ma pauvre Paulette, se décomposer tout doucement sous mes yeux et devenir une autre personne inconnue.

Moi aussi, je ne me reconnaissais plus dans ses pensées à elle. J'avais peur d'aller me regarder dans ses yeux. Elle en venait petit à petit à me saccager d'un clignement douloureux, toute étonnée, toute héroïque encore de pouvoir aimer un être aussi dégoûtamment terre à terre.

Ça a d'abord été le coup de la *Tosca* que la vieille peau de belle-mère nous avait balancé un dimanche comme une pelure de banane.

— Oh ! ma Bibise ! – C'était le diminutif de Paulette – Quel dommage que tu ne puisses pas venir avec nous mercredi soir à l'Opéra-Comique. Tenorini chante Cavaradossi ! C'est pas à manquer, tu penses ! On y va avec Auguste et Léontine en sortant de travailler. Léontine nous préparera des sandwiches et puis elle amènera des pliants.

— Tenorini dans Cavaradossi ! avait bondi l'initiée Paulette. Oh ! Formidable ! On y va, Félix ! Tu sais, c'est unique ! Un vrai régal de roi !

Je n'étais pas chaud pour aller m'emmerder toute une soirée mais je ne voulais pas paraître de parti pris. J'ai dit oui.

Elle m'a félicité, la belle-mère.

— Vous verrez Félix, que vous changerez d'avis et que vous aimerez ça ! Surtout avec Tenorini, vous verrez ça !

On s'était retrouvé le mercredi soir dans une rue loqueteuse et blême, au milieu de tout un alignement de miteux qui bouffaient des sandwiches avec des airs dégoûtés.

J'étais arrivé le dernier de la bande.

— Hep ! Félix !... Hep !...

Ils m'avaient interpellé tous les quatre, perdus et soumis dans la queue informe.

Il y avait eu des protestations, de me voir couper la file.

— Hep, là-bas ! Ils ne manquent pas de culot ceux-là, ça fait au moins le douzième.

Une grande femme à besicles qui avait sorti son beau manteau m'avait même entrepris directement, juste derrière moi.

— Dites, vous là. À la queue ! C'est inadmissible ! On ne devrait pas permettre. Je vais z'appeler r'un n'agent.

Pendant que Léontine me refilait un sandwich aux œufs durs, entre gens du même monde, la belle-mère lui filait la réplique à la grande dame en fourrure râpée.

— Nous étions ensemble, Madame ! Quand on ne connaît pas les usages de ce théâtre, on se tait !

— Comment, Madame ? Je ne connais pas les usages ? Mais j'y viens toutes les semaines, Madame !

— Vraiment, Madame ? Toutes les semaines ? Comme au cinéma ?

Il fallait voir comment elle vous traitait le cinéma d'une bouche dédaigneuse, la belle-mère.

— Le cinéma, Madame ? Mais qui vous parle de cinéma, Madame ?

La discussion continuait entre ces deux miteuses avec toutes les exactes liaisons en rafales de bêtise.

Les sandwiches aux œufs passaient mal. Auguste nous a versé chacun une ration de café dans le gobelet de la thermos.

Et puis on a attendu.

Une heure et demie ! Une heure et demie au milieu de ces miteux blêmes ! Une heure et demie à se faire chier !

À voir Paulette me remettre vingt fois ma cravate en place !

Et la belle-mère compter les fois qu'elle avait vu *Manon.*

— Voyons ! Cinq fois à Lyon, aux Célestins et puis au Grand-Théâtre, avec Vasi-Morla dans Des Grieux. On lui faisait tout bisser. Un vrai triomphe ! Et puis deux fois à Saint-Étienne avec ton père. Et puis quatre fois à Paris, tu te rappelles, Bibise, avec Germaine Cachesex. Ah ! un vrai délire...

Je suis encore toute étourdie

Elle chantonnait de suprême ravissement.

Pardonnez à mon bavardage
J'en suis à mon premier voya-a-geu...

Paulette reprenait. Je me sentais des crispations jusque dans les orteils.

— Il y a un monde fou ! disait Auguste.

— Vous pensez ! attaquait aussitôt ma femme. Avec Tenorini ! Ah ! la la !... Et encore *La Tosca* c'est pas tout à fait son tempérament. Tu te rappelles un peu, maman, dans *Lakmé*... Et *Madame Beuteflaille*, n'est-ce pas Auguste... Ah ! la la !... Meyerbeer, Léontine, Massenet !... Escamillo, l'air des larmes, et puis des bijoux. Toréador, ton doux regard se voile, anges purs, je meurs désespéré...

Ils bridgeaient à quatre la conversation. C'était pour moi qu'ils se donnaient tant de peine, de montrer tout leur profond savoir.

— Ah ! Félix ! qu'ils me disaient de temps en temps, pour me hisser jusqu'à eux, ces scribouillards.

— Mais il a de l'oreille, disait Paulette en parlant de moi. Il siffle bien juste et il chante juste aussi, n'est-ce pas, Félix ?

— C'est pas comme toi ! que j'ai répondu.

Et c'était bien vrai parce qu'elle chantait juste comme un chaudron.

— Toujours aimable ! qu'elle s'est pincée. Pour ce que ça m'aurait servi de plus, avec toi, si j'avais appris la musique !

Ç'a été la ruée sauvage, la foncée brutale vers les guichets dès qu'ils ont ouvert les portes.

C'était tout au premier occupant, là-haut, au poulailler.

Il fallait cavalcader dans les escaliers, groupe par

groupe, avec dans chacun une grosse belle-mère à remorquer comme une lourde péniche.

— Dépêchez-vous, Antoinette !

— Allez maman ! On n'aura pas nos places !

— Allons, allons, Antoinette !

La belle-mère était nettement poussive dans l'escalier, elle s'essoufflait, elle ventait sur sa dignité rougeaude et échevelée dans ses belles affaires du dimanche, elle s'écroulait en paquet de sueur et en petits cris, Paulette la poussait au derrière.

Il a fallu encore bagarrer pour s'asseoir et encore une demi-heure ensuite, bien s'entr'expliquer la situation exacte. Une véritable diarrhée de mots !

On voyait vaguement en plongée. On allait les entendre, les chanteurs comme gagner des gros sous au fond d'une cour. On repérait bien la fosse à musique.

La belle-mère a sorti ses jumelles avec des effets de petit doigt, elle a pointé l'orchestre.

— Tiens ! Je ne le trouve plus, mon barbu... Où est-ce qu'il est, mon barbu ?

Ils se sont mis à chercher le barbu à la belle-mère Antoinette.

Léontine l'a enfin aperçu, le barbu, qui discutait le coup avec la troisième violoniste à gauche. Soulagement évident, on ne le quittait plus des yeux, le barbu. Paulette le tenait au bout de la lorgnette, elle nous décrivait ses moindres saccades.

— Ils doivent se parler d'amour... Il fait des grands gestes... Ho ! Ho !... Il sort son mouchoir... Il va se moucher !... Non... Si... Non... Ça y est, il se mouche !

C'était l'attraction de la famille, le barbu.

On a ouvert le rideau avec des trémolos mineurs et puis ça a commencé toute cette suite de rengaines poussées par des énormes ventrus, avec jeux de scène et orgue de barbarie.

— Ça se passe en Corse, m'expliquait Paulette.

Mais je m'en foutais. C'était à mon tour de me marrer, de voir se démener en profondeur une douzaine de cornichons, beugler des airs que j'aurais aussi bien inventés moi-même. Ça me puait aux oreilles.

Auguste et Léontine en rotaient consciencieusement. Paulette et la belle-mère étaient plus réservées, très dignes et averties.

— Concessions au public... Italianismes... Vulgarités..., me renseignait Paulette, très sûre d'elle.

— Pardon, pardon ! répliquait Auguste qui admirait solidement... Musique populaire !... Inspiration mélodique !... Succès certain !... Trois mille représentations !...

On sentait nettement qu'ils avaient lu des notices différentes. C'étaient leurs opinions ! Ils se seraient fait hacher sur place pour défendre « leurs » idées !

La belle-mère a sorti de son sac le livret de *La Tosca*, elle me l'a mis de force dans les mains pour que je suive très exactement ce qui allait se passer. C'était gentil.

Le rideau s'est relevé sur un petit bonhomme claudicant qui voulait faire son petit rigolo et puis il est apparu enfin, le grand, l'illustrissime Tenorini, bien applaudi joliment et abondamment. On l'attendait au tournant, on ne respirait plus.

Il est resté en scène, il a pris son temps à faire des petits effets de pinceaux. Court sur pattes, fessu comme une jument, avec de la poudre et du noir et du bleu et tout et tout. L'orchestre lui a refilé sa note et puis il l'a poussé enfin son grand air du premier. Souriant, articulant, les yeux à moitié sortis, poussant dur et ferme...

Paulette en bavait, la belle-mère fermait les yeux.

Toute la salle, comme une araignée, attendait sa dernière note pour exploser enfin, à hurler d'un coup comme un bouchon qui saute, pour bien montrer chacun au voisin qu'on connaissait exactement et au cinquième de seconde les passages à applaudir. Ça se congestionnait, je ne voyais tout autour que des gueules ouvertes, des yeux révulsés...

— Bis !... bis !...

Paulette et sa mère étaient pas fainéantes pour gueuler à bloc, tordues, suantes ; elles avaient l'enthousiasme pas beau.

Il l'a repoussé en italien, son grand air, l'illustre Tenorini. Puis une bonne femme en violet est venue lui faire une scène... Son grand air à elle... Et puis le grand duo... Et puis tout et tout...

Ça ne m'intéressait vraiment pas, ces ressassades de la radio du dimanche. Ça ne me faisait même pas rire les gestes immobiles et les transfigurations constipées des bouts de lorgnette.

Puisqu'on avait payé, j'ai subi ça quand même, rétracté et amorphe à côté d'une Paulette progressivement acerbe et douloureuse.

Seul, peut-être que j'aurais trouvé ça beau, je ne sais pas. Ce qui me débectait surtout c'était l'enthousiasme sur commande, l'opinion sur notice, la graine d'abattoir, cette saleté.

Couillons sur couillons, tous à renifler le voisin, à pétarader sur ordre, à la note filée, à partir au quart de tour à chaque appel du pied, public en or, ordure de salle, pâte à discours, populo, horreur !

À la sortie, Paulette avait des sourires ostensibles pour marquer son contentement de parfaite mélomane.

— Il a été magnifique !

— On a beau dire, hein, les Italiens !...

— Un coffre formidable !

— Il a fait des couacs au troisième acte, assurait Léontine.

— Comment, Léontine ? des couacs ?... Mais non, voyons ! C'était sublime, au contraire. Il cassait sa voix. Il exprimait la douleur. Ah ! quel artiste !

— Ça faisait pas beau ! s'entêtait Léontine.

— Ça se chante comme ça ! assurait Paulette.

C'est la belle-mère qui m'a attaqué.

— Alors, Félix, ça vous a plu ?

Je ne voulais pas fournir d'explication, j'ai dit oui. Mais Paulette veillait, agressive et huileuse.

— Pourquoi que tu dis oui ? qu'elle m'a demandé tout miel. Je te connais, tu sais, mon chéri. Ça ne t'intéressait pas. Dis-nous voir ? Je te regardais, tu dormais à moitié.

— Non, je ne dormais pas !

— C'était bien imité.

— Mais non, je ne dormais pas, quoi enfin !

— Alors tu dois bien avoir un avis, mon chéri. Hein ? Dis-nous voir ce que tu penses ?

— Bah !

— Mais si, tu as bien quand même une idée ?

Je voyais la belle-mère et Auguste et Léontine qui se taisaient, attentifs, pour voir ce que j'allais dire. J'étais un peu flatté. J'ai cherché vraiment le fond de ma pensée.

— C'est pas vivant ! que j'ai dit.

Ils avaient l'air d'être déçus tous les quatre, de ma réponse.

— Pas vivant ! a dit la belle-mère. Il y a trois ou

quatre morts en scène et la guerre en coulisse ! Je ne sais pas ce qu'il vous faut. Un film de gangsters, alors, vingt cadavres ? C'est ça pour vous, du vivant ?

— Non, disait Paulette, ton avis, ce que tu penses vraiment.

Ça ne rentrait pas en eux ma précédente réponse. Ils n'insistaient pas pour comprendre. C'était nul et non avenu. Je les connaissais !

J'ai pas chiqué. Je n'ai pas vu que Paulette voulait me faire marcher à fond.

— Bah ! que j'ai fait sans chercher. C'est con comme la lune !

— Et voilà ! a fait Paulette, suprêmement satisfaite comme après un tour de cirque.

Les trois autres se marraient, pincés.

— C'est moi qui paye ? que j'ai demandé, un peu blême.

Il faut dire, pour bien comprendre, que j'avais d'habitude à ce moment-là, un mot à moi, tout ce qui ne me plaisait pas, discours ou canard, ciné ou radio, c'était « con comme la lune ».

Le coup monté était net. On se payait ma cafetière.

Une bêtise, qu'on dira. C'est pas mon avis. Il y a des fois des petits riens comme ça qui prennent des importances énormes.

Moi j'ai reçu le coup direct à l'estomac. J'ai si nettement pâli qu'ils ont eu peur.

— Oh ! c'était pas méchant, Félix. On ne se permettrait pas ! a dit Auguste.

C'était pas ça ! C'était Paulette qui m'avait assené le coup en véritable trahison, je ne pouvais pas dire, à voir son attitude froide, à pressentir un abîme de duplicité. Je ne peux pas expliquer très nettement. J'étais comme un peu sonné, avec des larmes de vraie peine qui me montaient. L'amour-propre n'avait rien à voir là-dedans. Je n'étais même pas vexé.

On s'est quitté un peu sèchement, à se répartir de chaque côté des quais du métro. Le nôtre est arrivé le premier.

Paulette leur a fait des grands signes à travers les vitres, avec des grands sourires sociables.

J'étais maussade et abattu. Elle ne voulait même pas s'en apercevoir, toute faussement sémillante et prime-sautière comme la candeur soufflée.

— Ah ! mon chéri, hein, ce qu'il y avait du monde !... Oh ! la la ! mon chéri, quelle musique, tu crois !... On a beau dire hein, mon chéri !... Tu dis rien, mon chéri ?

Je prenais chaque « mon chéri » dans la poire, comme une véritable injure. J'ai une santé convenable et quand même un bon équilibre général, je crois. Quand même, je n'ai pas pu résister.

— Écoute, Paulette ! Si tu as envie de me dire merde, dis-moi merde, mais je t'en prie, ne m'appelle pas ton chéri !

— Mais qu'est-ce qui te prend ? qu'elle m'a demandé immédiatement avec un dur sauvage qui lui montait aux yeux.

— Me cours pas ! j'ai dit. C'est tout !

Elle s'est détournée avec un gros soupir tordu et sa main excédée qui battait son sac.

On a changé à Réaumur. Jusqu'à la Porte de Choisy on ne s'est pas parlé. Paulette restait polie pour la galerie.

Une femme est montée avec un bébé, pour trois stations.

— Atta... atta... atta ! qu'a fait Paulette classique, la main marionnetteuse et jolie.

Je me suis souvenu brusquement d'un fameux couple discrètement engueulard et tordu, des exténués d'un soir de cinéma, qu'on avait jugés de haut, du temps de notre perfection.

Alors on en était là, maintenant ! C'était pas possible !

Butés tous les deux, tordus pourtant, rageurs en sourdine, explosibles, il n'y avait pourtant pas d'erreur.

J'en avais des crispations douloureuses d'estomac. J'en aurais chialé pour un oui ou pour un non.

Dans ma tête je cherchais de quoi lui dire quelque chose, des problèmes, des pourquoi, des comment. Je voulais être calme pour lui parler bien posément et lui demander ce qu'elle avait comme ça contre moi, qui éclatait en vacherie gratuite.

Pour comble de bonheur l'ascenseur ne fonctionnait pas, chez nous. Il fallut se taper les sept étages.

Paulette était devant moi, toute décidée, avec déjà ses clés en main dès le second palier. Je la voyais à ses mollets qui musclaient sous la gélatine à chaque marche, qu'elle était vivante devant moi, ma Paulette, qu'il fallait se réconcilier, que tout le reste était de la blague.

Je l'ai retroussée et je lui ai tapoté sa cuisse moite qui sentait la sueur.

— Bonne bête ! que j'ai dit.

C'était idiot, je veux bien, mais c'était quand même gentil, après tout.

— Qu'est-ce que tu fais ? qu'elle m'a dit, interloquée, presque scandalisée.

J'ai bien compris à son air qu'elle s'y trouvait bien, elle, dans le poison du silence hargneux. Ça lui était bien égal qu'on soit tous les deux gros d'explications refoulées. Je n'existais pas. Encore une fois, je n'avais vraiment que mes bas instincts pour être un peu aimable. Elle se sentait de plus en plus supérieure.

J'ai continué à monter tout malheureux.

On s'est couché, on s'est dit bonsoir, on a éteint.

Presque tout de suite elle a roupillé, à se racler la gorge à petits coups.

Moi, j'ai bien mal dormi cette nuit-là !

XXI

Dans la même semaine, on a alors recommencé le coup du grand silence, comme au temps de la fameuse jalousie de Solange et Bébert.

Mais ce n'était pas la même chose, beaucoup plus amer, tout asphyxiant comme si de lourdes portes se fermaient quelque part.

J'ai tenu le coup huit jours pour ne pas avoir l'air de caner, puis quand même j'ai cherché un peu à crever l'abcès.

C'était le soir, à table. Elle était en face de moi à déguster une page du journal en mangeant sa soupe. Moi aussi je lisais, il faut bien dire, mais je l'observais surtout.

J'ai posé ma page.

— Hep ! que j'ai dit. On ne lit pas à table, c'est pas poli.

J'étais moitié sérieux, moitié rigolard, je n'étais pas à l'aise.

— Ah ! qu'elle m'a dit. Tu as fini ton article ? Tu m'excuseras je n'ai pas fini le mien.

— Allons, que j'ai fait à moitié sourire.

Et puis je lui ai retiré la feuille.

Elle a pris son air contrarié.

— Qu'est-ce que tu as ? que je lui ai demandé. Depuis quelque temps t'as l'air d'avoir quelque chose contre moi. Vas-y ! Qu'est-ce que je t'ai fait ?

— Mais rien !... qu'elle m'a répondu toute excédée en traînant vachement sur les mots.

Tout de même je voulais en avoir le cœur net.

— Alors c'est pour rien, que tu me fais la gueule ?

— D'abord je ne fais pas la gueule !

— Si, tu fais la gueule !

— Oh ! Si tu veux !... qu'elle m'a poussé avec un soupir calme, tout au bout de ses nerfs.

Je n'ai pas insisté tout de suite. Je voulais attendre un peu parce que je ne savais pas très bien où j'allais. Tout en elle, ses yeux et ses savates qui traînaient, ça me reprochait je ne savais pas quoi, d'être là simplement.

Elle faisait exprès de ne pas faire de bruit en avalant sa soupe pour que je m'entende bien, moi, à chaque gorgée. C'était intenable !

— Si tu es malade, que j'ai dit, il faut aller au docteur.

Elle m'a dit que oui, c'est ça, elle irait voir le docteur, toujours avec un calme en surface et comme si je n'avais absolument aucune importance.

Je me demandais un peu quoi faire.

J'avais comme une envie de la calotter un bon coup, ça lui aurait probablement fait du bien et à moi aussi.

Et puis j'ai laissé courir, j'avais de la peine, presque une envie de chialer, comme un gosse. Je revoyais venir le temps de Marcelle, cette carne. Tout ça était bien mon lot, alors ?

Une explication ? Pour quoi faire ?

J'avais tout à paumer dans l'explication, je le sentais parfaitement.

On ne se disait toujours rien et elle n'avait pas l'air de s'en rendre compte. Ça, c'était pas les nerfs, je la connaissais, Paulette, c'était bien autre chose.

— Veux-tu qu'on aille au ciné ? j'ai dit. Ça te changera les idées.

— M'est égal !

Elle s'est levée pour chercher la viande qui chauffait dans la cuisine. Je l'ai tirée vers moi, par un bras. Elle se raidissait en regardant le plafond, toujours sans rien dire.

Je commençais à bouillir, c'était de moins en moins marrant.

C'était quand même pas à moi à jouer la scène de charme, elle aurait dû comprendre.

— Oh ! oh ! que je lui ai fait en la prenant à la taille. T'en fais une gueule ! Merde alors, on t'a vendu des haricots qui ne voulaient pas cuire ?

Et je me marrais, ça me faisait du bien.

— Tu as toujours le mot pour rire ! qu'elle s'est foutu de moi, froidement.

Je l'ai laissée. On a repris le repas sans rien dire. J'avais plus faim. Je sentais encore que ça allait se terminer en bagarre, que j'allais cogner tout à l'heure pour faire jaillir des mots.

Tout d'un coup, j'ai repoussé mon assiette, je me suis levé et j'ai été prendre ma casquette.

— Tu t'en vas ? qu'elle m'a dit.

— Je vais faire un tour. Tu pourras en profiter pour changer de gueule si ça ne te fait rien !

J'ai descendu mes sept étages, tout rageur et peiné.

Dehors il faisait noir. J'ai obliqué vers le fort de Bicêtre pour avoir un peu la paix avec tout le monde et avec moi.

J'ai cherché le noir et la solitude.

J'en étais à me donner tort. Je me disais que c'était ma faute et qu'elle avait peut-être bien raison, Paulette. Que je ne savais jamais m'expliquer, que j'étais peut-être bien absolument primaire, comme elle l'avait écrit sur son fameux journal. C'était bien certain que moi, Félix, j'étais bien devenu le manœuvre qui se saoule et qui bat sa femme.

J'en avais mon propre écœurement, à juger de ma situation avec des étiquettes.

J'ai passé entre les cimetières. Il n'y avait pas un chat. Il faisait froid. Ils avaient annoncé un flux d'air polaire à la radio. J'ai marché plus vite pour me secouer le sang.

— C'est de l'argent qu'il nous faudrait, que j'ai pensé. Partir un peu d'ici, changer d'air !...

Ça me semblait tout à fait catégorique.

J'ai marché comme ça un bon moment dans l'air froid.

C'était un peu ma substance, ça me faisait du bien.

D'être seul aussi, ça me faisait tout drôle, ça me ramenait en arrière. Plus rien à expliquer, pas de Paulette à gonfler de banalités. Je me sentais le cœur qui battait de timide liberté. Je suis redevenu presque heureux.

— Pauvre Paulette, que je pensais, c'est pas sa faute. Elle se bâtit des imaginations. Elle n'est pas méchante. Il faudrait qu'on reprenne ça autrement, que je lui explique une fois pour toutes que je ne suis pas un imbécile. Et que je cherche moi aussi à la comprendre au-delà de ses mots à tout le monde.

Je suis revenu sur l'avenue prendre un café. Il était dix heures. J'ai pris le bus pour aller à la Porte.

Chez nous j'ai sonné deux fois et puis j'ai trouvé les clés sous le paillasson.

J'étais un peu étonné. J'ai cru qu'elle était au cinéma.

Je me suis couché. Minuit s'est amené que je n'avais pas encore éteint, à lire posément un bouquin. Et puis la demie... Et puis une heure !

J'ai éteint. J'ai dormi un coup... À deux heures moins vingt, je me suis réveillé en sursaut. Elle n'était toujours pas là.

J'étais franchement inquiet. J'y allais de toutes les suppositions à me demander s'il ne fallait pas que je cavale au commissariat...

Et puis je me suis foutu vraiment en colère, et puis j'ai eu de la vraie peine et de l'inquiétude encore et puis de l'indifférence, tout ça en petits cycles de trois quarts d'heure jusqu'au matin.

« Elle se fout de moi ! »

« Où peut-elle être ? »

« Ah ! Tant pis ! »

J'ai passé une bien sale nuit.

Avant d'aller travailler j'avais comme une envie de sauter chez la belle-mère, à l'autre bout de Paris. Elle ne pouvait être que là, Paulette. Mais je me suis raisonné. Coincé en sandwich entre ces deux hargneuses bavardes j'aurais fait des dégâts.

Sur le coup de neuf heures à la taule, j'ai fait semblant d'aller pisser au premier et j'ai foncé « chez Albert » pour décrocher Paulette au téléphone, chez Parmain.

Je l'ai eue tout de suite au fil.

— C'est toi ?... Alors quoi ? qu'est-ce qu'il y a ?... Veux-tu m'expliquer où tu as passé la nuit ?

Elle n'a pas chiqué, aussitôt toute froide à faire grelotter les fils.

— Tu veux savoir ? qu'elle m'a dit. Eh bien ! à te voir partir comme tu es parti hier soir, j'ai eu peur que tu rentres saoul ; j'ai été dormir chez maman !

XXII

Un soir en rentrant, une bonne semaine après ça, la première chose que j'ai vue à côté du poste, c'est son portrait à elle, en couleurs.

— Tiens ! que j'ai fait, un peu suffoqué. Qu'est-ce que c'est que ça ?

J'ai vu tout de suite la signature dans un coin, un petit B emmêlé dans un grand, il n'y avait pas d'erreur, c'étaient les initiales de Bernard.

Ça m'a coupé la respiration.

— Eh ! Dis donc, qu'est-ce que ça veut dire ? que j'ai été la relancer dans la cuisine. Qu'est-ce que ça veut dire, ce portrait ?

— Il n'est pas mal, hein ? qu'elle m'a dit toute calme.

— Quoi ?... M'en fous !... Qu'est-ce que ça veut dire... que je... Enfin quoi, explique quand même un peu !

— Eh bien ! c'est moi, quoi !... Il était à la maison, chez maman. J'ai bien le droit, oui ! C'est Bernard qui l'a fait quand on était fiancés, d'après une photo. T'es quand même pas jaloux, non ?

Je n'en revenais pas.

— Alors tu as le toupet de sortir ça devant moi !... Ça alors, tu ne manques pas de culot, sacré nom de Dieu !

Elle a fait l'étonnée.

— Je pensais que ça te ferait plaisir d'avoir mon portrait, tu vois, je me suis encore trompée...

Non, non, elle se foutait de moi, encore... Je l'ai empoignée par le bras et je l'ai fait valser dans la chambre, un grand coup.

— Viens voir là ! que j'ai dit.

Je me suis approché d'elle, en la secouant au bout de mes nerfs.

— Écoute, que j'ai fait, c'est pas le moment de te foutre de moi. Tu vas me faire le plaisir de faire disparaître cette horreur et qu'on n'en parle plus jamais ! Hein ! Parce que si tu veux te foutre de moi comme ça, ça pourrait mal finir. Et que je pourrais te filer une de ces corrections dont tu te rappellerais tout le restant de tes jours. Je te jure bien que je ne rigole pas et que j'en ai bien marre.

— Tu me fais mal ! qu'elle m'a dit plusieurs fois.

Je l'ai lâchée. Elle s'est tâté les bras en faisant des grimaces.

— Ça alors, je n'y comprends rien et rien.

— Quoi ! Qu'est-ce que tu ne comprends pas ?

— Tout ce que tu dis là, et ta colère. Ma parole, on croirait bien que tu es jaloux, si tu veux savoir !

C'est je crois une des ultimes fois que j'ai essayé vraiment d'avoir une sérieuse explication avec elle.

— Écoute, que je lui ai fait, qu'est-ce que tu dirais si moi je te sortais un jour le portrait de Marcelle, hein, comme ça sous le nez ?

— Mais, qu'elle a dit, c'est pas le portrait de Bernard qu'est là ; c'est moi, c'est le mien, t'as bien regardé, oui ?

— C'est tout comme, que j'ai dit. Tu devrais quand même comprendre. Toi qui te crois intelligente et qu'es pas une femme de charretier, comme tu dis si bien, tu dois quand même comprendre que c'est pas sa place !

Elle a poussé un gros soupir et puis elle a repris le portrait pour le ranger.

— Pour une fois que j'avais un beau portrait ! Ah ! la la ! Enfin, n'insistons pas puisque ça déplaît à Monsieur ! Pour une fois que je pouvais me croire belle !... Enfin, que reproches-tu à ce portrait ?... C'est quand même pas parce que c'est Bernard qui l'a fait, ça serait trop bête !... Et puis j'ai quarante francs de cadre, si tu veux savoir. Je voulais te faire la surprise, tu vois... Ah ! c'est réussi !...

Elle ne voulait pas comprendre ou bien alors elle était vraiment basse, vraiment brute, ou bien elle le faisait exprès.

— Hein ? qu'est-ce que tu lui reproches exactement, qu'elle me relançait encore. Essaye un peu de préciser ce que tu penses au lieu de me faire du mal... Quoi, il n'est pas ressemblant ? On pourra lui reprocher ce qu'on veut à Bernard, mais quand même il faisait ce qu'il voulait de ses doigts. Tu ne peux même pas dire que c'est pas ressemblant, tu m'as reconnue tout de suite... Maintenant, si tu préfères de moi une photo d'Uniprix, chacun ses goûts, pas vrai !... C'est pas pour te jeter la pierre mon pauvre Félix, mais enfin c'est pas toi qui pourrais en faire autant...

Encore une fois elle m'avait à la parlote, je restais sans mots, avec une formidable envie de cogner. Peut-être que ça aurait mieux valu. Les coups, c'est mat, ça s'étale.

On s'est écrasé dans un silence de trois secondes.

— Donne-moi ça ! que j'ai fait.

J'ai attrapé le portrait et je l'ai cogné un grand coup contre le dossier d'une chaise, mais c'était solide. Alors je me suis acharné comme une bête, à cogner, à crever, à écarteler, jusqu'à ce qu'il ne restât plus que des débris de bois et de carton que j'ai jetés violemment à terre.

Et Paulette s'est crevée de sanglots, à se trouver tout d'un coup une attitude. Elle s'est jetée sur le lit.

— Mon Dieu ! Mais qu'est-ce que j'ai donc fait ?... Hi... hi !... Pour être punie comme ça ?... Haaa !

Et elle s'attrapait la tête, et elle se la cognait contre le bois du lit jusqu'à s'en faire vraiment mal.

Tout le grand final, du troisième acte, quoi !

— Je voudrais mourir !... que ça soye fini !...

Elle a roulé sur la descente de lit avec un bruit mat. Elle se cherchait la crise de nerfs au-delà de son épaisseur. C'était dur à venir.

Pour ne pas vomir dessus, j'ai été dans la cuisine m'envoyer un grand verre d'eau.

XXIII

Je me doutais bien qu'il y avait quelque chose de pas clair dans toutes ces histoires.

J'avais repéré depuis un certain temps qu'elle planquait son sac à main, chaque fois qu'elle rentrait. Et je m'étais dit qu'il y avait certainement quelque chose de louche.

Je m'étais promis de voir ça à la première occasion, un jour qu'elle sortirait sans son attirail, pour faire les commissions.

C'était la guerre par en dessous, avec des mauvais sourires.

Je voulais savoir, tout simplement, ce n'était plus tenable autrement et je me doutais bien que je ne lui tirerais rien par la force.

Et puis je n'y tenais pas. Je l'aimais toujours. Plusieurs fois déjà elle m'avait traité de brute, j'éludais les moyens définitifs, j'avais peur de la perdre tout à fait.

Une faiblesse, quoi. Facile à comprendre. Je n'aurais jamais cru à ce moment-là que ce serait si rapide à terminer, toute ma pauvre histoire. Je voulais calfater, empêche de s'éparpiller. Je croyais à la réparation, moi, je me donnais tort, je l'aimais.

J'en étais à la ruse, à faire les sacs à main !...

Je n'attendais quand même rien de trop précis, ce samedi qu'elle est partie aux commissions sans son sac. Je l'ai laissée descendre et tout timide et mal à l'aise comme pour une vraie mauvaise action, j'ai délogé son sac qui était derrière le compteur à gaz.

Je n'ai pas cherché longtemps. Il y avait dans la poche du milieu une pleine grosse enveloppe jaune de chez Parmain, cachetée et sans adresse. J'avais beau insister, il n'y avait vraiment que ça de suspect dans son sac. J'étais un peu déçu et très intrigué par l'enveloppe jaune qui débordait. Ça avait l'air de contenir une masse de papiers.

— C'est ses papiers du divorce ! que j'ai pensé. Pourtant, je les connais. Elle ne les cacherait pas comme ça !

J'avais bien envie de décacheter l'enveloppe jaune, mais je n'aurais pas voulu qu'elle le sache, si des fois c'étaient de simples petites sottises qu'il y avait dedans...

Ça me paraissait bien volumineux aussi pour les assurances sociales. Je me tâtais. Pas moyen de voir en transparence, c'était trop épais.

Je ne savais plus, moi.

J'ai été voir dans le tiroir du buffet, ses papiers qu'elle avait rangés dans un petit carton où elle avait marqué « divorce » à la ronde. C'était intact.

J'ai bien attendu deux minutes, sans mentir, à savoir un petit peu ce que j'allais faire... Ça pouvait être des factures, des petites conneries de chez Parmain... J'aurais l'air fin, d'avoir fouillé pour rien dans son sac.

Tout fébrile et pas à l'aise du tout j'ai passé un couteau pour décoller. Ça s'est déchiré un peu. Je me suis dit que maintenant c'était trop tard et j'ai ouvert franchement...

À l'intérieur c'était un paquet de lettres...

« Ma petite femme... » que ça débutait sur la première... Elle datait de deux mois à peine... Elle était signée du Bernard...

J'étais servi !

Je me suis assis à la table et je les ai toutes lues, de la première à la dernière ligne, avec des remous de rage qui allaient me trembloter le bout des doigts.

C'était bien envoyé comme lettres, toutes les virgules à leur place. Une magnificence, un vrai style au poil, avec des sentiments tout ce qu'il y avait d'élevés.

Je lisais ça comme à me fouetter à coups d'orties.

« Souviens-toi ! qu'il lui demandait partout. Souviens-toi de ce qu'on a fait nous deux... »

« Ma petite chérie, qu'il écrivait, ce salaud. Je ne cesse de penser à toi, jour et nuit... Mon rêve te suit, pas à pas... Je suis présent partout, à chacun de tes mouvements... Ma pensée cherche la tienne... »

Il y en avait des pages, comme ça ! De la vraie littérature de feuilleton. Il savait la pratiquer, ce dégueulasse de ratatiné !

Page sur page, ça ne changeait pas, appel sur appel. Et des vaches retours au passé... Quand on s'est aimé comme on s'est aimé... Tu te rappelles ce coin-ci ? Et puis ce moment-là ?... Et la soirée ici ?... Et la nuit ailleurs ?...

Je pensais ne jamais en avoir fini. Pourtant je ne voulais pas en louper une ligne, ça en valait vraiment la peine. J'en blêmissais comme devant un monceau de saloperies.

« J'ai mal ! qu'il se plaignait après, pour user d'une autre corde. Ton départ si brusque a brisé quelque chose en moi. Je me sens malade, je suis quotidiennement piétiné et massacré comme un pauvre insecte... Ma vie est un martyre... J'ai l'impression que mon cœur est éclaté et que je ne peux pas en recoller les morceaux éparpillés... »

Il faudrait que je cite tout, tant c'était du piné comme travail. Tout est à recopier, tant c'est du métier certain. Partout de la demi-teinte, des pages en nuances bien dosées, de la vraie littérature...

« J'aimerais te revoir, ma petite femme. J'aimerais revoir tes si jolis yeux, sentir ta tendresse si féminine. Je ne peux pas croire qu'il ne reste plus rien dans ce petit cœur qui m'aimait. Car il m'aimait, dis ? Ça au moins c'était vrai ? Ce n'était pas une comédie ? Oh ! ce serait trop odieux, je ne peux pas croire cela... »

Et il continuait, ce verbeux, il pelotait du sentiment comme une paire de fesses, ce perverti. Il était dans son élément, ce tout fou, à bavocher comme un académicien coulant péniblement sa sève.

« ... Je ne peux pas m'imaginer que toi, si fine et si compréhensive, tu te laisses aller maintenant à la vie de tous les jours. Vivre pour passer tes journées, comme une tâche, comme un travail commandé. Tu valais bien davantage, Paulette. Tu étais à mille coudées au-dessus... Reprends-toi ! Cherche ta grande et vraie destinée... »

Et puis un coup de trémolo :

« Souvent il n'y a eu que ton image entre le suicide et moi. Ton image et l'espoir vivace et fou qu'un jour tu comprendras enfin qu'il ne fallait pas me peser avec les balances à tout le monde... Ah ! chère petite amie, chère petite femme ! Pourquoi ne veux-tu garder que le souvenir de mes bas-fonds et de mes cavernes. As-tu donc si peur de m'aimer, qu'il te faut créer un monstre entre toi et moi ?... J'ai des torts, je sais, des torts légaux et géométriques. Je suis méchant sans doute. Je t'ai certainement rendue bien malheureuse, ma chérie. Que te dirai-je de plus ? Que je le regrette ? C'est vrai, profondément vrai, mais ça ne change rien !... Je t'aime. J'ai besoin de toi. Sans toi je ne suis plus rien. La vie m'est à charge... »

Salope ! Après ça il l'engueulait, franco. Il lui expliquait en termes choisis que si elle n'allait pas le rejoindre c'est alors qu'il s'était trompé sur elle, et qu'elle n'était plus alors que la dernière des roulures, avec un cerveau en forme de petit pois et un vrai cœur de punaise...

Puis il parlait de lui, de lui seulement, pas embêté, par paquets de lignes à balancer un tas de choses extraordinaires, à se parer d'histoires, à se farder d'aventures, ce pas beau...

J'étais écœuré.

Quand Paulette est remontée j'étais encore en train de relire.

Elle a pâli un bon coup.

— Oh ! qu'elle a fait... Ça devait arriver !... Cette idée aussi de fouiller mon sac quand je ne suis pas là !

— Ça va ! que j'ai dit. Comment vas-tu expliquer ça ! Dis voir un peu !...

— Je ne peux pas interdire aux gens de m'écrire ! qu'elle a répondu.

Et puis elle m'a bien étonné. C'est elle qui s'est foutue en colère à me dire que c'était une véritable injure que je venais de lui faire, à l'espionner comme ça, comme une criminelle.

— Minute ! que j'ai gueulé. Ne fais pas dévier la question, hein ! Vas-tu m'expliquer un peu ce que ça veut dire, ces lettres-là ?

— J'ai rien à dire !

— Quoi ? Veux-tu parier que je te fais dire quelque chose, moi ?

Je l'ai empoignée.

— Ne me touche pas, Félix !

Elle me regardait droit dans les yeux, elle n'avait pas peur. On aurait cru vraiment qu'elle n'avait rien à se reprocher. Je n'en revenais pas !

— Est-ce que je suis responsable de ce qu'on m'écrit ? qu'elle a repris quand elle a vu que je commençais à me crisper la mâchoire. Est-ce que je peux seulement lever le petit doigt pour empêcher quelqu'un de m'écrire ? Est-ce que j'en ferais un drame, moi, si le pape, ou bien ta Marcelle, ou bien la pipelette t'envoyait des billets doux ? Est-ce qu'il y a un seul mot là-dedans qui te fasse croire que j'aie seulement envoyé une carte postale ? Est-ce que c'est ma faute ?... Réfléchis donc un peu, avant de dire des gros mots et me cogner dessus, tout ce que tu sais faire ! Ça fait trois mois que je te cache ça, pour que ça ne t'embête pas le quart d'une seconde, et voilà comment j'en suis remerciée...

Elle se raffermissait tout en parlant, elle en devenait rouge comme de vraie colère, elle tendait le cou, elle se redressait de mieux en mieux.

Je n'ai pas résisté plus longtemps. Je lui ai foutu la claque sonore et humiliante.

Elle s'est rebiffée aussitôt, c'était bien la première

fois. Je l'ai vue nettement, haineuse et douloureuse devant moi, avec des yeux plus chargés que des tanks. Elle trépignait. Sa baffe est venue me rentrer dans l'œil. Elle m'a agrippé des deux mains à mon pull-over. J'étais stupéfait. Il y avait au bout une petite femme grasse que je ne connaissais pas, grimaçante et hideuse... Il a fallu que je la sonne pour lui faire lâcher prise !

Elle s'est mise alors à piquer une crise comme jamais je n'avais vu, tordue, hurlante, défigurée, et sans seulement la moitié d'une larme.

C'en est pénible à repenser tout ça dans tous ses détails.

— Tu es abject ! qu'elle me hurlait. Tu es la pire abjection, si tu veux savoir. Tu es plus vide que la dernière brute. T'as pas quatre idées qui se battent dans ta cervelle carrée... T'es moins que rien ! À courir les routes c'est à ça que t'es bon ! À crever tout seul dans un coin ! À me battre comme ça, pour un oui ou pour un non ! T'as pas deux idées dans ta tête et pas trois mots pour parler ! Et tu te crois malin encore ! Et tu te saoules ! Et tu me bats !...

— Ça va ! Hein ! que j'ai fait. Tu veux me faire passer pour un ivrogne, le coup est bien monté. À aller coucher chez ta mère, hein ? Ça tient de famille, de fabriquer des ivrognes ! Mais je suis plus dur à cuire que ton paternel, je te préviens ! Ça ne prendra pas deux fois, le coup de l'arsenic dans la soupe !

Je ne lui avais encore jamais parlé de ça. Elle a reçu le coup dans l'estomac. Elle bégayait...

— L'arsenic ? Quoi ?... Qu'est-ce que c'est que ça ?

Je l'écrasais. Je prenais d'un coup conscience de la force terrible de la bêtise et de la basse méchanceté. Je devenais bon pour la bagarre.

— Va demander à tes beaux cousins, ce que ça veut

dire. Ils donnent pas de coups, eux, seulement des petites histoires. Ils m'ont tout raconté ! Je comprends que tu ne sois pas fière ! Ha ! ha !... Belle famille ! Tout pourriture et compagnie !...

Elle arrondissait ses petits yeux de baleine. Elle n'en revenait pas. Elle était clouée...

— Hein ! que je continuais. Explique-moi voir un peu pourquoi qu'elle est venue à Paris, ta mère ? Pourquoi qu'on lui arrachait son voile dans la rue à Saint-Étienne ! Hein ? Dis-moi voir ?... Tu crois que je ne suis pas au courant ? Ça t'en bouche une surface ! Ils étaient bien trop contents de me raconter ça, tes beaux cousins qui ne battent pas leur femme !

— Ils ne t'ont certainement pas dit ça comme ça ! qu'elle a quand même réagi... De l'arsenic dans la soupe ?... Ils ne t'ont certainement pas raconté ça comme ça !... Que maman en a déjà assez souffert ! C'est pas juste. C'est pas juste !...

J'ai remis ça au sommet des gueulements à lui poser des questions précises au sujet des lettres. On s'injuriait à bouche pourrie, ça ne voulait plus rien dire, on était ennemis !

— J'en ai assez ! qu'elle a dit tout d'un coup. Je m'en vais chez maman. Je ne veux plus vivre avec une brute.

Elle s'est habillée... Elle pleurait maintenant des larmes rouges, des larmes fortes qui n'avaient pas besoin de moi.

— Oui, je la connais, maman, que je ricanais. Tu peux foutre ton camp, tu sais ! Elle s'appelle Bernard, ta maman, hein ? C'est bébé, ta maman ! Pas vrai ? Il doit bien te travailler avec sa langue, hein ?

— Tu es moins que rien ! qu'elle disait. Je ne mérite pas ça, non, je ne mérite pas ça !

Elle a descendu de l'armoire sa valise bleue, elle a foutu en vrac son linge et ses robes dedans...

— Tu sais que si tu te débines, que je l'ai prévenue, classique, ce sera midi pour repasser la porte !

— Aie pas peur pour ça ! qu'elle m'a défié.

Elle avait l'air absolument décidé. On jouait d'égal à égal, je ne reconnaissais plus ma petite Paulette des premiers temps. J'étais malheureux.

J'ai pris la valise, je l'ai mise contre la fenêtre.

— Arrête tes grimaces, que j'ai fait. C'est pas le moment de jouer la comédie. Ça serait trop facile.

Elle avait son chapeau et son manteau.

Elle n'a pas répondu, elle a tiré sur la valise que je retenais en mettant le genou dessous.

J'ai vu le moment où on allait se décongestionner en rigolant.

Ça ne s'est pas arrangé comme ça.

— Bon ! qu'elle a fait. C'est pas ça qui m'empêchera !

Et d'un coup elle est partie en faisant claquer la porte.

— Crève donc ! que j'ai crié.

C'était quand même pas mon rôle de cavaler après.

XXIV

J'ai encore passé une nuit longue et puis j'ai bondi le lendemain matin chez la belle-mère. C'était dimanche.

J'avais des intentions contradictoires. Foutre une grande volée solennelle à Paulette, ou bien la prendre par les sentiments. J'inclinais plutôt pour la volée. J'avais des rages froides qui me montaient aux yeux, dans le métro.

— Ça va barder ! que je me disais fermement.

À Brochant j'ai tenu à faire un petit tour jusqu'au square pour me calmer un peu la rage. Je suis bien resté un quart d'heure immobile sur le petit pont, à voir barboter les canards. Je cherchais à me classer les pensées, à régler mon discours contre ces deux spécialistes.

Devrais-je mettre la belle-mère au courant des lettres ? Ou bien ne rien lui dire et que ça se passe seulement entre Paulette et moi, l'explication ?

Peut-être aussi qu'elle avait déjà monté sa version, Paulette. Sa version facile et coulante, phrase par phrase, où j'apparaissais sinistre et effondré, j'en étais certain, avec un kil à moitié vide dans la main.

La salope ! Je pouvais tout lui pardonner, mais pas

de me faire une réputation de soûlard ! Jamais ! Plutôt l'aplatir comme une tomate !

J'ai monté les escaliers noirs avec des rages pâles d'assassin. J'ai cogné à la porte avec le poing, tout chevauché d'irrésolution, mais prêt à distribuer des baffes de vingt livres.

Il n'était pas neuf heures encore. La belle-mère Antoinette est venue m'ouvrir en bigoudis.

— Tiens, Félix ! qu'elle a fait, toute surprise.

— Et Paulette ? que je l'ai tout de suite retranchée.

— Paulette ? Quoi, Paulette ? qu'est-ce qu'il y a ?

C'était bien évident qu'elle n'était pas là, Paulette. Il n'y avait pas de coin pour se planquer, et puis c'était pas dans ses tempéraments.

La belle-mère s'alarmait nettement, à me voir.

— Mais, Félix, vous me faites peur ! Qu'est-ce qu'il y a ?

— Elle n'a pas couché ici ?

— Mais non, Félix ! Elle est venue coucher ici l'autre jeudi, il y a quinze jours ! Vous savez bien ! Mais qu'est-ce qu'il y a ?

— Vous pouvez me jurer qu'elle n'a pas couché ici ?

— Mais je vous le jure, Félix. Mais voyons, ça me fait peur... Paulette... Qu'est-ce qu'il y a ?... Vous l'avez encore battue ?...

C'était bien réglé, c'était encore moi qui prenais figure de coupable. J'ai pas tenu.

— Ce qu'il y a, j'ai dit, c'est que votre fille est une putain ! C'est pas assez qu'on lui pelote le cul, il faut qu'on lui pelote le cerveau aussi ! Une folle, voilà ce que c'est, votre fille !

Elle s'est mise en boule, la belle-mère.

— Faites bien attention à ce que vous dites, Félix !

Mais j'étais lancé.

— Si ça se trouve, vous êtes dans la combine ! Vous ne connaissez pas son grand amant ? Son chéri, avec qui elle est en correspondance depuis trois mois ? Son adoré coco avec qui elle a passé la nuit ?... C'est Bernard !

— C'est pas vrai !

Elle avait quand même l'air d'avoir pris le coup en pleine poitrine, la vieille...

— J'ai des preuves ! que j'ai dit. Un paquet de lettres comme ça !...

Elle a bien compris que c'était pas du flan, à voir mon air. Je l'ai vue qui blêmissait, et puis elle s'est effondrée en chialant sur une chaise.

— Qu'est-ce qui m'arrive encore ?... Mon Dieu !

Moi aussi je venais d'en prendre un rude coup. Je me suis assis sur le coin du padoque bleu pour récupérer un peu.

La vieille a demandé des détails en pleurnichant, je lui ai tout raconté, tout ce que je ne pouvais pas faire autrement.

Une idée lui a surgi dans son chagrin, tout d'un coup.

— Je la connais, ma petite. Elle a dû errer toute la nuit, Félix... Courons vite chez vous. Elle doit défaillir sur le paillasson...

— Elle a ses clés.

— Elle doit pleurer sur le lit. Je la vois, Félix, allons-y !

C'est bien ce que je voulais m'obliger à penser aussi. Je lui ai toutefois précisé à la vieille, que j'entendais être seul pour lui foutre la raclée méritée à Paulette. De me croire un peu rassuré j'en reprenais l'air furibard, j'avais des silences et des jeux d'épaules qui indiquaient bien à la belle-mère que la petite allait passer un sale quart d'heure. Mère poule, elle a voulu parer le coup.

— Non, Félix ! Ne la battez pas ! C'est bien votre faute, tout ça. Si vous étiez un peu plus délicat avec elle, ça n'arriverait pas... Croyez-moi, Félix, elle est plus fine que vous. Et puis elle a beaucoup d'imagination... C'est pas pour dire du mal de vous, Félix. Vous êtes un bon garçon... Mais vous ne parlez pas beaucoup. Vous vous fichez du tiers comme du quart. Vous n'êtes pas toujours absolument très poli... Ça ne doit pas non plus être bien drôle pour elle... Une vie d'ouvriers, sans espoir ni rien. Mettez-vous un peu à sa place... Elle a besoin d'imagination, Félix, et d'espoirs, et de petits mensonges... C'est plus fin qu'un homme, une femme... Vous n'êtes pas absolument rustaud, Félix, mais...

J'ai brisé l'entretien.

J'ai fait le voyage en sens inverse par le métro.

J'étais disposé à ne plus la battre, Paulette. La voir, d'abord, une envie folle de la voir...

Chez moi, il n'y avait personne.

C'est trop dur de raconter ça.

J'ai attendu jusqu'au soir... Et puis la nuit...

C'est des plénitudes de chagrin que je ne veux pas raconter.

XXV

C'est dans la troisième semaine qui suivit son départ que je me suis quand même sorti, un soir après manger. Un soir lourd et beau, plein de cafard et d'allégresse au cœur, un trop de tout.

J'avais juste reçu une lettre à son nom, une lettre de Parmain qui s'étonnait de ne pas la voir.

Impossible de rester à tourner en rond. C'était fini la chialerie et la grande souffrance. J'avais aussi un besoin de femme et puis une grande décision à saisir au vol : « Merde pour elle, et merde, et merde ! »

Je suis sorti. Je suis allé à la gare Montparnasse, voir partir des trains calmes sur les dix heures du soir, tout doux, me donner des idées de départ et de changement.

Calme et lourd partout, chacun recherchait le petit courant d'air. Dans les maisons, cellules ouvertes, la femme avait perdu ses manches, l'homme faisait des effets de torse dans un maillot de coton. On se rapprochait, on se découvrait, on n'attendait même pas l'extinction des feux, c'était la ruée d'euphorie, le naufrage dans le sommeil épais. On se mettait à la fenêtre ou à la rue pour cherchoter l'âme sœur. Vouloir ou pas, n'était rien. Il n'y avait pas d'événements, on était bien.

À la gare, pas de fièvre, pas de presse, une apogée de civilisation calme. Des coups de timbre. Même de repenser à Paulette, c'était doux, dans le hall à billets.

J'y ai lu mon journal avec des allures de voyageur pas pressé et puis je suis sorti. Je croyais y rencontrer Paulette, je ne sais pas pourquoi, une idée idiote. J'étais même pas déçu.

Pourtant je pensais bien à elle et je cherchais à comprendre.

D'autres étaient là sur le trottoir, chacun ses pensées, au frais, à plaire, soir de balade.

Des zones d'ombre et des grandes lumières rondes dans les cafés, avec cuivrerie, chromerie et musique. Terrasse ou pas, tout le monde se regardait, un peu content. C'était un vrai soir à causer, à entreprendre.

Je me sentais les yeux encore un peu faibles, d'avoir si peu dormi depuis des nuits et des nuits. Mais ça allait bien mieux, ce soir. Il me semblait que je prenais conscience de moi, de ce que j'étais moi, moi personnel et bien moi au milieu de tous.

Je pensais un tas de choses. Paulette se perdait un peu au quatrième lointain, à prendre une place véritable entre le pouce et l'index. Je pensais un peu à tout le monde, à la vie tout entière.

Je regardais les femmes. J'insistais même un peu parce que j'avais plutôt les burettes pleines. J'avais droit, par-ci, par-là, à des petits sourires aux yeux baissés. Je sentais que je n'étais pas « fini », que j'avais encore de la vie compacte en moi, et des foules de destinées en puissance. Pourtant, je ne pensais pas cochon, je sublimais un peu, je rêvais, j'étais bien.

Vivre ! Ça avait un son tout neuf. Du trottoir sec, aux costumes neufs il y avait de la jeunesse. Ça sentait des allées de tilleuls ou de marronniers, et puis Paris, sous les platanes, avec des autobus qui ronronnaient en filant sur la chaussée. Ça me faisait souvenir de ce chaud soir de printemps, quand j'étais descendu de ma chambre de la Villette pour aller écouter un morceau d'accordéon sur les boulevards. Ça me remuait pareil et même plus profond. J'y mêlais Paulette, bien sûr, avec des tiraillements du côté du cœur, des cotons pleins d'humeur jaunâtre, véritable vidage d'abcès.

Ça me semblait tout drôle la vie, et bien bon la solitude, cette porte de la liberté. Je n'avais plus de bafouillis, plus de populo. Tout le monde me semblait prodigieusement intelligent et moi dedans comme tout le monde. C'était une merveille, un petit univers à moi. Je me sentais toutes les contractions musculaires.

Il y avait des boîtes bien chères et célèbres, sur le chemin. Des noms qu'on devait sans doute connaître jusqu'à Berlin et Chicago, mais que j'ignorais. J'étais un peu comme un étranger en visite dans ce quartier. Je faisais des découvertes.

Il me venait un tas de pensées supérieures.

Il me semblait que j'étais vraiment neuf et que rien n'avait existé avant ça.

Je me suis assis à une terrasse, tout comme le fameux soir du lointain autre printemps. Là, ce n'était pas un accordéon mais un complet orchestre qui jouait.

C'était tout à fait bien arrangé, ce grand café, avec des décorations à l'intérieur et des garçons blancs et silencieux à la terrasse. Des quantités de gens se tapaient le cul sur des étendues de fauteuils en rotin, du beau monde. On sirotait tous en chœur notre petit air du soir, tous bien contents. La musique passait, avec toutes les formes, ça bondissait et puis ça prenait des robes claires. Je ne pouvais plus rien dire. Je plongeais dans la ouateur du monde. Je me sentais glisser, il me montait des idées de luxe. J'étais tout étonné d'être si vivant sans avoir rien à préciser.

Je me cramponnais à ma bière qui irradiait d'or pâle dans mon verre, j'avais besoin de couleur et de musique, j'avais besoin de matière, de belle matière et de respiration. Je me sentais devenir poète. Il me semblait que je n'avais qu'à étendre la main pour savoir tout le tragique du monde.

J'ai bu lentement, à petites gorgées, ma bière d'or pâle. J'ai payé. J'ai repris le boulevard pour rentrer à pied.

Il y avait un petit souffle qui frémissait les feuilles éclairées par en dessous. Ça faisait comme des vagues de papier vivant dans le silence des rares voitures. C'était comme le seul frôlement de la nuit. Je n'avais pas sommeil.

Au lieu de continuer vers les Gobelins, j'ai descendu le boulevard Saint-Michel et puis le Saint-Germain jusqu'à la Seine.

J'ai été m'accouder au parapet de fonte brute du pont Sully. La Seine, en remous noirs, venait se disloquer en chuchotant contre la pointe de l'île, culée robuste et archaïque. Plus loin les globes du pont d'Austerlitz se reflétaient en pointillés furtifs, captifs éternels et glissants des nuits sans brouillard.

Je rêvais de Seine et de canaux.

Je me revoyais tout gamin, cavalant là-bas à Pantin, le long du canal bardé de péniches aux noms lointains qui venaient de Belgique...

En culotte courte, alors, en tablier noir que ma mère repassait, toute épuisée et gémissante... C'était tout de suite après la guerre. J'allais jouer au cerf-volant sur les forts, avec une marmotte en journal. J'allais au groupe Édouard-Vaillant, à l'école. Sur le chemin il y avait quatre maisons éventrées, avec le papier peint tout miteux, et des terrains vagues avec des ressorts de sommiers rouillés...

Ça me foutait le cafard d'écouter glisser l'eau noire. Je repensais encore à Paulette. Je lui voyais l'autre face, à ma nouvelle solitude, son pathétique devenait plutôt ricanant, ça venait m'empoigner la base de l'estomac. Je n'avais pourtant pas été trop prétentieux. Je l'avais bien eue au marché d'occasions, ma femme, en seconde main. J'étais tout prêt à chialer encore un grand coup sur ma déveine, ma pauvre vie de quatre sous qui n'intéressait absolument personne.

J'étais pourtant tout ce qu'il y a de prévenu contre la souffrance, bien vacciné ; je n'avais pas beaucoup arrêté, depuis tout petit, d'en prendre des grands coups dans les gencives. Quand maman m'avait mis au cours complémentaire après mon certificat d'études.

— Faudra bien travailler, mon petit Félix ! Tu sais que je me saigne aux quatre veines, pour que tu ne sois pas comme moi, pour que tu aies un petit peu d'instruction...

Pauvre maman toujours gémissante, elle était morte six mois après. J'avais juste treize ans. On m'a foutu en apprentissage chez Galanier. Les corvées, les brimades, les saletés au môme sans défense. Le jour que les trois fraiseurs hilares m'ont passé la tête à la graisse consistante... Et la baffe du contremaître devant la petite Olga... Et la fois qu'ils ont pissé dans ma canette... J'avais quatorze ans, alors. C'est des choses qu'on n'oublie jamais !... Oh ! ça serait trop long, je ne veux pas raconter ma vie, je ne suis pas Jérémie. L'histoire des déchirements, c'est pas ma spécialité. J'ai pas la rancune atrabilaire. Je suis bon.

Je me demandais pourquoi qu'on ne s'était pas entendu avec Paulette. J'avais pourtant bien l'impression d'avoir fait tout mon possible.

Peut-être que je ne lui avais pas assez parlé, pas assez cherché à s'expliquer entre nous ? Peut-être que j'aurais dû vraiment partir à l'abordage de sa pensée, hache au poing, cognant tout, sautant la poudre, jusqu'à la retrancher, Paulette, dans sa dernière cabine ?

Elle fichait le camp pour des lettres, pour des mots, pourriture ! Pour un voleur, un fainéant, un malade ! Ah ! saleté de saleté !

Je me suis penché sur l'eau noire, à goûter commodément mon suicide gratuit en image, pour chasser cette pourriture qui m'assaillait. Je n'avais que ma sueur pour toucher la matière vivante. Je ne sais pas dire. J'aurais voulu les broyer, tous les sales mots, tous ces immondes robots. Il me fallait une guerre contre ces salauds, une grande extermination !

Un camion qui passait a fait trembler le pont et m'a foutu par les pieds des vibrations de réalité. Au fond, c'était pas drôle, ma solitude.

J'ai pensé un léger coup à la lointaine petite Solange et puis je suis rentré par le métro, le dernier, il était très tard.

À la Porte, il venait d'y avoir un accident. Un flic se démenait au milieu d'un groupe. Bris de glaces et parechocs tordus, collision brutale dans le cul d'un taxi. Ça râlait dur. Les cafés s'étaient vidés pour lancer des clients comme des mouches sur l'aubaine imprévue.

— Ça ne manque pourtant pas de place !

— C'est un piéton qui traversait !

— J'ai tout vu moi, c'est un camion qui a tourné sans prévenir !

— C'est lui qui a bloqué ses freins !

J'ai donné mon avis aussi à tout hasard. J'ai été tâter un petit peu les pare-chocs. C'était des Duralex, je connaissais ça de chez Parmain, du chromé, ça pliait comme du fer blanc, de la simple cornière de deux !

C'était rien du tout à réparer, je voyais ça tout de suite.

J'expliquais : la tringle supérieure à changer. La lame inférieure ? Voilà ce que j'en faisais. Je l'ai redressée au poignet. Mais le propriétaire s'est mis à gueuler comme un putois, à me demander de quoi je me mêlais... J'ai pris du large.

Chez moi c'était à deux pas.

Je suis rentré à regret. J'avais comme des envies d'avoir une femme. J'en avais gros quelque part. Je n'étais pas si certain de ne pas avoir perdu ma soirée, à rêvasser comme ça, comme un chômeur.

Dans l'ascenseur, je me suis dit qu'après tout j'avais une belle maison. Aucun rapport avec ma chambre de la Villette. Et que ça serait du facile et tout cuit, de me faire quand même encore des beaux dimanches.

La clé dans la serrure, j'ai flairé tout de suite l'anormal.

J'ai ouvert. Paulette était là !

Dans le fauteuil, la belle-mère finissait une citronnade.

— C'est toi ? qu'a fait la petite, blême et étranglée dans son naturel.

La mère s'est levée, pas à l'aise du tout.

Moi j'ai bien pris deux secondes pour récupérer.

— Oui, c'est moi !... Maintenant si je vous gêne, hein... Faites comme chez vous !... Je vais aller coucher à l'hôtel, hein, si je vous embête.

Je prenais ça à la pleine ironie.

— Si j'avais su ! Mais je ne veux pas vous gêner, hein ! C'est tout naturel... Et bébé ? Il est pas là ?... Il est pas planqué sous le lit ?... Non ?... Tu aurais dû l'inviter. Tous en famille, comme ça !...

Paulette avait des yeux qui suppliaient.

— Je t'en prie, Félix. Je t'en prie...

— Écoutez-la, Félix, m'a dit la mère, tout à fait douloureuse.

C'était le coup de la rentrée au bercail, quelque chose de classique. Paulette est tombée à mes genoux. Elle s'est mise à pleurer.

Qu'on me les coupe si c'est pas vrai !

— Félix ! qu'elle murmurait. Félix, si tu savais !... Si tu savais...

Ça me puait au nez cette mise en scène.

— Ça va ! que j'ai fait. Me prendre pour un idiot, passe encore. Mais repiquer au truc, ça non ! Je suis peut-être poire, je suis trop bon, mais c'est pas une raison pour me prendre pour un imbécile.

Je regardais tout autour. La chambre était balayée, le lit fait, la vaisselle rangée. Moi qui avais laissé tout dégoûtant, il n'y avait rien à dire là-dessus.

La belle-mère est intervenue.

— Ne la brutalisez pas, Félix. Regardez voir dans quel état elle est !

Le fait est qu'elle n'était pas belle. En vingt jours elle s'était trouvé des pommettes, sa peau était devenue jaune et ses yeux lui envahissaient la moitié de la figure par un cerne tout violet.

— Je m'en fous de son état ! Qu'est-ce que vous voulez que ça me fasse ? C'est pour me parler de son état qu'elle est là ? Vous ne manquez pas de culot !

Je ne voulais rien entendre.

— J'en connais beaucoup qui vous auraient déjà vidées à coups de pompe dans le train !... Mais je suis poli, moi. Je vous laisse la place. Je vais faire un petit tour... Si tu veux tes affaires tu n'as qu'à te servir, t'es bien assez grande.

Elle a protesté aussitôt, la petite, d'une voix dolente, qu'elle ne voulait pas ses affaires, mais me voir moi, c'est ça qu'elle voulait, c'est ça qu'elle avait attendu toute la soirée.

Elle tremblait, elle entrechoquait ses mâchoires, elle me suppliait des yeux battus, j'en avais honte pour elle.

— Fous-moi la paix avec ta comédie ! que je lui ai envoyé.

Elle s'est révulsée alors de douleur innommable, de pathétique absolu.

— Comédie ! qu'elle répétait en secouant la tête. Oh ! comédie !... oh ! non... non...

— Vous êtes pas humain ! que m'a lancé franco la belle-mère.

Je n'étais pas de taille.

— Vous me soûlez, tiens, je vais coucher à l'hôtel !

— Je ne t'intéresse plus alors ? Tu ne veux même pas savoir ce qui m'est arrivé ? a encore essayé Paulette.

J'étais déjà dans l'escalier.

— Félix ! Félix ! qu'elle m'appelait.

Elle ne se rebutait pas. Elle m'a filé le train. Elle m'a rattrapé en bas, tout essoufflée.

— Félix ! Tu n'as pas le droit de faire ça ! Tu n'as pas le droit de ne pas m'entendre.

J'étais coincé près de la loge du concierge, je ne pouvais pas trop gueuler. Elle m'a pris le bras. Elle s'est appuyée sur moi, comme toute effondrée.

J'ai vu l'ascenseur aspiré vers le septième pour redescendre la belle-mère.

— Félix ! qu'elle répétait. Écoute-moi d'abord, Félix ! Tu me jugeras après...

On est sorti. J'ai commencé à marcher dur.

— Tu ne sais pas... Tu ne peux pas savoir ce qui est arrivé.

La belle-mère, cramoisie d'avoir un peu foncé, nous a rejoint au coin de la rue.

— Mes enfants !... Je... Oh ! mon cœur... Oh ! ma pauvre petite. Elle se fait vieille, ta pauvre mère...

Ça ne devenait pas naturel, tout ça. Je me demandais quelle vanne elles allaient me sortir, à toutes les deux...

Je marchais d'un bon pas. Elles traînaillaient toutes les deux. La belle-mère trottinait de la semelle. Ça devenait ridicule. Heureusement qu'il n'y avait personne à cette heure-là.

— Où allez-vous ? m'a demandé la vieille. Où courez-vous comme ça, Félix ?

J'ai dit que ça ne la regardait pas, et que j'étais libre d'aller où je voulais, et que je ne l'avais pas invitée.

On piquait dans le noir sur la route. On passait sous les réverbères.

— Oui, c'est moi qui suis de trop, qu'elle m'a dit. Je le sens bien... Je vais vous laisser. Mais écoutez-moi, Félix... Paulette va vous dire des choses qui sont vraies... Il ne faut pas la battre. Elle a voulu se tuer, Félix... C'est une pauvre petite... C'est pas pour dire, Félix, mais vous n'avez pas toujours été comme il faut avec elle... Elle est fine, vous savez... Une femme, vous savez..., il lui faut des mots gentils..., des petites attentions...

— Laisse donc, maman ! a demandé Paulette. J'en peux plus, Félix ! J'en peux plus !

Elle s'est remise à pleurer plus fort. Elle se faisait lourde à mon bras. Je ne voulais quand même pas avoir l'air de prendre la fuite comme un gros ballot. J'ai encore pris ça à l'ironie.

— Alors ! Elle est bien duraille à sortir, cette histoire, hein ?... Vous avez pourtant eu tout le temps de la préparer. Maintenant s'il vous faut encore huit jours, hein, ou bien dix ans, il ne faut pas vous gêner. Mettez bien ça au point, surtout !

La belle-mère a secoué la tête.

— Ma pauvre petite, qu'elle a dit. Je ne vois pas pourquoi nous sommes venues. Toi qui comptais trouver un soutien. C'est pourtant le rôle du mari, d'être le soutien de sa femme. N'insistons pas !...

Elle s'est arrêtée au bord du trottoir pour marquer son effet.

Elle faisait encore ça à la méridionale, au théâtre et à l'estomac... J'ai continué à marcher avec Paulette qui me collait au bras.

Elle s'est trouvée tout bête, la belle-mère, d'être plaquée toute seule comme ça. Elle s'est perdue dans le noir, toute péteuse... On ne l'a plus revue.

On a bien marché dix minutes comme ça, avec Paulette, sans rien dire du tout. Je pensais un tas de choses. Je ne savais pas si j'étais content ou pas. J'avais envie de lui balancer un coup de pompe dans les fesses... J'avais bien envie d'elle... Puis je m'en foutais bien, de son histoire. La monter d'abord, chez nous. Et puis la foutre à la porte comme une salope. C'est ça qui me paraissait le plus normal.

— T'es lourde ! que je lui ai grogné au bout d'un moment en lui enlevant mon bras.

— Je le fais pas exprès ! qu'elle m'a dit toute humble. J'en peux plus. Je suis malade, Félix. Je me suis juste levée pour rentrer chez nous. Je peux plus mettre un pied devant l'autre.

Elle a attendu un peu. Je ne disais rien. On avait nos pas qui claquaient en désaccord. On a fait aboyer un chien caché. Je ne disais toujours rien, je marchais encore plus vite. Je me payais de la muflerie bien gratuite.

Elle s'est raccrochée à moi.

— Je me suis empoisonnée ! qu'elle m'a dit.

Je n'ai pas sorti une syllabe. Je me sentais plutôt dissous, complètement éparpillé. À part une forte envie de femme je ne pensais pas grand-chose de bien net. Je m'en foutais d'elle. Je ne l'aimais pas.

On est arrivé, je ne sais pas trop comment, au pont du Charenton. J'ai bien compris à voir la Seine clapotante que je ne savais pas du tout où j'allais, ni ce que je voulais.

Il y avait des péniches en masse sombre du côté de la passerelle.

J'ai fait demi-tour.

J'étais fatigué. Paulette ne disait plus rien, toute crispée d'épuisement, plus verdâtre à chaque bec de gaz.

— Je peux plus faire un pas ! qu'elle m'a soufflé encore.

Ça pouvait bien être vrai. Je prenais conscience dans ma fatigue à moi, d'avoir baladé toute la soirée, qu'elle pouvait peut-être vraiment ne plus tenir debout.

Je me suis arrêté. J'ai encore voulu me payer un peu

de vacherie. Je commençais à comprendre que si je la montais pour la coucher j'accepterais bien alors ses pires explications avant de dormir.

— Moi, je rentre chez moi ! que j'ai dit.

— Tu veux dire que tu vas me laisser là, Félix ?

— Bah ! Je crois qu'on n'a plus grand-chose à se dire.

Elle ne répondait pas. Elle a secoué la tête en regardant pas terre.

— J'en peux plus ! qu'elle a soufflé.

Je l'ai prise par la taille pour la soutenir un peu. On s'est remis à marcher. Ça ne ressemblait à rien du tout, tout ça...

On est passé au-dessus du chemin de fer. Il y avait sur la voie trois points blancs et stupides qui trouaient la nuit... La grosse toquante marquait deux heures dix... On entendait quelqu'un marcher à deux cents mètres... Et puis le ronflement des réverbères quand on passait en dessous... Il faisait superbement beau. C'était pas un ciel de Paris, c'était tout limpide, tout pourri, tout pourri d'étoiles. Il y avait juste une plage de nuages vers Bicêtre. Ça me remémorait un tas de choses. Toutes les belles soirées d'été avec ma même petite Paulette amoureuse. Toutes les suites de beaux jours et de belles nuits chaudes à s'aérer, à se glacer d'anis, à faire des projets...

Ça me rendait amer.

Je me suis mis à bégayer, à me cogner trois fois sur chaque mot pour lui demander simplement si elle avait revu son Bernard.

Elle m'a dit non, et puis oui, tout de suite après.

— Alors, c'est oui, ou c'est non ?

— Oui, je l'ai revu. Mais pas comme tu crois, Félix.

Je l'ai vu pour lui dire de me laisser tranquille avec ses lettres.

— Alors, il travaille ? Il marche sur les mains, maintenant ?

Mais ça tombait à faux, elle ne réagissait plus, Paulette. Il fallait que je la tienne solidement pour qu'elle ne s'écroule pas. Je lui ai mis la main aux fesses, en passant, pour la serrer davantage. Elle m'a fait un petit sourire complice, si douloureux, si triste... Je commençais bien à sentir qu'il y avait vraiment autre chose que de la mise en scène. J'étais un peu mordu au ventre, un peu angoissé.

— Alors ? Il t'a bien fait jouir ? que j'ai encore demandé.

— Il est mort ! qu'elle m'a dit.

— Bon débarras !

J'ai pas réalisé tout de suite. On a bien marché une minute sans rien dire... Pas après pas, j'ai pressenti le drame, où j'étais tout connard au troisième plan. Ça me tombait sur mon existence, cette histoire que je n'avais pas sollicitée. Je devenais curieux. Je voulais tout savoir.

— Comment ça qu'il est mort ?

— Je peux pas te dire... Ça serait trop long !

Elle a éclaté d'un seul coup en gros sanglots. Elle avait des jambes en coton. Il a fallu que je l'agrippe ferme.

— Rentrons ! j'ai dit.

Je la soutenais bien pour marcher. On passait sur la place de la mairie, toute déserte. Juste un flic nous a croisés un peu plus loin, dans la rue de Paris. Il a tourné la tête en l'air, tout gêné, quand il a vu que Paulette chialait à fond.

Dans l'état où elle était, c'était encore un miracle

qu'elle tienne debout. On est arrivé chez nous, au septième, j'ai ouvert la porte. Paulette a été s'écrouler sur le padoque.

Sur la table il y avait un papier. C'était la belle-mère qui était revenue et puis repartie : « Félix, qu'elle avait écrit, ayez pitié d'elle... » Elle me parlait du bon Dieu aussi et puis des clés qu'elle avait mises sous le paillasson.

J'ai fait chauffer du café à tout hasard pour Paulette.

J'ai été la déshabiller. Elle était toute bouffie de larmes, toute inerte. Je l'ai couchée, puis j'ai éteint.

— Tâche de dormir !

J'ai voulu aller dans la cuisine pour casser une petite croûte, elle m'a appelé aussitôt.

— T'en va pas, Félix ! Me laisse pas toute seule !

Elle claquait des dents, elle avait peur. Je me suis déshabillé à mon tour et je me suis mis dans les draps.

Elle était toute ratatinée à l'extrême bord du lit, encore toute secouée de tremblements et bien au-delà de toute comédie féminine. Elle ne pleurait presque plus, toute petite, toute dissoute en petit tas chaud sur l'oreiller.

Je l'ai tirée vers moi.

— Allons, va ! Pleure pas comme ça. Qu'est-ce qui s'est passé, hein ?... Tu peux me raconter, tu sais !... Hein ?... Raconte-moi voir un petit peu... Tu veux pas ?...

Je la pelotais sans conviction pour lui donner confiance. Elle restait inerte, comme toute effondrée et commotionnée d'un choc sur la tête.

— Tu t'es empoisonnée ? que j'ai interrogé doucement.

Elle a fait oui.

— Et lui ?... C'est toi qui lui as préparé une petite soupe ? Dis-moi voir ça ?

Elle a quand même réagi.

— Non, Félix, c'est lui qui a voulu... Oh ! ça ne sert à rien, tout ça... Tu ne pourrais pas comprendre, Félix... Tu es propre, toi, tu es sain... J'étais folle, il ne faut pas m'en vouloir... Peut-être que ça va te causer des ennuis. Il aurait mieux valu que je meure...

Il lui a pris mal au cœur. C'est le café qui ne passait pas, ou la fatigue. Je l'ai laissée aller vomir à son aise sur l'évier.

Je pensais un tas de choses hétéroclites qui bagarraient à plein dans ma pauvre cervelle de primaire. J'étais comme lancé en avalanche à rouler la montagne. Il n'y avait pas la moindre plate-forme où poser le moindre petit bout de pied, je fonçais mes tombereaux dans le vide, je rebondissais sur mille parois pourries de roches, plus éparpillé qu'un feu d'artifice.

J'avais laissé le noir dans la chambre et je voyais le rectangle blanc de la lumière de la cuisine.

J'ai eu froid, j'ai eu peur, je ne vois pas pourquoi je m'en cacherais. Ça me faisait trop mal de penser trop sincère. Le néant venait me griffer à l'estomac. Tous les pourquoi de l'existence venaient crever dans ma chambre comme des bulles de savon.

Paulette est revenue sur le lit, toute blême. Je lui ai mis des couvertures sur elle.

— Ça va mieux ?

Elle a fait un petit gémissement qui voulait dire oui. On n'a plus rien dit et c'est elle qui s'est endormie.

Les petits nuages de Bicêtre ont dû grossir dans le reste de la nuit. Sur les six heures du matin, il faisait dans la chambre un jour grisaille avec un bruissement insidieux de pluie qui tombait au-dehors. C'était l'étouffement ouaté du silence, rivé par les flocs écrasés des gouttes perdues sur les gouttières.

Ça m'appelait les larmes, ça me montait le cafard. Je me suis retourné vers Paulette. Elle avait les yeux grands ouverts et fixait le plafond blanc et le lustre, notre petit appareil électrique, notre petit machin à nous, à lumière rose, qu'on avait acheté aux Galeries, un vieux samedi lointain.

— Tu ne dors pas ?

— Non ! Félix ! qu'elle m'a répondu bien triste.

Je ne l'ai pas embrassée. Elle n'a pas fait un geste.

Ce n'était pas une situation. Elle était verte et certainement malade. Elle ne se plaignait pas, elle ne disait rien, amorphe. Je me sentais bien inconsistant, moi aussi.

— Qu'est-ce que tu comptes faire ? ai-je demandé.

— ... Sais pas !... Ce que tu voudras !...

Je me suis levé. J'en enfilé mon pantalon, à me sentir tout d'un coup une impudeur à me balader en chemise devant elle.

Je lui ai demandé si elle voulait quelque chose, puis j'ai fait chauffer du café.

Le parler m'est revenu d'un coup en soif de questions quand je suis revenu près d'elle avec le bol de café.

— Qu'est-ce que je t'avais donc fait, hein, de si grave, que tu t'en ailles comme ça retrouver un sale type ?

— Rien, Félix !

— Et puis qu'est-ce qui s'est passé ?... Que je ne sais rien du tout, là... Qu'on croirait que tu vas crever et que tu me dis qu'il est mort ?

— Il a voulu qu'on se tue tous les deux... Me demande pas, Félix, c'est trop dur !

Elle fermait les yeux sur l'oreiller. Je ne la reconnaissais pas. C'était une petite vieille toute flasque qu'il y avait sur le lit.

— C'est du cinéma ! j'ai dit.

— Te moque pas, Félix !

— J'ai pas envie de rigoler ! Combien de temps es-tu restée avec lui ?

— Sais plus, Félix. Un jour ou deux...

Elle a bu son café. Je me sentais toutes les papilles de la peau qui commençaient à se piquer en colère. Elle l'a vu tout de suite. Elle a posé le bol. Elle s'est levée.

— Je vais m'en aller, Félix !

Elle était laide, ma pauvre Paulette, difforme, elle me faisait pitié.

Elle s'était trouvé une pudeur aussi, en trois semaines, elle a fait un tas de contorsions pour enfiler sa culotte. Elle ne tenait pas debout. Elle s'est pris la tête entre les mains sans rien dire, j'ai vu qu'elle pleurait sans bruit.

Je ne suis pas le mauvais gars, j'ai déjà dit, puis enfin elle était un peu nue, je ne sais pas. Je l'ai entourée de mes bras.

— Allons ! Pleure un bon coup, va ! Ça te fera du bien !

Elle m'a serré, elle aussi. Elle s'est mise à pleurer sans retenue.

— Bouh !... Ouh !... Félix...

Elle faisait toujours son même bruit de petite fille...

Je ne savais plus très bien ce que je pensais. Je devenais mou comme la pluie grisaille.

Je lui ai demandé encore ce qu'elle comptait faire. C'était de la pure détresse que j'avais dans les bras.

— Bouh !... Sais pas !...

Son chagrin descendait m'embuer le profond du cœur. J'ai questionné encore, à savoir ce qui s'était passé.

— ... Sais pus, Félix... Sais pus du tout.

Je lui ai passé son mouchoir sur la figure bouffie,

Elle a essayé de bafouiller quelque chose.

— C'est un malade... un malade... Il sentait mauvais, Félix, sa bouche... Il avait l'estomac en véritable passoire... Il se gonflait de médicaments jusqu'aux oreilles... Il puait la fièvre, Félix... Tu peux pas savoir.

— Et t'as couché avec ça ?

— Pas comme tu crois, Félix.

— Je ne crois rien du tout !

Elle s'est remise à pleurer mais j'ai senti à trois contractions qu'il y avait maintenant un rien de petit théâtre.

Je l'ai laissée.

— Faut que j'aille travailler.

J'ai commencé à me raser dans la cuisine, j'avais une main qui sucrait les fraises par moment.

— Et la police ? que j'ai demandé. Et l'enquête ?

— Sais pas, Félix.

Je suis revenu dans la chambre pour me barbouiller. Je voulais quand même savoir. Il me poussait des impatiences aiguës dans chaque veine.

— Vas-y ! Accouche !...

Elle m'a dit alors qu'elle était désemparée, « absolument comme folle, Félix », qu'elle était allée chez ce vilain Bernard pour l'engueuler ferme au sujet des lettres... Et puis qu'elle avait trouvé pour la recevoir dans une chambre meublée, deux yeux profonds comme des fosses communes et une voix de chèvre malade pour lui souhaiter la bienvenue avec des mots gentils... qu'il ne tenait pas debout et branlait vaguement des ultimes dessins pour se jouer à lui tout seul la grande comédie du génie incompris...

— Il m'a parlé, Félix... Je ne peux pas te dire... Il avait l'air malheureux... Et puis tellement content de me revoir...

Elle était restée sans chiquer avec ce pourri, ce faiblard éthéré qui lui vasouillait des ronds de jambe et des mots de roman-feuilleton, se faire vider comme une batterie, flouer dans le petit rêve et la merde, se dissoudre dans l'odeur verdâtre de mort romantique. La salope !

— J'en pouvais plus, Félix ! J'avais pitié aussi. Je n'avais plus rien de vivant, plus rien de vrai à espérer... Il me parlait... Il n'arrêtait pas de parler et de se taire avec des yeux qui continuaient... Il m'a dit qu'il valait mieux qu'on se tue tous les deux ensemble... Il était illuminé en vrai prophète... Il me persuadait... Il a mis le couvert... Et puis d'un coup la moitié de sa fiole dans mon verre... Et puis il a voulu qu'on allume des bougies... Il était fou, Félix, parfaitement, souriant, illuminé... Tu ne peux pas savoir. Il me récitait des vers. Il m'a parlé de Roméo et Juliette... Non, non, Félix... Il était absolument fou !... J'ai eu mal et puis j'ai vomi... Je ne sais plus, Félix... J'ai eu peur... Je suis descendue.

Je l'ai bien laissée raconter son histoire. J'avais mon savon à barbe qui me séchait sur la figure. Il me poussait des ricanements. Je n'arrivais pas à me trouver le geste qu'il fallait.

— C'est du cinéma ! que j'ai dit. Je ne crois pas un mot !

Elle s'est rebiffée.

— T'as pas le droit de dire ça !

Je lui ai demandé alors comment qu'elle avait su qu'il était mort, si c'était dans le journal.

— Non, Félix. Mais c'est pas bien dur à deviner. Il était tout jaune et puis je n'ai prévenu personne, j'ai tenu jusqu'au taxi...

J'ai trouvé un petit morceau d'attitude là-dessus, je me suis essayé la colère.

— Des blagues ! Hier il était mort ! Aujourd'hui, tu ne sais plus ! Roméo et Juliette ! Et puis des bougies !... Va donc !... Dis-moi plutôt qu'il n'a pas pu t'emmancher, ça sera plus correct !

— Tu ne me crois pas, Félix ? qu'elle m'a demandé, douce et petite.

— Pas un mot !

— Je vais m'en aller...

Je suis reparti dans la cuisine pour me raser vraiment. J'étais électrique. Mon rasoir faisait des étincelles. J'étais comme tout humilié par son histoire, tout affreusement malheureux. Elle me ravalait encore à l'inutile, elle me défonçait mes tiroirs, elle me détruisait tous mes pauvres cailloux glissants sur lesquels j'osais encore mettre les pieds. Je perdais la plus ultime confiance en moi.

Vraie, son histoire ? Pas vraie ? À moitié ?... J'étais toujours le trépied infect, dans son histoire, le cahoteux balourd, brimé par du jus de néant, par des phrases...

C'était intenable de toutes les manières. Je n'en pouvais plus. J'ai voulu lui expliquer.

— Je ne sais pas si tu te rends compte ?...

Le reste n'est pas venu, je n'avais pas de mots.

Elle a bien vu que je souffrais, que j'étais malheureux. Elle m'a appelé doucement mon nom, elle a attendu la suite qui n'est jamais venue.

C'était pas de la sottise, Paulette, j'avais trop de pensées à ce moment-là. J'ai toujours été plus diffus qu'idiot, crois-moi ! Il m'a toujours manqué une éducation !

Il fallait quand même une solution. J'ai demandé encore une fois ce qu'elle comptait faire.

— M'en aller, Félix, puisque tu ne me crois pas.

— Il vaut autant que je ne te croie pas, tu sais ! J'aurais bien des raisons de t'assommer, si je te croyais à fond ! Qu'est-ce que je t'ai donc fait, dis ?... que tu me juges plus infect que la dernière infection !... Tu ne crois pas que ça te mériterait bien d'être crevée, ce que tu m'as fait ?

— Oui, qu'elle m'a dit.

— Tu ne crois pas que tu es complètement folle ? Ç'aurait été l'épicier d'en bas ou le flic du coin, j'aurais encore compris. Mais là, non, non ! T'étais pourtant payée pour savoir ce que c'était !... Malade ! voilà ce que t'es ! Timbrée !...

— Oui, Félix !

Elle était prête à tout. Je crois qu'elle aurait joui, si je l'avais cognée. Elle ne s'habillait pas. Elle jouait l'inertie. Elle voulait s'incruster en douceur.

— Au fond, je suis trop sentimentale... qu'elle a essayé encore comme une dernière cartouche.

C'est à ce moment-là que je lui ai craché dessus, un glaviot bien net et chargé de mon plus imbécile mépris. Juste sur ses cheveux que c'est venu se coller.

Elle a passé la main dessus, elle m'a regardé...

— Je m'en vais ! qu'elle a dit.

— Dépêche-toi ! Je ne veux pas me mettre en retard à cause de toi !

Elle s'est habillée pendant que je descendais sa valise bleue.

J'ai mis ses frusques dedans.

Elle a joué encore une petite comédie juste avant de partir. Elle a embrassé ma place sur l'oreiller, de façon très ostensiblement discrète et cachée.

— T'es prête ?

— Oui, Félix.

J'ai mis la valise sur le palier.

— Allez hop !

Elle s'est retournée encore dans la chambre. Elle avait de vraies larmes, elle a fait un petit signe avec sa main.

— Adieu, tout ça !

Je lui ai coupé sa tirade. J'ai fermé la porte à clé et j'ai pris sa valise pour la descendre.

Comme on s'écrasait dans le silence, je lui ai demandé si elle allait chez sa mère.

— Non, Félix. Je n'ai plus qu'à me tuer !

Je n'ai pas insisté.

Sur le trottoir en bas je l'ai plaquée avec sa valise bleue.

— Pour la Seine c'est de ce côté-là ! que je lui ai indiqué d'une main.

Puis je me suis dirigé tout seul vers le métro en ayant l'air de bien rigoler.

J'avais bien fait la coupure, la vraie brèche, à mon tour. Et puis la vie n'a pas marché.

Je n'avais pas traversé la rue que j'ai entendu un grand coup de frein, derrière moi, un grand bruit de dérapage et de blocage à crever les pneus.

Je me suis retourné.

Une camionnette bâchée achevait de glisser et Paulette restait debout au milieu du boulevard, toute blanche et bête, avec sa valise qu'elle serrait sur son ventre.

Inconscience, ou désir de se tuer, je ne sais pas. Elle était là, toute humble, sous les injures du chauffeur. Elle n'avait pas de réaction.

Je suis revenu vers elle, tout mordu de peine et d'incertitude.

— Reste pas là, j'ai dit. T'es ridicule !

Il se commençait un attroupement. Je l'ai prise alors par le bras pour la reconduire au trottoir. Un type à chapeau mou l'avait prise par l'autre bras, tout charitable. Il lui proposait d'aller prendre quelque chose dans un café. Il me prenait à témoin : « Pauvre femme ! »

J'avais honte !

J'ai pris la valise et j'ai poussé Paulette : « Allez, viens ! » On est remonté chez nous. Elle ne disait rien.

— Couche-toi ! Tu ne tiens plus debout !

Elle ne disait toujours rien, toute vidée. J'étais tout bouleversé aussi, tout brutal d'émotion.

— Tu ne crois pas qu'il y a un peu trop d'histoires de poison, dans ta famille ?

— Sais pas !

Elle s'est étendue sur le lit. Elle avait une humilité de faiblesse, je sentais que le moindre geste lui coûtait.

— Tant pis, j'ai dit, je ne vais pas travailler.

Elle m'a souri un peu, pour me montrer qu'elle était contente que je reste près d'elle.

— Enfin, Paulette, qu'est-ce que tu as pris pour te mettre dans cet état-là ?

— Un médicament, Félix ?

— Mais quel médicament ?

Elle m'a dit alors un nom comme Ergosine, Argosil, je ne sais plus.

— C'est à base de quoi ?

— Sais pas, Félix !

— C'est le poison de la famille, hein ? C'est la maman qui t'a refilé le tuyau ?

Elle s'est relevée un peu.

— Non, non Félix... Crois pas ça, toi aussi !... Maman a déjà trop souffert... On a tous trop souffert de préférer les histoires à la réalité.

J'ai haussé les épaules.

— Je ne crois rien du tout ! Je vois seulement que tu es à moitié foutue. Et tout ça pour qui, bon Dieu, pour qui ?

Elle était verte sur le lit. Elle me souriait humblement pour se faire pardonner. Elle n'avait pas retiré ses chaussures. Elle attendait, toute suspendue à mon humeur, comme une chienne.

J'ai mis du lait à chauffer. Je suis revenu vers elle. Elle sentait la petite sueur de malade, vraiment pitoyable jusque dans son regard traqué.

Quelque chose a fondu en moi qui m'a monté aux yeux, qui m'a fait prendre une tête de malheureux petit. J'ai bafouillé quelque chose.

J'ai senti Paulette devenir toute bonne et maternelle, en m'entourant de ses bras : « Non, mon grand, t'as jamais été salaud avec moi... » J'avais honte, et j'étais bête, et je ne savais plus ce que je voulais. J'ai regardé l'heure à tout hasard.

— Écoute, Paulette, je vais quand même travailler. Je raconterai une histoire de panne au patron. Il n'y aura jamais qu'une heure de perdue...

DU MÊME AUTEUR

Aux Éditions Gallimard

LES COUPS, 1942 (Folio n° 3668)

L'HOMME AU MARTEAU, 1943

LA LUCARNE, 1945

NOUS AVONS LES MAINS ROUGES, 1947

LA VILLE DE PLOMB, 1949

NOUS SOMMES TOUS DES ASSASSINS, 1952. D'après le scénario original d'André Cayatte et Charles Spaak JE SUIS UN MONSTRE, 1952

JUSTICE EST FAITE, 1954. D'après le scénario d'André Cayatte et Charles Spaak

LA TRAGÉDIE DE LURS, 1954

Sous le pseudonyme de Jean Amila :

Y'A PAS DE BON DIEU !, 1950. Traduction fictive attribuée à Jean Meckert. Collection Carré Noir (n° 36)

MOTUS !, 1953. Collection Carré Noir (n° 177)

LA BONNE TISANE, 1955. Collection Série Noire (n° 285)

SANS ATTENDRE GODOT, 1956. Collection Série Noire (n° 310)

LE DRAKKAR, 1959. Collection Série Noire (n° 490)

LES LOUPS DANS LA BERGERIE, 1959. Collection Série Noire (n° 473)

JUSQU'À PLUS SOIF, 1962. Collection Carré Noir (n° 369)

LANGES RADIEUX, 1963. Collection Carré Noir (n° 512)

LA LUNE D'OMAHA, 1964. Collection Série Noire (n° 839)

NOCES DE SOUFRE, 1964. Collection Folio Policier (n° 47)

PITIÉ POUR LES RATS, 1964. Collection Série Noire (n° 832)

LES FOUS DE HONG-KONG, 1969. Collection Série Noire (n° 1312)

LE GRILLON ENRAGÉ, 1970. Collection Série Noire (n° 1334)

CONTEST-FLIC, 1972. Collection Carré Noir (nº 567)

LA NEF DES DINGUES, 1972. Collection Série Noire (nº 1468)

TERMINUS IÉNA, 1973. Collection Carré Noir (nº 571)

À QUI AI-JE L'HONNEUR... ?, 1974. Collection Carré Noir (nº 459)

LE PIGEON DU FAUBOURG, 1981. Collection Série Noire (nº 1844)

LE BOUCHER DES HURLUS, 1982. Collection Folio Policier (nº 190)

LE CHIEN DE MONTARGIS, 1983. Collection Série Noire (nº 1930)

AU BALCON D'HIROSHIMA, 1985. Collection Série Noire (nº 2007)

COLLECTION FOLIO

Dernières parutions

3297.	Maupassant	*Boule de suif.*
3298.	Balzac	*Le Colonel Chabert.*
3299.	José Maria Eça de Queiroz	*202, Champs-Élysées.*
3300.	Molière	*Le Malade Imaginaire.*
3301.	Sand	*La Mare au Diable.*
3302.	Zola	*La Curée.*
3303.	Zola	*L'Assommoir.*
3304.	Zola	*Germinal.*
3305.	Sempé	*Raoul Taburin.*
3306.	Sempé	*Les Musiciens.*
3307.	Maria Judite de Carvalho	*Tous ces gens, Mariana...*
3308.	Christian Bobin	*Autoportrait au radiateur.*
3309.	Philippe Delerm	*Il avait plu tout le dimanche.*
3312.	Pierre Pelot	*Ce soir, les souris sont bleues.*
3313.	Pierre Pelot	*Le nom perdu du soleil.*
3314.	Angelo Rinaldi	*Dernières nouvelles de la nuit.*
3315.	Arundhati Roy	*Le Dieu des Petits Riens.*
3316.	Shan Sa	*Porte de la paix céleste.*
3317.	Jorge Semprun	*Adieu, vive clarté...*
3318.	Philippe Sollers	*Casanova l'admirable.*
3319.	Victor Segalen	*René Leys.*
3320.	Albert Camus	*Le premier homme.*
3321.	Bernard Comment	*Florence, retours.*
3322.	Michel Del Castillo	*De père français.*
3323.	Michel Déon	*Madame Rose.*
3324.	Philipe Djian	*Sainte-Bob.*
3325.	Witold Gombrowicz	*Les envoûtés.*
3326.	Serje Joncour	*Vu.*
3327.	Milan Kundera	*L'identité.*
3328.	Pierre Magnan	*L'aube insolite.*
3329.	Jean-Noël Pancrazi	*Long séjour.*
3330.	Jacques Prévert	*La cinquième saison.*
3331.	Jules Romains	*Le vin blanc de la Villette.*

3332. Thucydide	*La Guerre du Péloponnèse.*
3333. Pierre Charras	*Juste avant la nuit.*
3334. François Debré	*Trente ans avec sursis.*
3335. Jérôme Garcin	*La chute de cheval.*
3336. Syvie Germain	*Tobie des marais.*
3337. Angela Huth	*L'invitation à la vie conjugale.*
3338. Angela Huth	*Les filles de Hallows Farm.*
3339. Luc Lang	*Mille six cents ventres.*
3340. J.M.G. Le Clézio	*La fête chantée.*
3341. Daniel Rondeau	*Alexandrie.*
3342. Daniel Rondeau	*Tanger.*
3343. Mario Vargas Llosa	*Les carnets de Don Rigoberto.*
3344. Philippe Labro	*Rendez-vous au Colorado.*
3345. Christine Angot	*Not to be.*
3346. Christine Angot	*Vu du ciel.*
3347. Pierre Assouline	*La cliente.*
3348. Michel Braudeau	*Naissance d'une passion.*
3349. Paule Constant	*Confidence pour confidence.*
3350. Didier Daeninckx	*Passages d'enfer.*
3351. Jean Giono	*Les récits de la demi-brigade.*
3352. Régis Debray	*Par amour de l'art.*
3353. Endô Shûsaku	*Le fleuve sacré.*
3354. René Frégni	*Où se perdent les hommes.*
3355. Alix de Saint-André	*Archives des anges.*
3356. Lao She	*Quatre générations sous un même toit II.*
3357. Bernard Tirtiaux	*Le puisatier des abîmes.*
3358. Anne Wiazemsky	*Une poignée de gens.*
3359. Marguerite de Navarre	*L'Heptaméron.*
3360. Annie Cohen	*Le marabout de Blida.*
3361. Abdelkader Djemaï	*31, rue de l'Aigle.*
3362. Abdelkader Djemaï	*Un été de cendres*
3363. J.P. Donleavy	*La dame qui aimait les toilettes propres.*
3364. Lajos Zilahy	*Les Dukay.*
3365. Claudio Magris	*Microcosmes.*
3366. Andreï Makine	*Le crime d'Olga Arbélina.*
3367. Antoine de Saint-Exupéry	*Citadelle (édition abrégée).*
3368. Boris Schreiber	*Hors-les-murs.*
3369. Dominique Sigaud	*Blue Moon.*

3409. Cees Nooteboom	*Le chant de l'être et du paraître.*
3410. Cees Nooteboom	*Mokusei !*
3411. Jean-Marie Rouart	*Bernis le cardinal des plaisirs.*
3412. Julie Wolkenstein	*Juliette ou la paresseuse.*
3413. Geoffrey Chaucer	*Les Contes de Canterbury.*
3414. Collectif	*La Querelle des Anciens et des Modernes.*
3415. Marie Nimier	*Sirène.*
3416. Corneille	*L'Illusion Comique.*
3417. Laure Adler	*Marguerite Duras.*
3418. Clélie Aster	*O.D.C.*
3419. Jacques Bellefroid	*Le réel est un crime parfait, Monsieur Black.*
3420. Elvire de Brissac	*Au diable.*
3421. Chantal Delsol	*Quatre.*
3422. Tristan Egolf	*Le seigneur des porcheries.*
3423. Witold Gombrowicz	*Théâtre.*
3424. Roger Grenier	*Les larmes d'Ulysse.*
3425. Pierre Hebey	*Une seule femme.*
3426. Gérard Oberlé	*Nil rouge.*
3427. Kenzaburô Ôé	*Le jeu du siècle.*
3428. Orhan Pamuk	*La vie nouvelle.*
3429. Marc Petit	*Architecte des glaces.*
3430. George Steiner	*Errata.*
3431. Michel Tournier	*Célébrations.*
3432. Abélard et Héloïse	*Correspondances.*
3433. Charles Baudelaire	*Correspondance.*
3434. Daniel Pennac	*Aux fruits de la passion.*
3435. Béroul	*Tristan et Yseut.*
3436. Christian Bobin	*Geai.*
3437. Alphone Boudard	*Chère visiteuse.*
3438. Jerome Charyn	*Mort d'un roi du tango.*
3439. Pietro Citati	*La lumière de la nuit.*
3440. Shûsaku Endô	*Une femme nommée Shizu.*
3441. Frédéric. H. Fajardie	*Quadrige.*
3442. Alain Finkielkraut	*L'ingratitude.* Conversation sur notre temps
3443. Régis Jauffret	*Clémence Picot.*
3444. Pascale Kramer	*Onze ans plus tard.*
3445. Camille Laurens	*L'Avenir.*
3446. Alina Reyes	*Moha m'aime.*

3447. Jacques Tournier — *Des persiennes vert perroquet.*
3448. Anonyme — *Pyrame et Thisbé, Narcisse, Philomena.*
3449. Marcel Aymé — *Enjambées.*
3450. Patrick Lapeyre — *Sissy, c'est moi.*
3451. Emmanuel Moses — *Papernik.*
3452. Jacques Sternberg — *Le cœur froid.*
3453. Gérard Corbiau — *Le Roi danse.*
3455. Pierre Assouline — *Cartier-Bresson (L'œil du siècle).*
3456. Marie Darrieussecq — *Le mal de mer.*
3457. Jean-Paul Enthoven — *Les enfants de Saturne.*
3458. Bossuet — *Sermons. Le Carême du Louvre.*
3459. Philippe Labro — *Manuella.*
3460. J.M.G. Le Clézio — *Hasard* suivi de *Angoli Mala.*
3461. Joëlle Miquel — *Mal-aimés.*
3462. Pierre Pelot — *Debout dans le ventre blanc du silence.*
3463. J.-B. Pontalis — *L'enfant des limbes.*
3464. Jean-Noël Schifano — *La danse des ardents.*
3465. Bruno Tessarech — *La machine à écrire.*
3466. Sophie de Vilmorin — *Aimer encore.*
3467. Hésiode — *Théogonie* et autres poèmes.
3468. Jacques Bellefroid — *Les étoiles filantes.*
3469. Tonino Benacquista — *Tout à l'ego.*
3470. Philippe Delerm — *Mister Mouse.*
3471. Gérard Delteil — *Bugs.*
3472. Benoît Duteurtre — *Drôle de temps.*
3473. Philippe Le Guillou — *Les sept noms du peintre.*
3474. Alice Massat — *Le Ministère de l'intérieur.*
3475. Jean d'Ormesson — *Le rapport Gabriel.*
3476. Postel & Duchâtel — *Pandore et l'ouvre-boîte.*
3477. Gilbert Sinoué — *L'enfant de Bruges.*
3478. Driss Chraïbi — *Vu, lu, entendu.*
3479. Hitonari Tsuji — *Le Bouddha blanc.*
3480. Denis Diderot — *Les Deux amis de Bourbonne* (à paraître).
3481. Daniel Boulanger — *Le miroitier.*
3482. Nicolas Bréhal — *Le sens de la nuit.*
3483. Michel del Castillo — *Colette, une certaine France.*

3484. Michèle Desbordes	*La demande.*
3485. Joël Egloff	*«Edmond Ganglion & fils».*
3486. Françoise Giroud	*Portraits sans retouches (1945-1955).*
3487. Jean-Marie Laclavetine	*Première ligne.*
3488. Patrick O'Brian	*Pablo Ruiz Picasso.*
3489. Ludmila Oulitskaïa	*De joyeuses funérailles.*
3490. Pierre Pelot	*La piste du Dakota.*
3491. Nathalie Rheims	*L'un pour l'autre.*
3492 Jean-Christophe Rufin	*Asmara et les causes perdues.*
3493. Anne Radcliffe	*Les Mystères d'Udolphe.*
3494. Ian McEwan	*Délire d'amour.*
3495. Joseph Mitchell	*Le secret de Joe Gould.*
3496. Robert Bober	*Berg et Beck.*
3497. Michel Braudeau	*Loin des forêts.*
3498. Michel Braudeau	*Le livre de John.*
3499. Philippe Caubère	*Les carnets d'un jeune homme.*
3500. Jerome Charyn	*Frog.*
3501. Catherine Cusset	*Le problème avec Jane.*
3502. Catherine Cusset	*En toute innocence.*
3503. Marguerite Duras	*Yann Andréa Steiner.*
3504. Leslie Kaplan	*Le Psychanalyste.*
3505. Gabriel Matzneff	*Les lèvres menteuses.*
3506. Richard Millet	*La chambre d'ivoire...*
3507. Boualem Sansal	*Le serment des barbares.*
3508. Martin Amis	*Train de nuit.*
3509. Andersen	*Contes choisis.*
3510. Defoe	*Robinson Crusoé.*
3511. Dumas	*Les Trois Mousquetaires.*
3512. Flaubert	*Madame Bovary.*
3513. Hugo	*Quatrevingt-treize.*
3514. Prévost	*Manon Lescaut.*
3515. Shakespeare	*Roméo et Juliette.*
3516. Zola	*La Bête humaine.*
3517. Zola	*Thérèse Raquin.*
3518. Frédéric Beigbeder	*L'amour dure trois ans.*
3519. Jacques Bellefroid	*Fille de joie.*
3520. Emmanuel Carrère	*L'Adversaire.*
3521. Réjean Ducharme	*Gros Mots.*
3522. Timothy Findley	*La fille de l'Homme au Piano.*
3523. Alexandre Jardin	*Autobiographie d'un amour.*

3561.	Charles Juliet	*Attente en automne.*
3562.	Joseph Kessel	*Contes.*
3563.	Jean-Claude Pirotte	*Mont Afrique.*
3564.	Lao She	*Quatre générations sous un même toit III.*
3565.	Dai Sijie	*Balzac et la Petite Tailleuse chinoise.*
3566.	Philippe Sollers	*Passion fixe.*
3567.	Balzac	*Ferragus, chef des Dévorants.*
3568.	Marc Villard	*Un jour je serai latin lover.*
3569.	Marc Villard	*J'aurais voulu être un type bien.*
3570.	Alessandro Baricco	*Soie.*
3571.	Alessandro Baricco	*City.*
3572.	Ray Bradbury	*Train de nuit pour Babylone.*
3573.	Jerome Charyn	*L'Homme de Montezuma.*
3574.	Philippe Djian	*Vers chez les blancs.*
3575.	Timothy Findley	*Le chasseur de têtes.*
3576.	René Fregni	*Elle danse dans le noir.*
3577.	François Nourissier	*À défaut de génie.*
3578.	Boris Schreiber	*L'excavatrice.*
3579.	Denis Tillinac	*Les masques de l'éphémère.*
3580.	Frank Waters	*L'homme qui a tué le cerf.*
3581.	Anonyme	*Sindbâd de la mer et autres contes des Mille et Une nuits, IV.*
3582.	François Gantheret	*Libido Omnibus.*
3583.	Ernest Hemingway	*La vérité à la lumière de l'aube.*
3584.	Régis Jauffret	*Fragments de la vie des gens.*
3585.	Thierry Jonquet	*La vie de ma mère !*
3586.	Molly Keane	*L'amour sans larmes.*
3587.	Andreï Makine	*Requiem pour l'Est.*
3588.	Richard Millet	*Lauve le pur.*
3589.	Gina B. Nahai	*Roxane, ou Le saut de l'ange.*
3590.	Pier Paolo Pasolini	*Les Anges distraits.*
3591.	Pier Paolo Pasolini	*L'odeur de l'Inde.*
3592.	Sempé	*Marcellin Caillou.*
3593.	Bruno Tessarech	*Les grandes personnes.*
3594.	Jacques Tournier	*Le dernier des Mozart.*
3595.	Roger Wallet	*Portraits d'automne.*
3596.	Collectif	*Le Nouveau Testament.*
3597.	Raphaël Confiant	*L'archet du colonel.*

3598. Remo Forlani — *Émile à l'Hôtel.*
3599. Chris Offutt — *Le fleuve et l'enfant.*
3600. Marc Petit — *Le Troisième Faust.*
3601. Roland Topor — *Portrait en pied de Suzanne.*
3602. Roger Vailland — *La fête.*
3603. Roger Vailland — *La truite.*
3604. Julian Barnes — *England, England.*
3605. Rabah Belamri — *Regard blessé.*
3606. François Bizot — *Le portail.*
3607. Olivier Bleys — *Pastel.*
3608. Larry Brown — *Père et fils.*
3609. Koestler/Albert Camus — *Réflexions sur la peine capitale.*
3610. Jean-Marie Colombani — *Les infortunes de la République.*
3611. Maurice G. Dantec — *Le théâtre des opérations.*
3612. Michael Frayn — *Tête baissée.*
3613. Adrian C. Louis — *Colères sioux.*
3614. Dominique Noguez — *Les Martagons.*
3615. Jérome Tonnerre — *Le petit voisin.*
3616. Victor Hugo — *L'Homme qui rit.*
3617. Frédéric Boyer — *Une fée.*
3618. Aragon — *Le collaborateur* et autres nouvelles.
3619. Tonino Benacquista — *La boîte noire* et autres nouvelles.
3620. Ruth Rendell — *L'Arbousier.*
3621. Truman Capote — *Cercueils sur mesure.*
3622. Francis Scott Fitzgerald — *La Sorcière rousse.*
3623. Jean Giono — *Arcadie... Arcadie.*
3624. Henry James — *Daisy Miller.*
3625. Franz Kafka — *Lettre au père.*
3626. Joseph Kessel — *Makhno et sa juive.*
3627. Lao She — *Histoire de ma vie.*
3628. Ian McEwan — *Psychopolis* et autres nouvelles.
3629. Yukio Mishima — *Dojoji* et autres nouvelles.
3630. Philip Roth — *L'habit ne fait pas le moine .*
3631. Leonardo Sciascia — *Mort de L'Inquisiteur.*
3632. Didier Daeninckx — *Leurre de vérité* et autres nouvelles.

Composition Nord compo
Impression Novoprint
à Barcelone, le 11 mars 2002
Dépôt légal : mars 2002
ISBN 2- 07-042168-6./Imprimé en Espagne.

6214